KB164294

Kugane Maruyama | illustration by so-bin

마루야마 쿠가네 지음 김완 옮김

OVERLORD [5] The men in the Kingdom

왕국의 사나이들 _ 上

5

오버로드

Contents **목차**

*

고개를 들어보니 아침부터 하늘을 뒤덮었던 먹구름이 마침내 인내의 한계에 다다랐는지 안개비를 토해내고 있었다.

눈앞에 펼쳐진 뿌연 세상. 왕국전사장 가제프 스트로노프는 혀를 한 번 찼다.

조금만 더 일찍 출발했더라면 비를 맞지 않고 집에 돌아갈 수 있었을까.

하늘을 둘러보았지만 두꺼운 먹구름은 리 에스티제 왕국의 왕도 리 에스티제를 완전히 에워싸 틈새라고는 전혀 찾아볼 수 없었다. 이대로 기다려봤자 비가 그칠 것 같지는 않았다.

왕성 안에서 비를 피할까 했던 생각은 버리고, 외투에 달린 후드를 뒤집어쓰며 빗속으로 나갔다.

성문은 얼굴만 한번 비추고 통과해 왕도 중앙 대로로 들어선다.

평소 같으면 활기가 넘쳐날 대로는 인기척이 뜸해, 시커멓게 젖은 노면에 미끄러져 넘어지지 않도록 주의 깊게 걸음을 옮기는 사람이 몇 명 있을 뿐이었다.

이 한적한 모습을 보니, 문득 비가 내린 것이 얼마 만인지 하는 생각이 들었다.

'그렇다면 어쩔 수 없지. 좀 더 일찍 나왔다 한들 달라지지는 않았을 테니.'

외투를 조금씩 무겁게 적셔나가는 빗속에서, 마찬가지로 비옷을 걸친 사람들과 스쳐 지나가며 묵묵히 걸었다. 비옷을 대신할 외투는 있다지만 축축한 감촉이 등에 달라붙어 영 찝찝했다. 가제프는 걸음을 빨리해 서둘러 집으로 향했다.

자택이 다가와 조금만 있으면 젖은 외투에서 해방되겠다고 가제프가 안도의 한숨을 내쉬었을 때, 문득 의식이 빨려들어가듯 한쪽으로 쏠렸다. 엷은 베일이 드리워진 시야 속, 대로 오른쪽으로 빠지는 좁은 길. 그곳에서, 몸이 젖든 말든 내버려둔 채 주저앉아 있는 남루한 사내에게로.

염색을 대충 했는지 모근 부근에 원래 색이 드러난 물먹은 머리카락은 이마에 착 달라붙어 물방울을 흘린다. 고개를 슬쩍 숙이고 있어서 얼굴까지는 알아볼 수 없다.

그에게 눈길이 머문 이유는 이런 빗속에서 비옷도 없이 주저앉아 있다고 의아하게 여겼기 때문이 아니다. 사내에게서 느껴지는, 무언가 아귀가 맞지 않는 듯한 위화감 탓이었다. 특히 사내의 오른손에 눈길이 쏠렸다.

마치 어머니의 손을 잡은 어린아이처럼 꽉 붙들고 있는 것은 남루한 사내가 들기에는 어울리지 않는 무기. 아득한 남쪽, 사막 속에 있다는 도시에서 만드는 '카타나' 라 불리는 매우 진귀한 무기였다.

'카타나를 들고 있다니…… 도둑인가……? 아니다. 이 사내에게서 느껴지는 분위기는 그런 것이 아니야. 어딘가 반가운 느낌?'

가제프는 기묘한 감정을 느꼈다. 마치 단추를 하나 잘못 끼운 듯한 그런 감각을.

발을 멈춘 가제프가 사내의 옆얼굴을 진지하게 바라본 순간, 기억이 노도처럼 되살아났다.

"혹시 자네…… 앙글라우스인가?"

입 밖으로 그 이름을 내뱉은 다음에도 '설마' 하는 마음이 가제프의 머리를 가로질렀다.

과거 왕국 어전시합 결승전에서 겨루었던 사나이, 브레인 앙글라우스.

접전을 벌였던 사내의 모습은 아직까지도 가제프의 뇌리

에 각인되어 있다. 검을 든 후로 이제까지 전사로 살아오며 만난 최강의 상대였으며── 자신의 일방적인 마음일지도 모르지만, 아직도 라이벌이라고 생각하는 인물의 얼굴이다.

그렇다. 그 사내의 수척한 옆얼굴은 기억 속의 라이벌과 매우 흡사했다.

그러나── 그럴 리가 없다.

분명 얼굴은 닮았다. 시간의 경과에 따라 바뀌었다고는 해도 옛 잔영은 뚜렷이 남아 있다. 그러나 가제프의 기억에 있던 사내는 결코 이렇게 한심한 표정을 짓지 않았다. 자신의 검에 대한 자신감으로 넘쳐났으며 불타는 듯 격렬한 전의를 뿜어냈다. 이렇게 물에 빠진 늙은 개 같은 몰골이 아니었다.

철벅철벅 물소리를 내며 가제프는 사내에게 다가갔다.

소리에 반응한 것처럼 사내의 얼굴이 완만하게 올라왔다.

가제프는 숨을 멈추었다. 정면으로 바라보고 확신을 얻을 수 있었다. 사내는 브레인 앙글라우스, 검의 천재였다.

다만 과거의 광채는 없었다. 완전히 마음이 꺾여버린 패배자. 그것이 가제프의 눈앞에 있는 브레인이었다.

브레인이 비틀비틀 일어났다. 께느른하다고 할 수 있는 둔중한 움직임은 절대 전사의 움직임이 아니다. 노병이라고 부르기조차 어려운 모습이었다. 그대로 눈을 내리깔더니 아무 말 없이 획 몸을 돌린다. 그리고 터덜터덜 걸어간다.

빗속에서 작아져가는 뒷모습. 이대로 헤어지면 두 번 다시 만나지 못하리라는 예감이 들어, 가제프는 벌어진 거리를 좁히며 외쳤다.

"……앙글라우스! 브레인 앙글라우스!"

만일 그가 부정한다면 그저 닮은 누군가였다고 스스로를 타이를 생각이었다. 그러나 그런 가제프의 귀에 매우 조그만 목소리가 들렸다.

"……스트로노프."

기백 없는 목소리. 자신에게 검을 날려대던, 기억 속에 새겨진 브레인의 목소리와 같다고는 생각할 수 없는 그런 목소리였다.

"무슨, 무슨 일이 있었나?"

아연실색해 물었다.

이것이 대체 어떻게 된 일인가.

물론 어떤 사람이든 신세를 망치고 영락할 수는 있다. 가제프는 그런 사람을 몇 명이나 보았다. 편한 쪽으로 편한 쪽으로 도망치는 자는 자칫하면 한 번의 실패로 모든 것을 잃기도 한다.

그러나 그러한 자였던가? 검의 천재 브레인 앙글라우스가. 도저히 그렇게 생각할 수는 없었다. 아니면 이는 단순히 과거 최강의 적이었던 자가 비참하게 몰락한 모습을 인정하고 싶지 않았기에 품은 감상일까?

두 사람의 시선이 교차했다.

'어떻게 저런 얼굴을 하고 있지……?'

뺨은 수척하고 눈 밑은 시커멓게 죽었다. 눈동자에는 힘이 없었고 안색도 창백하다. 마치 죽은 사람 같았다.

'아니, 이래서야 차라리 죽은 사람이 낫지……. 앙글라우스는 산 채로 죽은 거다…….'

"……스트로노프. 나는 망가졌네."

"뭐야?"

그 말에 가제프가 먼저 쳐다본 것은 브레인이 든 카타나였다. 하지만 그 뜻이 아니었음을 깨달았다. 망가졌다는 것은 카타나가 아니라――.

"이봐, 우린 강한가?"

강하다고 대답할 수는 없었다.

가제프의 뇌리에 떠오른 것은 카르네 마을에서 있었던 사건이었다. 만일 그곳에 의문의 강대한 매직 캐스터 아인즈 울 고운이 도와주러 나타나지 않았더라면 자신은 부하들과 함께 죽었을 것이다. 왕국 최강이라 칭송을 받아봤자 그 정도다. 결코 강하다고 가슴을 펼 수는 없다.

침묵을 어떻게 받아들였는지, 브레인은 말을 이었다.

"약해. 우린 약하지. 기껏해야 인간이니. 약해. 우리의 검술 실력 따위 쓰레기만도 못해. 열등종족인 인간일 뿐이야."

분명 인간은 약하다.

용Dragon 같은 최강의 종족과 비교한다면 육체능력의 차이는 확연하다. 단단한 비늘도, 날카로운 발톱도, 하늘을 내달리는 날개도, 모든 것을 멸하는 숨결Breath도, 무엇 하나 가지지 못한 인간은.

그렇기에 전사는 드래곤 슬레이어를 동경한다. 압도적인 차이가 있는 종족을 단련한 역량과 동료와 무구를 갖추어 타도하는 것은 영예이며, '초(超)' 자가 붙는 일부의 전사에게만이 허용되는 공훈인 것이다.

그렇다면 브레인은 '용'을 잡는 데 실패했단 말인가.

아득한 높은 경지에 손을 뻗었으나 닿지 못했기에, 균형을 잃고 떨어졌단 말인가.

"……무슨 말을 하려는 겐가. 전사라면 누구나 알고 있잖나. 인간이 약하다는 것쯤은."

그렇다. 이해할 수가 없었다. 강자의 경지가 있다는 것은 누구나 잘 아는 사실.

주변 국가에서 최강의 전사로 칭송을 받지만 가제프 자신은 정말로 자신이 최강인지 의문을 품었다.

이를테면 법국은 가제프보다 강한 전사를 숨겨놓았을 가능성이 높다. 게다가 가제프가 인간인 이상 오우거나 자이언트 같은 아인종은 그보다도 기본 육체능력이 뛰어나다. 그렇기에 만일 아인종이 엇비슷한 —— 혹은 약간 못한 정도라 해도 —— 기술을 얻는다면 가제프는 당해내지 못하리라.

그러한 경지는 눈에 보이지 않을 뿐 뚜렷이 존재함을 가제프는 잘 안다. 브레인은 그것을 이해하지 못했던 걸까. 어떤 전사도 알고 있는 당연한 이치를.

"강자의 경지가 있다. 그렇기에 이기기 위해 노력하는 것 아닌가?"

언젠가는 닿으리라 믿고.

그러나 브레인은 머리를 크게 가로저었다. 흠뻑 젖은 머리카락이 주위에 물방울을 튀겼다.

"아니야! 그런 수준이 아니라고!"

피를 토해내는 듯한 외침.

눈앞에 있던 사내가 가제프의 기억 속에 있던 영상과 겹쳐졌다. 검격을 뿜어낼 때의 기백이 드러나는 것 같았다. 설령 정반대의 외침이라고는 해도.

"스트로노프! 진정한 강자의 경지는 노력해봤자 절대 다다를 수 없어. 인간이라는 종족으로 태어난 이상, 그게 진실이야. 우린 결국 막대기를 든 어린아이일 뿐이라고. 어렸을 때 했던 칼싸움을 계속할 뿐이야!"

감정이 떨어져나간 것처럼 조용한 표정이 가제프를 바라보았다.

"……이봐, 스트로노프. 자네도 검에 자신이 있겠지? 하지만…… 그건 쓰레기야. 자넨 쓰레기를 손에 들고 사람들을 지켰다는 생각을 할 뿐이라고!!"

"……그렇게나 뛰어난 경지를 본 겐가?"

"봤지. 깨달았지. 인간은 결코 도달할 수 없는 높이를. 아니."

자조하듯 브레인은 웃었다.

"내가 본 건 경지라고도 할 수 없었다. 진정한 정점을 보기에는 실력이 너무나도 부족했거든. 장난질이었어. 우스꽝스러운 이야기지."

"그렇다면 그 정점을 볼 수 있도록 노력하고 단련하면……."

브레인이 격노한 듯 얼굴을 일그러뜨렸다.

"자넨 아무것도 몰라! 인간의 몸으로는 그 괴물에게 절대 다다르지 못해. 무한을 능가하는 횟수로 검을 휘둘러봤자 이르지 못할 게 뻔하다고! ……쓸데없이. 난 대체 뭘 목표로 삼았던 건지."

가제프는 아무 말도 할 수 없었다.

가제프는 이 정도로 마음에 상처를 입은 사람을 본 적이 있다. 눈앞에서 동료가 죽어 마음이 꺾인 사람을.

그를 구할 방법은 없다. 다른 사람이 구해 주어서는 안 된다. 스스로 다시 일어나려는 의지를 가지지 않고서는. 아무리 주위 사람들이 손을 내밀어도 헛수고로 끝난다.

"……앙글라우스."

"……스트로노프. 검으로 얻을 수 있는 무력 따위 정말 쓸데없어. 진정한 강함 앞에서는 쓰레기지."

역시 그 말에서 과거의 웅혼함은 전혀 찾아볼 수 없었다.

"……마지막으로 자넬 만날 수 있어 다행이야."

가제프는 등을 돌리고 걸어나가는 브레인을 비통한 눈으로 바라보았다.

최고의 호적수였던 자가 너덜너덜해진 마음으로 떠나가는 가엾은 모습에 이제는 말을 걸 기력도 솟아나지 않았다. 그러나 떠나갈 때 들려온 짧은 한마디는 놓치지 않았다.

"이젠…… 죽을 수 있어."

"잠깐! 기다려, 브레인 앙글라우스!"

열화와 같은 감정을 품고 브레인의 등에 대고 외쳤다.

달려가서 어깨를 붙잡고 잡아당긴다.

비틀거리는 모습에 옛날 같은 광채는 없었다. 그러나 가제프의 완력으로 힘껏 잡아당겼음에도 브레인은 자세를 흐트러뜨리지도 않았거니와 쓰러지지도 않았다. 하반신을 확실하게 단련했고 평형감각이 뛰어나기 때문이다.

가제프는 아주 살짝 안도했다. 옛 강적의 실력이 결코 무뎌지지 않았음을 직감하고.

아직 늦지 않았다. 이대로 죽게 내버려둘 수는 없었다.

"……뭐 하는 거야."

"우리 집으로 가세."

"관둬. 구하려고 하지 마. 난 죽고 싶어……. 무서운 건 이제 사양하겠어. 뒤에서 따라오는 건 아닐까 하고 그림자에 겁을 먹기도 싫어. 난 이제 현실을 보고 싶지 않아. 내가 쓰레기를 들고 좋아했다니."

애원이라고도 할 수 있는 브레인의 목소리에 가제프의 마음속에서 짜증이 치밀었다.

"닥치고 따라와."

따라오라는 말을 했으면서 가제프는 브레인의 팔을 잡은채 걷기 시작했다. 비틀비틀 저항도 못하고 따라오는 브레인의 모습에 가제프는 말로는 설명할 수 없는 불쾌함을 느꼈다.

"옷 갈아입고 밥 먹으면 냉큼 자게."

중화월中火月**(8월) 26일 13:45**

리 에스티제 왕국, 왕도 리 에스티제.

총 인구가 900만 명이라고도 하는 나라의 수도는 오랜 도시라는 말이 잘 어울렸다. 역사가 있다는 뜻도 되거니와, 담담히 이어지는 일상의 연장선상이기도 하고, 고풍스럽기만 할 뿐 추레한 도시, 변화가 없는 도시—— 그런 다양한 의미까지도 담긴 것이다.

이는 거리를 걸어보면 금방 이해할 수 있다.

좌우에 늘어선 가옥은 낡고 무뚝뚝한 것들이 많아 신선함이나 화려함이 지극히 부족했다. 다만 이를 어떻게 받아들이느냐는 사람에 따라 다르다. 그렇다. 역사 있는 차분한 분위기라고 보는 사람도 있을 테고, 영원한 정체에 빠진 재미 없는 도시라고 보는 사람도 있으리라.

왕도는 변함없이 이대로 언제까지고 존속할 것 같았다. 결 코 변하지 않는 것 따위 존재하지 않음에도.

왕도는 포장되지 않은 도로가 많아, 그런 곳들은 비에 젖 으면 금방 진창으로 바뀌어 시내라고는 생각할 수 없는 광 경이 펼쳐진다. 이것은 왕국의 형편이 열악해서가 아니다. 제국이나 법국 같은 곳과 비교해서는 안 된다.

도로 폭도 넓지 못해, 아무리 마차 앞에서 —— 길 한복판 에서 —— 걷는 사람은 없다 하지만 도로 시민들이 도로 가 장자리를 복닥복닥 걸어다니는 모습은 외잡할 뿐이다. 왕도 주민들은 이미 이런 혼잡에 익숙하므로 그런 틈바구니를 빠 져나가듯 걷는다. 정면에서 마주 다가오더라도 아슬아슬하 게 재주 좋게 상대를 피해나간다.

하지만 세바스가 지금 걷는 거리는 왕도 내의 웬만한 장소 와는 달리 드물게도 돌 블록을 깔아 야무지게 포장한, 폭이 넓은 도로였다.

좌우를 살펴보면 그 이유를 알 수 있다. 잇달아 늘어선 가 옥은 크고 훌륭해 유복함이 느껴졌다. 이 활기찬 거리가 바 로 왕도의 중앙대로이기 때문이다.

세바스가 시원시원하게 걷자, 중년의 중후함이 풍기는 얼굴과 기품에 매료되어 지나가던 여성들의 대부분이 눈길을 주었다. 때로는 정면에서 뜨거운 시선을 보내는 여성까지 있는데도 세바스는 개의치 않고 등을 쭉 편 채 시선을 앞으로 고정했으며, 발놀림은 한순간도 흐트러뜨리지 않았다.

목적지에 도달할 때까지 결코 멈추지 않으리라 여겨졌던 발이 갑자기 우뚝 서더니 좌우에서 다가오는 마차에 주의를 기울이며 직각으로 방향을 전환해 대로를 가로질렀다.

그가 향한 곳에는 한 노파가 있었다. 짐을 많이 실은 지게 옆에 주저앉아 복숭아뼈 언저리를 문지르고 있다.

"무슨 일이 있으십니까?"

갑자기 남이 말을 걸어 놀랐는지 고개를 든 노파의 눈동자 속에 경계심이 강하게 드러났다. 하지만 세바스의 용모와 기품 있는 복장을 보고는 그 빛이 금세 약해졌다.

"곤란해하시는 것 같군요. 무언가 도움을 드릴 만한 일은 없겠습니까?"

"아, 아닙니다, 나리. 도움은요."

"마음에 두지 마십시오. 어려움에 빠진 분께 손을 내미는 것은 당연한 일입니다."

세바스가 싱긋 웃자 노파는 얼굴을 붉혔다. 매력으로 넘쳐 나는 신사의 멋진 미소가 마지막 방파제를 단숨에 무너뜨린 것이다.

노파는 노점 판매가 끝나 집으로 돌아가려다가 도중에 발을 접질리는 바람에 곤란해하던 참이었다고 한다.

대로 부근은 치안이 괜찮은 편이지만, 그렇다고 해서 이곳을 걷는 모든 사람이 선량한 시민이라는 뜻은 아니다. 운 나쁘게 좋지 못한 상대에게 도움을 청했다가 짐이며 매상을 빼앗길 수도 있다. 그런 사건이 실제로 있다는 것을 아는 노파는 무턱대고 도움을 청하지 못해 망설였던 것이다.

그렇다면 이야기는 간단하다.

"제가 모셔다드리지요. 안내를 부탁드려도 되겠습니까?"

"나리, 그래도 괜찮으시겠어요?!"

"물론이지요. 어려움에 빠진 분을 돕는 것은 당연한 일이니까요."

세바스는 몇 번이고 인사를 하는 노파에게 등을 보였다.

"자, 업히십시오."

"그, 그건……."

곤혹스러워하는 노파의 목소리.

"제 지저분한 차림 때문에 나리의 옷이 더러워질 텐데요!"

그러나——

세바스는 자상하게 웃는다.

옷이 더러워지는 것이 무슨 대수란 말인가. 어려움에 빠진 사람을 돕는데 그 정도는 신경 쓸 것도 못 된다.

문득 나자릭 지하대분묘의 동료들이 떠올랐다. 의아해하는 표정, 눈살을 찡그리거나 확연한 모멸을 내비치는 자들의 얼굴이. 그러나 그 필두에 있을 데미우르고스가 무슨 말을 하든 세바스는 이것이 옳은 행위라고 확신한다.

남을 돕는 것은 옳은 행위라고.

몇 번이나 사양하는 노파를 설득해 등에 업고 지게를 한손에 든다.

상당히 무거운 짐을 들면서도 전혀 비틀거리지 않는 모습에, 노파만이 아니라 이를 보던 사람들은 모두들 경탄의 한숨을 내쉬었다.

세바스는 노파의 안내를 받으며 걸어가기 시작했다.

1장 **소년의 마음**

Chapter 1 | A boy's feeling

1

하화월(9월) **2일 23:30**

사내는 허리에 찬 랜턴의 불을 밝혔다. 특수한 기름을 쓰기 때문에 녹색 불꽃이 피어나 주위에는 으스스한 색조가 퍼졌다.

바깥으로 나와보니 열기가 흘러드는 것 같았다. 사내는 떨떠름한 표정을 지었지만 이것만큼은 계절상 포기해야만 한다.

설령 해가 져도 이 시기가 되면 왕국은 어디나 열기로 푹푹 찐다. 그래도 무더위는 지나갔으니 이제는 서서히 추위가 더해져갈 텐데, 그럴 조짐은 아직 조금도 없었다.

"아~ 오늘도 덥구만."

"누가 아니라나. 좀 더 북쪽, 바다 근처까지 가면 좀 시원하다지만."

사내의 푸념에 오늘 밤의 파트너가 대답했다.

"비라도 좀 와주면 그나마 시원해질 텐데."

그렇게 말하며 하늘을 보았지만 비구름은 고사하고 그냥 구름 한 덩이조차 없는 맑은 하늘이었다. 별들이 괜히 크게 보였다. 익숙한 밤하늘이 펼쳐졌을 뿐이다.

"그러게 말이야. 한바탕 쏟아지면 좋겠어……. 웃차, 그럼 일하러 가 볼까."

두 사내 모두 평범한 마을 사람이라 부르기에는 위화감이 있었다. 우선 무장. 허리에는 장검, 그리고 가죽갑옷처럼 확실한—— 마을 자경단치고는 과도한 무구를 갖추었다. 게다가 사내들의 육체와 얼굴은 밭일을 하는 자들이 아니라 폭력에 익숙한 자들의 분위기를 띠고 있었다.

사내들은 한 마디도 나누지 않고 마을 안을 걸었다.

어둠에 휩싸인 마을은 조용해서 사내들이 걷는 소리 말고는 아무 소리도 들리지 않았다. 모두 사멸한 것 같은 으스스한 분위기 속을 사내들은 태연히 활보했다. 그 침착한 분위기는 이것이 평소 되풀이되는 일임을 증명해 주었다.

사내들이 걷고 있는 마을은 높은 벽에 에워싸여, 눈에 보이는 범위에만 해도 망루가 여섯 개나 되었다. 상당히 튼튼한 구조는 몬스터의 출현 빈도가 높은 변경 마을에서도 유례를 찾기 힘들 정도였다.

촌락이라기보다는 그야말로 전략거점이다.

그래 봤자 제삼자가 보면 경비가 엄중한 마을 정도밖에는 되지 않을지도 모른다. 하지만 이어지는 광경에는 눈살을 찡그리리라.

그만큼 기묘한 광경이었다. 벽은 보통 거주용 건물이나 창고만을 에워싸는 식으로 세우며, 밭은 벽 밖에 펼쳐져 있게 마련이다. 마을 안에 밭을 만들려면 광대한 경작지를 에워쌀 벽을 만드느라 막대한 수고가 들기 때문이다. 하지만 이 마을은 산들산들 바람에 흔들리는 녹색 풀을 마치 황금처럼 지키며 에워싸고 있다.

그런 기괴한 마을을 걷는 사내는 망루 하나에서 시선을 느꼈다. 실제로 그곳에는 활로 무장한 동료가 있을 것이다. 무슨 일이 생기면 랜턴을 머리 위로 흔들어 지원받을 수 있다.

동료의 실력을 생각하면 엄호사격은 사양하고 싶어져도, 종을 울려 다른 동료들을 모두 깨워준다면 매우 든든하다.

그렇기에 실수로 흔들기라도 했다간 잠자리에 든 동료들에게 볼멘소리를 들어야 하지만, 사내는 조금이라도 수상쩍은 기척을 느끼면 즉시 랜턴을 흔들 태세였다.

목숨까지 잃기는 싫으니까.

그렇다고는 해도 그런 사태가 일어나리라고는 생각하지 않았다. 지난 몇 달 동안 똑같은 일을 반복했으며, 그리고 앞으로도 줄곧 반복할 것이다.

순찰 경로를 딱 절반 돌았을 때, 갑자기 뱀 같은 무언가가 사내의 입을 덮쳤다. 아니, 뱀은 아니다. 사내의 입가를 막고 절대 떨어지지 않는 그것은 문어의 다리였다.

이어서 턱이 휙 위를 향해 그대로 드러난 목에 타는 듯한 고통이 내달렸다. 여기까지 1초도 걸리지 않았을 것이다.

목에서 흘러나오는, 무언가를 빨아먹는 듯한 소리.

그것이 사내가 인생에서 마지막으로 들은 소리였다.

사내의 입을 막은 손을 풀고 쓰러지지 않도록 뒤에서 떠받친다. 목을 꿰뚫은 마법무기 '흡혈칼날Vampire Blade'이 피를 마신 것을 확인한 후 빼낸다.

사내를 끌어안은 것처럼 서 있던 것은 새까만 옷을 걸친 자였다. 얼굴은 눈 이외의 모든 부위를 가렸으며 온몸도 칠흑색 의복으로 뒤덮었다. 옷 자체는 천으로 만든 것이지만 팔다리는 건틀릿이나 그리브 같은 방어구로 방어력을 높여 놓았다. 가슴에도 마찬가지로 금속판을 덮었는데 여성의 굴곡과 같은 형상을 띠었음을 뚜렷이 알아볼 수 있었다.

마찬가지로 또 다른 사내의 뒤에도 같은 옷을 입은 자가 있었다. 이쪽도 역시 가슴을 덮은 금속판에 융기가 있다. 그쪽으로 눈을 돌리고 딱 한 차례 고개를 끄덕인다.

그녀는 암살 성공을 확인하고는 주위를 살폈다. 이쪽을 알아차린 기척은 없었다. 마음 한구석으로 안도했다.

랜턴 불빛이 있다고는 해도 완전히 밀착했기 때문에 망루에서는 판별하기 어려웠으리라. 유일한 걱정거리는 공격 순간―― 그림자에서 그림자로 짧은 거리를 전이하는 '어둠 건너기'를 목격당하는 일이었으나 이제는 그 걱정도 과거지사였다.

그녀는 피를 빨아 더욱 붉어진 단검을 박아놓은 채 쓰러지려 하는 사내의 몸을 지탱했다.

망루에서 경계하는 사람들의 눈에는 순찰하던 사내가 잠깐 멈춰 선 것처럼 보이겠지만, 아무리 그래도 이대로 뻣뻣이 서 있거나 쓰러지기라도 한다면 확실하게 의심을 산다.

그렇기에 즉시 다음 단계로 이행해야 한다. 그러나 그것은 그녀가 할 일이 아니었다.

힘이 빠진 사내의 몸에 느닷없이 기둥 하나가 깃든 듯한 감각이 여자의 손바닥 너머로 전해졌다. 그것이 착각이 아니라는 증거로, 다음 순간 사내는 뻣뻣하게 움직였다.

숨이 끊어졌음에도 움직이기 시작했다는 데에는 전혀 놀라지 않았다. 모두 계획대로이기 때문이다.

그녀는 손을 떼고, 동시에 스킬을 발동시켰다. 그녀가 습득한 닌자의 기술 중 하나인 '그림자 잠기기'. 그림자만 있다면 완전히 녹아들 수 있는 스킬이며 육안으로 발견하기란 불가능한 능력이다.

그림자에 녹아든 두 사람을 내버려둔 채 사내들은 사슬에서 풀려난 것처럼 걸어가기 시작했다. 그들이 원래 돌아야 할 순찰 경로를 따라서. 마치 자신의 업무 내용이 생각난 것 같았다. 하지만 걸어가는 속도는 둔중하고 무겁다. 상처가 다 나은 것도 아니지만 모든 피가 이미 다 빠져나갔기에 목에 생긴 선에서는 새로운 피가 솟아나지 않는다.

그런 그들이 움직일 수 있는 까닭은 단 하나뿐이다. 좀비로 변해, 제작자의 명령에 따라 움직이기 때문에.

좀비를 만들어낸 것은 그녀들이 아니다.

평범하게 보자면 이곳에는 남자 둘밖에 없으며, 그녀들의 은형술을 간파한다 해도 네 사람만이 보일 것이다. 그러나 이 자리에는 다섯 번째 사람이 있다. 모습 없는 그 다섯 번째 사람이 좀비를 만들어낸 자다.

그녀들의 눈에도 모습은 비치지 않는다. 그러나 그녀들이 익힌 인술(忍術) 스킬 중에는 마법이나 스킬을 써서 숨은 존재를 지각하는 것이 있고, 여기에 걸린 반응이 눈앞에 있다.

"이쪽은 준비 완료."

"완벽."

나직한 목소리를 건넨다. 그러자 마찬가지로 조그만 목소리가 대답했다.

"응. 보고 있어서 알아. 나는 다음 장소로 이동할게. 최대한 지위가 높은 놈을 잡아야 하거든."

이쪽도 여자 목소리였다. 다만 그 목소리는 톤이 높아 성숙하지 않은 어린아이 같은 분위기가 풍겼다.

"이쪽도 이제 습격으로 들어가겠어. 다른 둘은?"

"자기들 차례가 없다고 놀고 있는 건 아니겠지?"

"그럴 리가. 마을 근처에서 잠복 중이야. 비상사태가 생기면 정면과 후면에서 동시에 공격을 개시할 예정이거든. 좋아, 난 우선순위 1위에게 가겠어. 그쪽도 예정대로 진행해줘."

눈에 보이지 않는 동료가 —— 기척밖에는 느껴지지 않지만 —— 공중으로 둥실 떠올랐다. 〈비행Fly〉 주문으로 공중을 이동하는 것이다.

멀어져가는 기척은 그녀가 우선순위 1위라 불렀던 건물을 향해 사라졌다. 이 마을에 존재하는 몇 개의 건물 중 하나이며, 가장 처음 확보해야 할 중요거점이다.

원래 같으면 다른 건물을 우선시하고 싶었으나 그곳을 최우선으로 삼은 이유는 〈전언Message〉 마법 때문이다.

이 마법으로 전달하는 내용은 신빙성이 낮다고 기피하는 자도 많다. 그러나 아랑곳하지 않고 쓰는 자도 있다. 국가 단위로 매직 캐스터 육성을 촉진하는 제국, 정보를 한시라도 일찍 얻고자 하는 일부 대상인, 그리고 이 마을을 지배하는 적도 그렇다. 따라서 우선 그 건물에 있을 연락원을 확보해야만 했다.

동료가 그곳으로 향했으니 이쪽도 서둘러 목표지점 부근에 잠복해야 한다. 모두 같은 타이밍에, 아무도 모르는 동안 습격을 완료해야만 하기 때문이다.

숨을 훕 토해내고 두 닌자가 달려나갔다.

어둠에서 어둠으로 이동하는 그 모습을 일반인은 눈으로 볼 수 없다. 아니, 착용한 마법 아이템과 병용하면 고위 모험자조차 발견하기 어렵다. 다시 말해 이 마을 내에서 그녀들을 눈으로 볼 수 있는 자는 없다.

나란히 달리는 동료가 손가락을 능숙하게 움직였다. 손가락만을 이리저리 구부리는 것처럼 보이지만 이를 본 그녀는 의미를 읽어냈다.

——놈들이 개를 데리고 있지 않아 다행이야.

그녀는 '동감'이라고 손가락으로 대답했다.

암살자들이 쓰는 수화였다. 그녀들 수준의 고수라면 말로 대화하는 것과 같은 속도로 전달할 수 있다. 동료들에게도 가르쳐주기는 했지만 유감스럽게도 간단한 대화나 행동지시 정도밖에는 사용하지 못한다. 그러나 그녀들 두 사람의 수화는 속도도 어휘도 일상회화 수준이었으므로 이렇게 둘만의 비밀 잡담에 곧잘 사용하곤 했다.

——누가 아니래. 피 냄새에 모여들지 않아 편하잖아.

놈들이 개를 데리고 있었다면 이렇게 쉽지는 않았으리라.

무력화할 수단도 마련해오기는 했지만 귀찮은 일이 일어나지 않는다면 그보다 좋은 일이 없다.

그렇게 대답하자 동료의 손가락이 빠르게 움직였다.

──그럼 난 예정했던 건물로 가겠어.

알았다고 대답하자 곁에서 달리던 동료가 옆으로 비껴나간다.

혼자 남은 그녀는 질주하면서 곁눈질로 밭을 보았다.

재배하는 것은 보리 같은 곡물도 아니고 야채도 아니다.

정체는 왕국에서 가장 만연하는 불법 약물, 흑분(黑粉)의 원재료가 되는 식물이었다. 이 높은 벽에 에워싸인 마을 안에는 수많은 밭이 있는데 재배되는 것들은 모두 똑같다. 이마을이 마약 재배의 거점 중 하나라는 증거였다.

흑분, 혹은 라일라 분말이라고도 불리는 이 마약은 까만 가루 형태의 약물이며 사용할 때는 물에 녹여 음용한다.

대량으로 만들 수 있어 값이 싸며, 쉽게 행복감과 도취감을 느끼는 효능 때문에 왕국에서 가장 유명한 마약이다. 그뿐만이 아니라 중독성이 있는 데도 부작용이 없다고 믿는 자가 많아 매우 널리 퍼졌다.

그녀는 이러한 흑분의 정보를 떠올리며 코웃음을 쳤다.

부작용 없는 마약이 어디 있겠는가. '끊고 싶을 때는 언제든 끊을 수 있다'고? 착각도 유분수지. 흑분 중독자의 유체를 해부해 확인해본 결과 그들의 뇌는 모두 일반인의 5분의 4 정도로 오그라든 상태였다.

애초에 야생에 자생하는 식물에서 조합한 흑분은 강력한 독약이다. 그만큼 유독한 식물을 어떻게 믿으면 중독성이 없다고 생각할 수 있는지. 항간에 나도는 흑분이 마약의 범주에 들어가는 이유는 약효가 약한 재배한 식물로 만들었기 때문이다.

그래도 매우 강한 중독성을 띠며, 몸에서 완전히 빼내려면 오랜 시간이 걸린다. 그렇기에 웬만한 복용자는 복용을 멈추고 마약 성분이 다 빠져나가기도 전에 다시 복용을 시작하고 만다. 신관들의 마법을 사용해 강제적으로 빼내지 않는 한 어느 정도 단계까지 진행된 중독자가 자신의 의지로 완전히 끊기란 불가능에 가깝다.

그런 무시무시한 마약의 가장 성가신 점은, 금단증상이 약하며 배드 트립에 빠져도 폭주하거나 주위에 해를 끼치지 않는다는 점이다. 때문에 왕국 상부는 위험을 이해하지 못하고 다른 약물의 적발에만 힘을 쏟아 흑분은 거의 묵인되다시피 하는 상황이었다. 왕국에서는 혹시 은근히 흑분 생산을 지원하는 것 아니냐고 제국에서 항의하는 것도 수긍이 간다.

그녀는 암살자로 살아가던 무렵, 경우에 따라서는 약물을 사용하기도 했고 조직에서도 비슷한 약초를 재배했으므로 부정적인 감정은 없었다. 마약이라 해도 잘만 쓰면 훌륭한 효과를 발휘한다. 이를테면 위험한 면을 가진 약초나 마찬가지이므로.

그러나 이번 일은 의뢰였으며, 그녀 개인의 의견은 문제가 되지 않는다. 다만──

'······모험자 조합을 거치지 않은 의뢰는 위험하지만.'

──의뢰를 전적으로 수긍하는 것도 아니었다.

그녀는 복면 안에서 얼굴을 일그러뜨렸다. 이번 의뢰주는 팀 리더의 친구였다. 정당한 보수가 지불되었다고는 하지만 조합을 통하지 않은 의뢰를 받아들이면 이래저래 귀찮은 일이 발생할 수 있다. 그것이 설령 왕국에 둘밖에 없는 아다만 타이트 급 모험자 팀이라 해도.

'응? 지금은 셋이던가?'

그러고 보니 새로운 아다만타이트 급 모험자가 태어났다고 들은 기억이 있는데── 그런 생각을 하는 사이에 그녀는 2번이라는 코드네임을 붙인 건물 부근까지 도착했다.

이 건물 내의 모든 정보를 회수하는 것이 그녀의 역할이었다. 그것이 끝나면 밭에 불을 질러야 한다.

타오르는 마약에서 피어나는 연기가 유독한 것은 사실이지만, 그렇게 해야만 임무가 끝난다. 바람 방향에 따라서는 마을 사람들에게 피해가 미칠 걱정도 있으나 피난시킬 시간 여유도 수단도 없다.

'필요한 희생.'

그렇게 자신을 타이르고 마을 사람들의 안부는 망각의 저편으로 내팽개쳤다.

암살자로 육성된 그녀는 사람의 생명이 사라진다 해서 마음이 움직이는 일이 거의 없다. 특히 그것이 낯선 사람이라면 어떻게 되든 눈썹 하나 까딱하지 않으리라. 그저 희생자가 생겼을 때 리더가 짓는 표정이 싫을 뿐이다. 그러나 이번 작전을 세울 때는 리더의 동의를 받았다. 그렇기 때문에 구할 마음은 전혀 들지 않았다.

게다가 그런 것보다도, 습격이 끝나면 즉시 전이마법을 써서 다른 마을로 이동해 마찬가지로 초토화 작업을 해야만 한다. 머리는 그 계획 생각으로 가득했다.

마약의 원료가 되는 풀이 재배되는 곳은 이 마을만이 아니다. 그녀들의 조사에 따르면 대규모 재배지는 왕국 내에 모두 열 곳이 있다. 발견하지 못한 곳도 아직 몇 군데는 더 있을 것이다. 그렇지 않고선 왕국 전토에 퍼진 마약의 양을 설명할 수 없다.

'잡초는 나오자마자 뽑아야 해……. 헛수고가 많기는 해도 그 방법밖에 없으니까…….'

이 마을에서 지령서 같은 것이 나온다면 만만세겠지만 그렇게 쉽게 풀리지는 않으리라. 하다못해 이 마을의 책임자에 해당하는 인물이 어느 정도 정보를 가지고 있기를 기대할 수밖에.

'조직의 정보를 조금이라도 잡으면…… 리더도 좋아할 텐데.'

이 마약을 재배하는 강대한 범죄 신디케이트의 이름은 '여덟손가락'. 토신(土神)의 종속신인 '절도의 신'이 여덟손가락이라는 데에서 그런 이름을 사용한다. 왕국 내의 암흑가를 좌지우지하는 거대 조직이다.

노예 매매, 암살, 밀수, 절도, 마약 거래, 경비, 금융, 도박의 여덟 부문으로 나뉜 범죄조직이며, 왕국 내에 그들의 손이 미치지 않은 범죄조직은 없다고 할 정도였다. 그리고 지나치게 거대하여 전모는 수수께끼에 싸여 있다.

다만 이 조직이 왕국 내에 얼마나 세력을 떨치는지를 쉽게 보여주는 증거가 있다. 그것은 그녀의 눈앞에 펼쳐진 마을이다.

마을 내에서 당당히 불법 식물을 재배한다. 그것만으로도 이 땅의 영주권을 가진 귀족이 공범임을 충분히 알 수 있다.

그러나 이를 고발해봤자 죄를 물을 수는 없다.

왕족이나 그에 준하는 사람의 사문 혹은 사법기관의 손길이 미친다면 이야기가 다르지만, 그래도 봉건귀족을 유죄로 만들기는 어렵다. 이 땅의 귀족은 이렇게 말할 것이다. 마약의 원료인 줄은 몰랐다고. 혹은 마을 사람들이 멋대로 저지른 짓이라고 책임을 떠넘기겠지.

정면으로 규탄해봤자 효과는 미미하며, 마약 유통을 억제

하려 해봤자 유통경로에도 조직의 뇌물을 받은 귀족들의 손길이 미쳐 위사 정도의 힘으로는 어쩔 도리가 없는 상황에까지 이르렀다.

그렇기에 이제는 밭을 불태우는 것과 같은 폭력에 의존하는 최종수단 외에는 방법이 남지 않았다.

솔직히 그녀는 이 마약을 불태운다 해봤자 대증요법 정도도 되지 않으리라고 생각한다. 그만큼 왕국을 좀먹는 범죄조직은 너무나 강대했으며, 정치에도 깊이 촉수를 뻗쳤다.

"시간벌이……. 언젠가 역전의 일격을 날리지 않는다면, 이것도 헛수고……."

2

비가 내리고 있었다.

귀에 거슬리는, 그런 소란스러운 소리를 내며.

왕도의 노면은 배수까지 고려해 만들지 않았다. 특히 뒷골목이 되면 더욱. 그 결과 도로 전체가 거대한 호수로 변한다.

호면에 쏟아지는 비가 물보라를 일으켰다. 그것이 바람을 타고 피어올라 물 냄새를 뿌려댄다. 왕도 전체가 마치 물속에 잠겨버린 것 같은 분위기를 풍기는 데 한몫을 담당한다.

물보라에 회색으로 물든 세상 속에 한 사내아이가 있었다.

아이가 사는 곳은 폐가. 아니, 폐가라는 말조차 무색하다. 기둥은 성인 남자의 팔뚝 정도 굵기밖에 안 되는 나무. 지붕 대신 누더기를 씌워놓았으며 벽은 그 누더기가 힘없이 늘어진 연장선일 뿐이다.

노숙이나 다를 바 없는 그런 주거에 있는 여섯 살배기 사내아이는 아무렇게나 버려진 쓰레기처럼 몸을 동그랗게 말고 지면에 얇은 천 한 장을 깐 채 그 위에 누워 있었다.

생각해 보면 기둥을 이룬 나무들도, 누더기로 만든 지붕과 벽도 딱 이만한 또래의 아이가 간신히 만들 법한—— 아이들이 장난으로 세우는 비밀기지 같은 것이다.

바깥과 전혀 다를 바 없는 이 집의 이점은 기껏해야 비가 직접 들이치지 않는다는 것뿐이리라. 그칠 줄 모르는 비 때문에 기온은 급격히 떨어져, 몸이 부들부들 떨리는 냉기가 사내아이의 주위를 에워쌌다. 토해낸 숨이 한순간 존재감을 나타냈다가는 즉시 온도를 빼앗겨 공기 속으로 사라졌다.

집으로 도망쳐 들어오기 전에 차가운 비에 흠뻑 젖은 사내아이의 몸에서는 엄청난 기세로 체온이 빠져나갔다.

떨리는 몸을 주체할 방법이 없었다.

그저 몸에 스며드는 듯한 냉기가, 얻어맞아 멍투성이가 된 몸에 기분 좋게 느껴지는 것만이 이 최악의 상황에서 찾아낼 수 있는 단 하나의 소소한 행복이 아닐까.

사내아이는 모로 누운 채 아무도 지나다니지 않는 골목을, 세상을 바라보았다.

들려오는 것은 빗소리와 자신의 숨소리뿐. 마치 자신 외에는 이 세상에 아무도 없는 것 아닐까 하는 생각마저 들기에 충분한 정적이었다.

어리지만 사내아이는 자신이 아마도 죽을 것임을 알 수 있었다.

죽음을 완전히 이해할 나이는 아니므로 큰 두려움은 없다. 게다가 삶은 고집할 만큼 그리 가치가 있는 것 같지도 않았다. 이제까지 삶에 매달렸던 것은 아픈 것이 싫다는, 도피와도 비슷한 생각 때문이었다.

지금처럼 아프지 않게──춥기는 하지만──죽을 수 있다면 죽음도 나쁜 것만은 아니다.

젖은 몸은 서서히 감각을 잃었고 의식은 흐릿해졌다.

비가 내리기 전에 비바람이 몰아치지 않는 곳으로 이동하는 게 좋았겠지만, 어쩌다가 불량한 사내들에게 붙들려 폭력에 시달렸던 몸으로는 이곳까지 돌아오는 것이 고작이었다.

소소한 행복은 있다. 그러면 그 외의 모든 것은 불행일까.

이틀 동안 음식이라곤 전혀 입에 대지 못했던 것은 늘 있는 일이니 불행이 아니다. 부모님이 계시지 않아 돌봐줄 사람이 없는 것도 옛날부터 그랬으니 불행이 아니다. 누더기를 걸쳐 불쾌한 냄새를 풍기는 것도 당연한 일이니 불행이 아니다. 썩은 것을 먹고 구정물로 배를 채우는 삶도, 그것밖에 모르니 불행이 아니다.

그러면, 잘 살던 빈집을 어쩌다가 빼앗기고, 열심히 만든 집은 누군가의 장난에 부서지고, 또한 술에 취한 사내들에게 맞아 몸 여기저기가 아픈 것은. 이것은 불행일까?

아니다.

사내아이의 불행은, 불행을 불행이라고 생각할 수 없다는 점이었다.

다만 그것도 끝났다.

사내아이가 모르는 불행은 여기서 끝나고.

죽음은 운 좋은 자의 앞에도, 불행한 자의 앞에도 나타난다.

──그렇다. 죽음은 절대적이다.

눈을 감는다.

이제는 추위조차 느껴지지 않는 몸으로는 눈을 뜨는 것조차 귀찮았다.

조그맣고 미덥지 못한 자신의 심장 소리가 어둠 속에서 들려온다. 빗소리와 심장 소리밖에 들리지 않는 세상에 기괴한 소리가 섞였다.

비를 가로막는 듯한 소리. 의식이 사그라지는 가운데 어린애 특유의 호기심에 이끌려 사내아이는 눈꺼풀에 힘을 주었다.

가느다란 선 같은 시야 속에 그것이 비쳤다.

사내아이는 감으려던 눈을 크게 떴다.

아름다운 것이 있었다.

그것이 무엇인지 한순간 이해하지 못했다.

'보석 같다', '황금덩어리 같다', 그런 표현이 어울리리라.
그러나 쓰레기통에 들어가 반쯤 썩기 시작한 것으로 허기를
면하는 생활을 하던 사람에게 그런 말은 떠오르지 않는다.

그렇다.

아이가 생각한 것은 단 한 가지.

——태양 같아.

아이가 아는 것 중에서 가장 아름답고, 가장 멀리 존재하는
것. 그것이 머릿속에 떠올랐다.

비 때문에 회색으로 물든 세상. 하늘을 지배하는 것은 두껍
고 시커먼 비구름. 그래서일까. 보는 사람이 없다고 여행을 떠
났던 태양이 자신의 앞에 나타난 것은 아닐까.

그런 생각이 들었다.

그것은 손을 뻗어 그의 얼굴을 쓰다듬었다. 그리고——

이제까지 사내아이는 사람이 아니었다.

사내아이를 사람으로 보아주는 존재는 없었다.

그러나 그날, 그는 인간이 되었다.

*

하화월(9월) **3일 4:15**

리 에스티제 왕국 왕도. 그중 가장 깊은 곳에 위치한 것은 바깥둘레 1,400미터에 열두 개의 거대한 원통형 탑이 방위망을 형성하며 성벽으로 광대한 토지를 에워싸고 있는 로 렌테 성이다.

이 열두 개의 탑 중 하나에 그 방이 있다.

완전히 조명이 꺼진 그리 넓지 않은 방에는 침대가 하나. 그 위에 소년과 청년의 경계 정도에 오는 미묘한 연령의 남자가 누워있었다.

금발은 짧게 깎았으며 피부는 건강하게 볕에 그을린 색이다.

클라임.

성도 없이 이름만 가진 그는 '황금'이라 불리는 여성의 가장 가까운 곳에 서도록 허락받은——많은 자들의 질투를 한 몸에 받는——병사다.

그는 해가 뜨기도 전에 눈을 뜬다.

깊은 암흑의 세계에서 의식이 돌아왔음을 인식했을 때부터, 즉시 의식은 또렷해지고 육체의 기능은 거의 완전히 기동 상태에 이르렀다. 잘 잠들고 잘 깨어나는 것은 클라임의 자랑 중 하나였다.

눈이 번쩍 뜨이고, 끄트머리가 살짝 올라간 삼백안에 강철 같은 의지가 깃들었다.

몸에 걸친 두꺼운 이불——여름이라고는 하지만 돌에 에워 싸여 맞는 밤은 춥다——을 젖히고 클라임은 침대에서 몸을 일으켰다.

눈언저리를 손가락으로 문지른다. 떼어낸 손가락은 물기로 축축했다.

"……그 꿈이군."

클라임은 옷소매로 얼굴을 문질러 눈물을 닦아냈다.

이틀 전에 매우 거센 비가 쏟아진 탓에 떠올린 것이리라.

소년 시절의 기억을.

흐르는 눈물은 결코 슬픔에서 비롯된 것이 아니다.

사람은 평생 살아가며 존경할 만한 사람을 몇 명이나 만날 수 있을까. 목숨을 버려도 아깝지 않을 만한 사람을 몇 명이나 섬길 수 있을까.

클라임은 그날, 언제 목숨을 내던져도 좋다고 굳게 믿을 수 있는 여성과 만났다.

이 눈물은 환희의 눈물. 그 만남이 만들어낸, 기적에 감사하는 눈물이었다.

클라임은 나이에 어울리는 앳된 기운이 남은 얼굴에 강한 의지를 띠며 일어났다.

빛이 하나도 없는 캄캄한 방 안에서, 지나친 훈련 때문에 갈라진 목소리로 읊조린다.

"빛나라."

클라임이 발한 키워드에 반응해 천장에서 드리워진 램프가 하얀빛을 맺어 실내를 비춰주었다. 〈영속광Continual Light〉이 부여된 매직 아이템이다.

일반에 유통되기는 하지만 나름 값비싼 아이템을 소유한 것은 그의 처지가 특별해서만은 아니다.

돌로 만든 탑처럼 공기가 잘 통하지 않는 곳에서, 조명 때문이라고는 하지만 무언가를 태우는 행위는 안전하다고 할 수 없다. 그렇기 때문에 초기비용은 들지만 거의 모든 방에 마법적인 불빛을 설치해놓은 것이다.

백색광에 비친 바닥과 벽은 돌로 만든 것이다. 싸늘하고 단단한 바닥에 조금이라도 저항하고자 얇은 융단을 체면치레 정도로 깔아놓았다. 그 외에 실내에 놓인 세간이라곤 나무로 만든 조악한 침대, 무구도 보관할 수 있도록 약간 큼지막하게 만든 옷장, 서랍이 달린 책상, 얇은 쿠션이 놓인 나무의자 정도였다.

제삼자가 본다면 볼품없다고 생각할지도 모르지만 이것은 그와 똑같은 지위를 가진 사람에게는 분에 넘치는 대접이었다.

병사에게는 개인실 따위 주어지지 않는다. 대개는 커다란 방에 2단 침대를 놓고 집단으로 생활한다. 그들에게 주어지는 가구란 침대를 제외하면 개인 물품을 넣기 위한 자물쇠 달린 나무상자가 고작이다.

게다가 방 한구석에 놓인 흰색 풀 플레이트 아머. 스스로 빛을 내듯 티 한 점 없는 광택이 깃들고 멋진 완성도를 자랑하는 이 갑옷은 일반적인 병사들에게는 지급할 수 없는 물건이다.

이 특별대우는 결코 클라임이 자신의 힘으로 쟁취해낸 것이 아니다. 이것은 클라임이 목숨도 아까워하지 않겠노라 충성을 바친 주인이 그에게 호의의 징표로 준 것이다. 그렇기에 시샘을 받는 것은 어쩔 수 없다.

옷장을 열고 옷을 꺼내, 안에 붙은 거울을 보며 입는다.

금속 냄새가 밴 낡은 옷을 입고, 마지막으로 체인 셔츠를 뒤집어쓰듯 착용한다. 원래는 여기에 판금갑옷을 걸쳐야 하지만 그렇게까지는 하지 않는다. 대신 주머니가 많이 달린 조끼와 바지를 입고 착용을 마친다. 손에는 타월이 담긴 나무통을 들었다.

마지막으로 거울을 보며 이상한 곳은 없는지, 복장이 흐트러지지는 않았는지 체크한다.

클라임의 추태는 자칫하면 충성을 바친 왕녀, '황금' 라나에 대한 공격의 재료가 된다.

그렇기에 주의해야만 한다. 자신은 폐를 끼치기 위해 살아가는 것이 아니다. 그녀에게 모든 것을 바치기 위해 살아간다.

클라임은 거울 앞에서 눈을 감고 주인의 얼굴을 떠올렸다.

황금왕녀── 라나 티엘 샬드론 라일 바이셀프.

여신으로 착각할 만한 신성함. 그 고귀한 혈통에 어울리는 자애롭고 찬란한 정신, 온갖 정책을 고안해내는 지혜.

그야말로 귀족 중의 귀족, 왕녀 중의 왕녀. 지고의 여성.

그런 황금의 광채를 가진 티 한 점 없는 보석에 조금이라도 상처를 입혀서는 안 된다.

반지로 비유하자면 라나라는 여성은 브릴리언트 커팅을 한 커다란 다이아몬드였다. 그렇다면 클라임은 무엇인가. 그 주위를 에워싼 발톱 부분이다. 지금도 이곳이 싸구려여서 가치가 떨어지는데, 이 이상 떨어뜨릴 수는 없다.

클라임은 주인을 생각하고 가슴이 뜨거워지는 것을 막을 수가 없었다.

신을 믿는 경건한 신도조차 지금 클라임의 모습에는 당해내지 못하리라.

한동안 자신의 모습을 바라보며 주인에게 결코 누가 되지 않으리라 확신하자 만족스럽게 고개를 끄덕이고, 클라임은 방을 나섰다.

3

그가 향한 곳은 탑의 한 층을 통째로 뚫어 훈련소로 쓰는 커다란 홀이었다.

평소 같으면 병사들의 열기가 피어나겠지만 아무리 그래도 이렇게 이른 시간에는 아무도 없다. 휑뎅그렁한 공간은 조용했으며 정숙이 소리로 들려올 것만 같았다. 모든 방향이 돌로 에워싸였기 때문에 클라임이 내는 신발 소리가 크게 메아리쳤다.

반영구적으로 빛나는 마법의 불빛 덕에 홀은 밝았다.

홀 안에는 말뚝에 걸쳐놓은 갑옷이며 활의 표적으로 쓰이는 지푸라기 인형도 있다. 벽 쪽에는 날을 세우지 않은 다양한 무기가 진열된 무기 선반도 보였다.

원래 같으면 훈련소는 야외에 만들어 놓아야 한다. 그럼에도 실내에 배치한 데는 이유가 있다.

로 렌테 성내에는 발란시아 궁전이 있다. 그렇기 때문에 병사들이 야외에서 훈련을 하면 그 모습이 타국의 사신들에게도 눈에 뜨여 품위가 떨어진다 해서 탑 내부에 여러 곳의 훈련소를 만들어놓은 것이다.

굴강한 병사들이 용맹하게 연병하는 모습은 외교적으로도 '전시 카드'가 될 수 있을 텐데, 왕국에서는 그것을 좋게 생각하지 않는다. 어디까지나 우아하게, 화려하게, 귀족적인 모습만을 보여주려는 풍조가 있다.

그렇다고는 해도 야외가 아니면 불가능한 훈련 또한 있으므로, 그럴 때는 구석에서 몰래 실시하거나 성 밖의 운동장, 혹은 왕도 밖에서 하지만.

클라임은 조용한 홀 안으로 서늘한 공기를 가르듯 들어와 한쪽 구석에서 천천히 스트레칭을 시작했다.

시간은 30분. 꼼꼼히 스트레칭을 한 클라임의 얼굴은 약간이라고는 할 수 없을 정도로 붉게 달아올랐다. 이마에는 땀이 배어나오고 토하는 숨에도 열기가 담겼다.

이마에 손을 대 땀을 닦은 클라임은 무기 선반으로 다가가 날을 세우지 않은 커다란 연습용 철검을 뽑아들었다. 그립을 확인하고, 자신의 손에 딱 맞는지를 확인한다. 그의 손은 이미 몇 번이나 물집이 잡혔다 터지기를 반복해 거칠고 단단했다.

다음으로는 주머니에 금속덩어리를 채우더니 빠지지 않도록 단추로 꽉 잠근다.

금속덩어리 꽉 채운 옷은 풀 플레이트 아머와 똑같은 무게를 가지게 된다. 마법을 담지 않은 단순한 풀 플레이트 아머는 방어력이 강한 대신 무거우며 관절의 가동범위가 제한되는 단점이 있다. 따라서 실전을 생각한다면 착용한 상태로 훈련하는 것이 올바른 훈련법이다.

그러나 아무리 그래도 단순한 훈련에서 풀 플레이트 아머까지 꺼내오는 경우는 별로 없다. 게다가 그에게 주어진 백색 갑옷을 훈련할 때 입을 수는 없다. 때문에 이런 대용품을 쓰는 것이다.

그레이트 소드의 크기를 넘어서는 거대한 철검을 꽉 쥐고 상단으로 든 클라임은 숨을 토하면서 천천히 검을 휘둘렀다.

바닥을 두드리기 직전에 멈추고, 숨을 들이마시며 다시 상단자세로 든다. 휘두르기 속도를 서서히 높이며 날카로운 눈빛으로 눈앞의 공간을 강하게 노려보고, 하염없이 몰두한다.

되풀이하기를 이미 300번 이상.

클라임의 머리는 완전히 시뻘겋게 달아올라 땀이 얼굴 위로 줄줄 흘러내렸다. 토해내는 호흡은 몸속에 쌓여가는 열기를 배출하듯 급격히 뜨거워졌다.

클라임은 병사로서 상당한 훈련을 쌓았지만 그래도 대형 그레이트 소드의 중량을 감당하기는 어려웠다. 특히 내리친 검이 바닥에 닿지 않도록 속도를 죽이려면 상당한 근력이 필요하다.

500을 넘었을 무렵, 클라임의 두 팔이 비명을 지르듯 경련하기 시작했다. 얼굴에서는 땀이 폭포수처럼 흘러내렸다.

이쯤이 한계임을 클라임도 잘 안다. 그래도 클라임은 멈추려는 기색을 보이지 않았다.

그러나——

"——그쯤 해두는 게 어떤가."

다른 사람의 목소리가 들렸다. 황급히 목소리가 들린 쪽을 돌아본 클라임의 눈에 한 남성의 모습이 들어왔다.

굴강하다는 말 이상으로 잘 어울리는 표현이 없었다. 마치 강철의 화신과도 같은 그런 사나이였다. 바위를 연상케 하는 얼굴은 잔뜩 찡그려서 주름이 두드러지는 바람에 나이보다도 더 늙어 보인다. 우락부락하게 솟은 근육은 이 사내가 보통 사람이 아님을 보여주었다.

왕국 병사 중에서 이 인물을 모르는 자는 없으리라.

"——스트로노프 님."

왕국전사장 가제프 스트로노프. 왕국 최강, 그리고 주변 국가에서도 따라올 자가 없다고 칭송받는 전사다.

"그 이상은 과잉훈련일세. 무리해봤자 의미가 없어."

클라임은 검을 내리고 부들부들 떨리는 자신의 팔을 바라보았다.

"옳으신 말씀입니다. 조금 무리했습니다."

무표정하게 감사의 뜻을 보이는 클라임에게 가제프는 슬쩍 어깨를 으쓱했다.

"정말로 그렇게 생각한다면 같은 소리를 반복하게 만들지 말아주겠나? 벌써 몇 번째인지……."

"죄송합니다."

머리를 숙이는 클라임을 보며 가제프는 다시 어깨를 으쓱했다.

두 사람에게는 수도 없이 되풀이된, 인사와도 같은 대화였다. 다만 평소 같으면 이것으로 대화는 끝나고 각자 자신의 훈련에 몰두했을 것이다. 그러나 오늘은 달랐다.

"어떤가, 클라임. 나와 검을 좀 대보지 않겠나?"

가제프의 말에 클라임의 무표정한 얼굴이 한순간 흐트러질 뻔했다.

이제까지 두 사람은 이곳에서 만나 서로 검을 나눈 적이 없었다. 그것이 불문율이었다.

두 사람이 훈련을 해봤자 좋을 것이 없다. 아니, 없는 것은 아니지만 안 좋은 부분이 훨씬 크기 때문이다.

현재 왕국은 국왕파와 6대 귀족 중 3개 가문이 손을 잡은 귀족파로 나뉘어 권력투쟁을 벌이고 있다. 국가가 갈라지지 않는 것은 매년 제국과 전쟁을 하기 때문이라는 말이 돌 정도로 위험한 상황이었다.

그런 가운데 왕의 심복인 왕국전사장 가제프 스트로노프

가——패배할 리는 없겠지만——가령 지기라도 했다간 적대 파벌인 귀족파벌에게 커다란 공격재료를 주고 만다.

반면 당연한 일이지만 클라임이 지면 라나의 신변을 맡길 수 없을 거라고 귀족들이 수군대리라. 절세미녀이며 약혼자가 없는 왕녀가 클라임이라는 신원도 확실치 않은 병사 한 사람을 중용해 신변 경호를 맡기는 것을 불쾌하게 여기는 귀족은 많다.

위와 같이 두 사람의 처지가 서로의 패배를 용납하지 않았다.

약점을 보이고 급소를 드러내고 공격의 실마리를 주어서는 안 된다. 주인에게 폐를 끼치지 않도록 세심한 주의를 기울이는 것은 평민 출신인 두 사람의 공통된 마음이었다.

그것을 깨뜨리다니, 대체 어떤 이유일까.

클라임은 주위를 둘러보았다.

아무도 없기 때문에? 그런 이유는 생각할 수 없다. 이곳은 복마전이다. 멀리서 감시하는 자, 혹은 숨어서 엿보는 자는 끊이질 않는다. 그러나 달리 짚이는 구석이 없었다.

좋은 이유인지 나쁜 이유인지 알 수 없어 클라임은 곤혹스러워하며 동요했으나, 표정으로 드러내지는 않았다.

다만 클라임 앞에 있는 것은 왕국 최강이라 불리는 전사다. 평범한 사람이라면 느끼지도 못하는 한순간의 감정조차 예민하게 감지해, 대답을 입에 담았다.

"극히 최근에, 자신의 미숙함을 깨달을 일이 있었거든. 좀 싸울 맛이 나는 사람과 연습을 하고 싶네."

"스트로노프 님께서, 말씀입니까?"

왕국 최강이라 불리는 가제프가 자신의 미숙함을 알았다니, 그것이 대체 어떤 상황이란 말인가. 그리고 클라임은 최근에 가제프가 지휘하는 부대의 구성원이 줄어들었다는 사실을 깨달았다.

클라임에게는 친한 동료가 없기 때문에 식당에서 들리는 소문 정도밖에는 모른다. 여기에 따르면 사건에 말려들어 몇 명을 잃었다고 한다.

"그래. 자비로운 매직 캐스터를 만나지 못했다면, 그가 힘을 빌려주지 않았다면 난 지금쯤 이곳에 없었겠지——."

그 말을 들은 클라임은 자신의 철가면마저 무너지는 것을 느꼈다. 아니, 그 누가 놀라지 않을 수 있겠는가. 자신도 모르게 호기심이 발동해 질문을 하고 말았다.

"그 자비로운 매직 캐스터란 누구입니까?"

"……아인즈 울 고운이라 하더군. 이건 내 짐작이네만, 제국의 그 괴물 마법사와도 필적하지 않을까 하는 그런 인물일세."

들어본 적이 없는 이름이었다.

클라임은 영웅을 동경해 영웅담을 모으는 남모를 취미가 있었다. 그것도 종족을 불문하고. 그뿐이 아니라 주변 국가의 유명한 모험자들에 얽힌 모험담도 들을 수 있는 범주 내에서 수집했는데, 지금 가제프가 말한 이름은 전혀 짚이는 구석이 없었다.

물론 가명일 가능성도 있다.

"그, 그럼── 으음!"

클라임은 자세히 물어보고 싶은 마음을 꾹 억눌렀다.

'부하 분들을 잃으신 사건을 들뜬 마음으로 물으려 하다니…… 실례도 정도가 있지.'

"그분의 존함을 마음에 새겨두겠습니다. ……그런데, 정말로 대련을 해도 괜찮으시겠습니까?"

"대련이 아니라 검을 대보는 것뿐일세. 거기서 무엇을 얻을 수 있을지는 자네에게 달렸지. ……자네는 이 나라의 병사들 중에서도 일류야. 나도 보람이 있겠지."

높은 평가이기는 했지만 클라임에게 그것은 그저 빈말일 뿐이었다.

클라임이 월등히 강한 것이 아니다. 평균치가 낮은 것이다. 왕국 병사의 실력은 일반인보다 조금 나은 정도다. 제국의 전업병사인 '기사'와 비교해도 약해서 주변 국가에 무명을 떨칠 만한 자가 없을 뿐이다. 가제프의 직할 병사는 분명 강하지만 그래도 클라임보다는 약간 떨어진다.

클라임 자신의 능력을 모험자 랭크로 평가한다면 코퍼, 아이언, 실버, 골드, 플래티넘, 미스릴, 오리하르콘, 아다만타이트 중에서 골드로 평가받을 수준이리라. 약하지는 않지만 위에는 위가 수없이 있다.

그런 자가 가제프라는, 모험자로 평가한다면 분명 아다만타이트에 해당할 사나이에게 보람을 느끼게 할 수 있을까?

클라임은 약한 마음을 떨쳐냈다.

왕국 최강의 사내가 훈련을 봐준다니, 매우 귀한 경험이다. 가제프를 실망시키는 결과가 된다 해도 후회는 없다.

"그러면 한 수 부탁드립니다."

가제프는 씨익 웃더니 크게 고개를 끄덕였다.

두 사람은 나란히 무기 진열대로 향해 자신에게 딱 맞는 사이즈의 검을 골랐다. 가제프가 바스타드 소드를, 클라임은 소형 방패와 브로드소드를 집었다.

그리고 클라임은 주머니에서 쇳덩어리들을 꺼냈다. 자신보다도 강한 사람을 상대하면서 이런 것을 가지고 있으면 실례가 된다. 그뿐이랴, 전력을 다해 싸우지 않는다면 자신의 성장으로 이어지지 않는다. 상대는 왕국 최강의 전사인 것이다. 높고 두꺼운 벽은 온 힘을 다해 느껴야 한다.

이윽고 완전히 준비를 갖춘 클라임에게 가제프가 물었다.

"그런데 팔은 괜찮나? 저리던 것은 풀렸나?"

"예, 이제는 괜찮습니다. 조금 후끈거리긴 하지만 악력에는 문제가 없습니다."

클라임이 두 손을 휘둘렀다. 그 움직임에 거짓이 없다고 판단한 가제프는 다시 고개를 끄덕였다.

"그렇군. ……그건 어떤 의미에서는 조금 아쉬운걸. 전장에 나가면 모든 면에서 만전의 상태로 싸우는 경우는 별로 없지. 악력이 떨어졌다면 그에 적합한 전법을 취해야 하는 법일세. 그러한 훈련은 해본 적이 없나?"

"어, 예. 해 보지 않았습니다. 그럼 다시 한 번 검을 휘둘러서……."

"아, 아니, 그렇게까지 할 필요는 없네. 다만 자네는 왕녀님을 지키는 일이 많으니, 패검이 허용되지 않는 장소에서 습격을 당했을 때 싸울 방법이라든가 다양한 무기를 이용한 전법 같은 것도 연습해두어서 나쁠 것은 없을 걸세."

"예!"

"……검, 방패, 창, 도끼, 단검, 무기수갑(武器手甲), 활, 곤봉, 투척무기. 무기 전투의 기본이 되는 구반무예(九般武藝)의 훈련이네만…… 널리 습득하려 들면 어지간해선 전부 소홀해지게 마련이지. 두 가지나 세 가지로 좁혀 배워보게. 이런, 쓸데없는 소릴 했구먼."

"아닙니다, 스트로노프 님. 고맙습니다!"

가제프는 쓴웃음을 지으며 손을 내저어 클라임의 감사에 대답했다.

"그럼, 준비됐으면 시작하세. 일단 그 자세 그대로 덤벼보게. 조만간…… 그래, 대련은 해 줄 수 없네만 다른 구반무예를 이용한 전법의 요령은 가르쳐주지."

"예! 그럼 부탁드립니다."

"그래. 다만 나는 훈련을 할 생각은 없네. 실전이라 생각하고 덤비게."

클라임은 천천히 검을 낮춰 들고 방패로 가린 좌반신을 가제프 쪽으로 향했다. 클라임의 시선은 날카로웠으며 의식 또한 이미 훈련 상태가 아니었다. 마찬가지로 실전을 방불케 하는 기척이 가제프에게서도 뿜어져 나왔다.

서로를 노려본다. 그러나 클라임은 먼저 움직일 수 없었다.

조금 전 쇳덩어리를 버려서 움직이기는 수월해졌지만, 그래도 가제프에게 이길 거라는 생각이 들지 않았다. 육체능력에서도 경험에서도 가제프가 압도적으로 위였다.

어수룩하게 파고들었다간 금방 반격을 허용당하고 만다.

상대는 몇 수나 뛰어난 고수이므로 어쩔 수 없는 일이기는 하다. 그러나 이것이 실전이라면, 어쩔 수 없다고 해서 목숨을 잃을 수 있겠는가.

그럼 어떻게 하면 좋을까.

가제프에게 없는 요소로 싸울 수밖에 없다.

육체나 경험, 정신 등. 전사에게 필요한 요소는 클라임이 모두 뒤진다. 차이가 있다면 무장이다.

가제프는 바스타드 소드. 반면 클라임은 브로드소드와 스몰 실드. 마법 무기라도 되면 차이가 나겠지만 이것은 훈련용. 무기의 차이는 없다.

다만 가제프가 한 가지 무기밖에 없는 데 반해 클라임은 두 가지 무기——방패도 무기로 쓸 수 있다——를 지녔다. 이것은 힘이 분산되는 대신 공격횟수가 늘어난다는 장점도 있다.

——일격을 방패로 튕겨내고 검을 휘두른다. 혹은 검으로 흘려내고 방패로 친다.

카운터를 노려야 한다고 전략을 세운 클라임은 가제프의 움직임을 진지하게 관찰했다.

몇 초의 시간이 지난 것과 함께 가제프가 슬쩍 웃었다.

"덤비지 않을 텐가? 그럼 내가 먼저 가겠네—— 지금."

절대적인 여유를 내비치며 가제프는 자세를 잡았다. 허리를 살짝 낮추고, 용수철이 들어간 것처럼 육체에 힘이 깃들기 시작했다. 클라임 또한 언제 검이 날아와도 튕겨낼 수 있도록 자신의 몸에 힘을 담았다.

가제프가 파고들면서 방패를 노리고 검을 내리쳤다.

——빠르다!

클라임은 튕겨내고자 방패를 움직이는 것을 포기했다. 공격을 그저 막아내기만 하는 단순한 방어에 온 신경과 능력을 집중했다.

다음 순간—— 무시무시한 충격이 방패를 엄습했다.

그 일격에 방패가 부서진 것은 아닐까? 그렇게 생각할 만한 충격이었으며, 방패를 든 손이 완전히 움직이지 못하게 될 만한 강격이었다. 이런 것을 받아내려면 온몸의 힘을 집중할 수밖에 없다.

'튕겨내기는 무슨! 이딴 걸 어떻게 공격 타이밍에 맞춰서 튕겨내?! 하다못해 흘려내는 느낌으로⋯⋯.'

자신의 어수룩한 생각에 혀를 찬 클라임의 복부에 다른 충격이 엄습했다.

"커헉!"

클라임의 몸이 뒤로 날아갔다. 등부터 단단한 돌바닥에 부딪쳐 폐에서 공기를 토해냈다. 무슨 일이 일어났는지는 가제프를 보면 일목요연했다.

마침 클라임을 강렬하게 걷어찬 발을 내리는 참이었다.

"⋯⋯손에 검밖에 없다 해도 그곳에만 지나치게 주의를 기울이면 위험해. 지금처럼 걷어차이기도 하니까 말일세. 방금은 배를 노렸네만 원래는 갑옷이 더 얇은 부분을 노리지. 무릎을 부러뜨리거나⋯⋯ 설령 가랑이에 패드를 댔다 해도 금속제 족갑(足甲)에 맞으면, 재수가 없을 땐 터지기도 한다네. 상대의 온몸을 보고 일거수일투족에 주의를 기울이게."

"⋯⋯예."

클라임은 배에서 치미는 둔중한 통증을 참으며 천천히 일어났다.

왕국 최강의 전사인 가제프는 육체능력도 무시무시하다. 진심으로 걷어찼다면 설령 체인 셔츠를 입었다 해도 늑골을 부러뜨려 전투 불능에 빠뜨리는 것쯤 문제도 아니었으리라. 하지만 그렇게 되지 않은 이유는 진심으로 차지 않고 몸만 날려버릴 생각으로 배에 발을 댄 다음 강하게 밀어냈기 때문이리라.

'역시 대련이었어……. 고맙습니다.'

왕국 최강의 전사가 대련을 해 주었다는 것을 강하게 실감하면서, 클라임은 감사와 함께 다시 자세를 잡았다.

이렇게 귀중한 시간을 간단히 끝내버리지 않도록 주의해야 한다.

클라임은 다시 방패를 앞으로 내밀고 슬금슬금 가제프에게 다가갔다. 가제프는 그런 클라임을 말없이 바라보았다.

이대로 가면 조금 전과 같은 결과를 반복할 뿐이다. 클라임은 접근하면서 작전을 다시 세워야 했다.

태연히 기다리고 있는 가제프의 모습에서는 압도적인 여유가 느껴졌다. 도저히 가제프가 최선을 다해 싸우도록 할 수가 없었다.

분하다는 것도 오만한 생각이리라.

클라임의 한계는 이미 눈에 보였다. 이렇게 아침 일찍 일어나 검술을 수행해도 성장은 황소걸음보다 느리다. 처음 검을 휘둘렀던 시절부터 생각해 보면 너무나도 느리다. 앞으로는 육체를 단련하여 검의 속도와 무게를 높일 수는 있어도, 무투기 같은 특별한 힘을 얻을 수는 없으리라.

그런 클라임이 재능의 화신과도 같은 사내와 싸우며 진심으로 싸워주지 않는다고 분하게 여기다니, 무례한 생각이다. 진심을 끌어내지 못하는 자신의 부족한 재능을 원망해야 한다.

훈련이 아니라 실전이라 생각하고 덤비라는 조금 전의 말은 "죽일 작정으로 덤비지 않고선 너는 상대도 안 된다."는, 자신보다도 아득히 높은 경지에 선 자의 경고였던 것이다.

클라임은 이를 악다물었다.

자신의 약함이 미웠다. 좀 더 강하다면 좀 더 도움이 될 텐데. 왕녀님의 무기가 되어, 국가를 더럽히고 백성들을 괴로움에 빠뜨리는 자들과 정면으로 싸울 수 있었을 텐데.

단 한 자루밖에 없는 검이 너무나도 약해 휘두르는 데에도 주의를 기울여야 하는 왕녀에게 클라임은 죄책감마저 느끼고 있었다.

그러나 클라임은 즉시 그런 마음을 떨쳐냈다. 지금 해야할 일은 그런 부정적인 생각에 사로잡히는 것이 아니다. 강자의 경지에 선 사람에게 자신의 모든 것을 내던져서 조금이라도 강해지고자 노력하는 것이다.

가슴에 깃든 마음은 단 한 가지.

공주님께 도움이 되고자——

호오.

가제프는 탄식하며 살짝 표정을 바꾸었다.

눈앞에 선, 소년이라고도 청년이라고도 할 수 있는 사내의 표정이 바뀌었기 때문이다. 조금 전까지는 비유하자면 유명인을 만난 어린아이 같은 두근거리는 감정이 떠돌고 있었다.

그러나 한번 걷어차이면서 그런 들뜬 분위기는 사라지고 전사의 표정이 되었다.

가제프는 경계 레벨을 한 단계 끌어올렸다.

가제프는 클라임이 생각하는 것보다도 클라임을 높이 평가했다. 특히 점수를 주는 부분이 탐욕스럽게, 외곬으로 강해지려 하는 성격. 신앙이라고도 할 수 있는 두터운 충성심. 그리고 검술이었다.

클라임의 검술은 누구에게서 배운 것이 아니라 훈련하는 자들을 훔쳐보며 얻은 기술이었다. 꼴사나우며 군더더기가 많다. 그러나 아무 생각 없이 훈련으로 배운 자들과는 달리, 일검에 어떤 의미가 있는지를 스스로 생각하며 함양한 검은 실전 사용을 중시한 검, 나쁘게 말하자면 살인검이 되었다.

매우 훌륭하지 않은가. 가제프는 그렇게 생각했다.

검이란 따지고 보면 결국 살인도구다. 훈련으로 익힌 놀이 수준의 검 따위 진정한 싸움에서는 힘을 발휘하지 못한다.

지켜야 할 사람도 지키지 못하고, 구해야 할 사람도 구하지 못할 것이다.

하지만 클라임은 다르다. 적을 베어 죽이고, 소중한 사람을 지킬 것이다.

그러나──

"──마음을 바꿔먹었다 해도 상대와의 능력 차이는 엄연하다네. 자, 어떻게 할 텐가?"

단언컨대, 클라임에게는 재능이 없다. 누구보다도 노력해도── 아무리 육체를 혹사하더라도 재능이 없으면 강자의 경지에는 이르지 못한다. 가제프나 브레인 앙글라우스. 그런 사내들처럼 되지는 못한다.

클라임이 누구보다도 강해지고 싶어해봤자, 꿈과 환상에서 머물 뿐이다.

그럼 왜 클라임에게 대련을 시켜주려 하는가. 좀 더 우수한 사람에게 시간을 할애하는 편이 유익하지 않겠는가.

해답은 단순했다. 가제프는 한없이 쓸데없는 노력을 거듭하는 클라임을 도저히 보고 있을 수 없었던 것이다. 인간에게 재능으로 한계치가 부여된다면, 그 벽에 하염없이 육탄돌격을 해대는 소년을 보고 가엾게 여기고 말았던 것이다.

그렇기에 다른 수단을 가르쳐주고 싶었다.

재능의 한계는 있어도, 경험의 한계는 없다고 믿고.

그리고 또 한 가지, 자신의 가장 큰 호적수였던 사내의 너무나도 처참한 모습에 원통함을 느꼈기 때문에.

'그렇다고 다른 데서 만족감을 얻으려 하다니…… 클라임

에게는 미안할 따름이군……. 그래도 나와 겨루는 것이 이 녀석에게도 손해는 되지 않을 테니.'

"──덤비게, 클라임."

그 혼잣말에, 강렬한 기합을 담은 대답이 돌아왔다.

"예!"

응수와 동시에 클라임은 달렸다.

조금 전과는 달리 진지한 표정을 띤 가제프가 천천히 어깨 위로 검을 들었다.

상단 수직 공격의 자세.

방패로 막아내면 움직임이 완전히 가로막히고, 검으로 받아내면 튕겨난다. 방어라는 행위의 의미를 없애버리는 공격. 받아내는 것은 어리석은 생각. 다만 클라임의 무기는 브로드 소드이며 가제프가 든 바스타드 소드보다도 짧다.

뛰어드는 것밖에는 방법이 없다. 이를 아는 가제프는 반격하고자 기다리고 있다.

호랑이 입으로 뛰어드는 것과 같은 행위── 그러나 망설임은 한순간.

클라임은 가제프의 검 간격으로 뛰어들었다. 기다렸다는 듯 가제프가 검을 휘두르고, 클라임은 방패로 받아냈다. 무시무시한 충격은 조금 전보다도 강하다. 팔에 전해지는 아픔에 클라임은 얼굴을 찡그렸다.

"유감이군. 조금 전과 같은 결과로 끝나다니."

클라임의 복부에, 살짝 실망의 빛을 띤 가제프의 발이 얹혔다. 그리고——

"〈요새〉!"

클라임의 외침과 함께 가제프가 살짝 놀란 표정을 지었다.

〈요새〉는 방패나 검으로만 발동할 수 있는 무투기는 아니다. 마음만 먹으면 손이든 갑옷이든 어디든 가능하다. 그러나 보통 검이나 방패로 막아냈을 때 발동시키는 이유는 다른 것이 아니다. 다른 경우에는 발동 타이밍을 가늠하기가 매우 어렵기 때문이다. 갑옷으로 발동시키면 자칫 상대의 공격을 무방비하게 맞을 가능성이 있다. 그렇다면 최소한 검이나 방패로 막아냈을 때 발동하려는 것이 인지상정.

그러나 지금 클라임처럼 가제프의 발차기가 오리라 예측할 수 있다면 문제도 해결된다.

"노렸나?!"

"예!"

가제프의 발차기에 담긴 힘은 마치 부드러운 것에 흡수된 것처럼 빠져나갔다. 발을 내밀어 힘을 줄 수 없게 된 가제프는 발차기를 포기하고 바닥으로 내리려 했다. 불리한 자세를 되돌려가는 가제프에게 클라임이 검을 휘둘렀다.

"〈참격〉!"

무투기를 발동시킨, 높은 상단 일격.

하나밖에 없는, 자신감을 가지고 날릴 수 있는 기술을 만들어라.

어떤 전사에게 들은 말을 가슴에 담아, 재능이 없는 클라임이 필사적으로 갈고닦았던 상단 일격이었다.

클라임의 육체는 여봐란 듯한 근육의 갑옷으로 에워싸인 것은 아니었다. 원래부터 근육이 잘 붙지 않는 체질이기도 했고, 무거운 근육을 달아도 떨어지지 않는 기민함을 갖추지도 못했기 때문이다.

그렇기에 만들어낸 것은 무한에 가까울 정도로 반복하여 특화한 근육의 구성.

그 결과가 상단 수직베기. 유일하게 비상식적이라고도 할 수 있는 영역까지 도달했던 고속 참격. 강풍을 일으키는 듯한 검섬(劍閃).

그것이 가제프의 머리를 향해 내리꽂혔다.

맞으면 치명상을 입으리란 생각은 클라임의 머리에서 깨끗하게 사라졌다. 가제프라는 사나이가 이 정도로 죽을 리 없다는 절대적인 신뢰가 있기에 가능한 기술이었다.

단단한 금속성이 울려 퍼지고, 위로 치켜든 바스타드 소드와 내리친 브로드소드가 부딪쳤다.

여기까지는 예측했다.

클라임은 온몸의 힘을 담아 가제프의 균형을 무너뜨리려 했다.

그러나── 가제프의 몸은 꿈쩍도 하지 않았다.

한쪽 발로 선 어정쩡한 자세에서도 혼신의 힘을 담은 클라임의 일격을 쉽게 막아냈다. 그것은 거목이 대지에 굵은 뿌리를 내린 것 같았다.

클라임의 온 힘을 담은 최고의 일격과 무투기 두 가지를 합쳐봤자 한 다리로 선 가제프와 동등해지지도 못했다. 그 사실에 놀랐지만 클라임의 눈은 자신의 복부로 움직였다.

브로드소드로 내리쳤다는 것은 거리를 좁혔다는 뜻. 가제프가 다시 한 번 클라임의 복부에 발을 얹을 수 있게 됐다는 뜻이기도 하다.

클라임이 펄쩍 뒤로 물러난 것과 동시에 발차기가 클라임의 몸에 엄습했다.

아주 약간의 둔통. 그리고 몇 걸음의 거리를 두고 대치하는 두 사람.

가제프는 살짝 눈꼬리를 늘어뜨리며 입가에 힘을 풀었다. 웃기는 했지만 불쾌하지는 않은, 시원한 미소였다. 클라임은 살짝 낯간지러움을 느꼈다. 아버지가 아들의 성장을 보았을 때 짓는 것 같은 가제프의 웃음을 보면서.

"훌륭하네. 그러니 이제부터는 조금 더 진심으로 가지."

가제프의 표정이 바뀌었다.

클라임의 온몸에 소름이 돋았다. 왕국 최강의 전사가 눈앞에 모습을 드러냈음을 직감하고.

"사실은 포션을 한 병 가지고 있거든. 골절 정도라면 치료

할 수 있으니 염려 말게."

"……고맙습니다."

골절 정도는 입을 거라는 암묵적인 말에 클라임의 심장이 벌컥벌컥 큰 소리를 냈다. 부상에는 익숙해졌다지만 그렇다고 부상을 좋아하는 것은 아니다.

가제프가 파고들었다. 클라임의 두 배는 되는 속도였다.

칼끝이 바닥을 스칠 정도로 매우 낮은 궤도를 그리면서, 바스타드 소드가 클라임의 다리를 향해 날아들었다. 회전력이 실린 그 속도에 클라임은 황급히 브로드소드를 바닥에 꽂듯 자신의 다리를 지키려 했다.

양측이 격돌했다. 적어도 클라임은 그렇게 생각했다. 그 순간—— 가제프의 검이 솟구쳤다. 브로드소드의 측면을 따라 뛰어오르듯 바스타드 소드가 베고 올라왔다.

"큭!"

몸과 함께 젖힌 얼굴 바로 옆을 바스타드 소드가 가르고 지나갔다. 칼날이 일으킨 바람에 머리카락 몇 가닥이 잘려 나갔다.

겨우 한순간 동안 자신을 이렇게까지 몰아붙이는 가제프에게 공포를 느끼며 시선만으로 검을 지켜본 클라임은 바스타드 소드가 급격한 속도로 정지하더니 돌아오는 것을 보았다.

생각하기도 전에.

생존 본능에 등을 떠밀리듯 내민 스몰 실드와 바스타드 소드가 부딪쳐 다시 높은 금속성을 냈다.

그리고——

"——컥!"

격통과 함께 클라임의 몸이 옆으로 날아갔다. 넘어지면서 바닥에 호되게 몸을 부딪친 충격에 손에서 칼이 떨어졌다.

스몰 실드와 부딪쳐 튀어오른 바스타드 소드는 그대로 옆으로 흘러가 크게 벌어진 클라임의 옆구리를 강타한 것이다.

"흐름일세. 공격하고 방어하는 것이 아니라, 다음 공격으로 이행할 수 있도록 흐름을 가지고 행동해야만 하네. 방어도 공격의 일환으로 삼는 게야."

떨어진 검을 주워 옆구리를 억누르며 일어나려는 클라임에게 가제프는 부드러운 목소리로 말했다.

"부러지지 않도록 힘은 조절했으니 아직 싸울 수 있겠지? ……어쩔 텐가?"

전혀 호흡이 흐트러지지 않은 가제프에게 긴장과 아픔으로 숨을 헐떡이는 클라임.

몇 합도 버티지 못한 이 몰골로는 가제프의 시간만 빼앗을 뿐이다. 그러나, 그래도 클라임은 조금이라도 강해지고 싶었다.

클라임은 가제프에게 고개를 끄덕이며 다시 검을 들고 자세를 잡았다.

"좋아. 그럼 계속하세."

"예!"

목쉰 고함을 지르며, 클라임은 달렸다.

맞고, 날아가고, 때로는 주먹질과 발차기까지 허용한 클라임은 거의 끊어질 듯 숨을 몰아쉬며 바닥에 쓰러졌다. 바닥의 싸늘함이 체인 셔츠 너머로 열기를 빼앗아 기분이 매우 좋았다.

"후욱 후욱 후욱……."

흘러내리는 땀을 닦으려고도 하지 않았다. 아니, 닦을 기력조차 없었다.

여기저기서 솟아나는 아픔을 견디며 온몸에서 솟아나는 피로감에 지배당한 클라임은 살짝 눈을 감았다.

"수고했네. 부러지거나 금이 가진 않도록 검을 휘둘렀네만, 어떤가?"

"……."

바닥에 드러누운 채, 팔을 움직이기도 하고 아픔이 남은 부분을 만지기도 하며 클라임은 눈을 떴다.

"문제없는 것 같습니다. 아프기는 하지만 타박상 정도입니다."

징징 울리는 통증은 가벼운 것이었다. 왕녀의 경호에도 지장은 없다.

"그런가……. 그럼 포션은 필요 없겠군."

"예. 함부로 쓰면 근육운동의 효과가 사라지기도 하니까요."

"원래는 초회복을 해야 하는데 마법효과 때문에 원래대로 돌아가고 마니 말일세. 알았네. 이제 왕녀님의 신변을 경호하러 가야 하지?"

"예."

"그러면 일단 가져가게나. 문제가 생길 것 같으면 쓰고."

툭 소리와 함께 포션 병이 클라임의 옆에 놓였다.

"고맙습니다."

몸을 일으켜 가제프를 보았다. 한 번도 검이 닿지 못했던 사나이를.

찰과상 하나 없는 사내가 이상하다는 듯 물었다.

"왜 그러나?"

"아닙니다……. 대단하다는, 생각에."

이마에 땀은 거의 없다. 숨을 몰아쉬지도 않는다. 이것이 바닥에 쓰러진 자신과 왕국 최강 사나이의 차이임을 깨달았다. 클라임은 한숨을 쉬었다. 반면 가제프는 쓴웃음 같은 것을 슬쩍 드러냈다.

"……그런가. 그렇겠지……."

"어째서——."

"——어째서 그렇게 강하냐는 질문에는 나도 대답해 줄 방법이 없다네. 나는 그저 재능을 가지고 있을 뿐이니. 참고로 싸우는 방법을 배운 것도 용병으로 살던 시절이었네. 귀족들이 천박하다고 난리를 치는 이 나쁜 발버릇도 그 무렵에 익힌 것이고."

강해지는 요령이란 없다. 가제프는 그렇게 단언했다. 같은 훈련을 쌓으면 어느 정도는 강해질 수 있지 않을까 했던 희망은 쉽게 부정당하고 말았다.

"클라임 자네는 그런 의미에서는 소질이 있어. 때리고 찬다든가 하는, 손발을 그런 식으로 이용하는 전법에."

"그렇……습니까?"

"그럼. 검사나 병사로 훈련을 받지 않아 오히려 다행이지. 검을 들면 아무래도 검으로 싸우는 데만 집중하게 되는데…… 그것이 좋다고는 생각하지 않네. 검은 그저 공격수단의 하나일 뿐이라고 발상을 전환해, 손발까지도 이용한 전투방법을 구사해야 비로소 실전에 도움이 되지 않겠나. 뭐, 흉내 나는…… 모험자들에게 적합한 검인 셈이지."

클라임은 평소 보이던 무표정을 지우고 웃음을 띠었다. 설마 왕국 최강의 사나이에게 검술 실력을 높이 평가받을 줄은 몰랐다. 모든 요소가 누더기처럼 아귀가 맞지 않으며, 정석과는 거리가 먼 움직임을.

귀족들에게 뒷손가락질을 당하는 자신의 검이 칭찬을 받

았다는 기쁨은 매우 컸다.

"자, 나는 그럼 이만 가보도록 하겠네. 폐하의 식사 시간에 늦어서는 안 되니. 자네는 그만 가보지 않아도 괜찮겠나?"

"예. 오늘은 손님이 오신다 하셨습니다."

"손님? 귀족 분이신가?"

그 왕녀에게 손님이 온다는 말에 가제프가 의아해하자 클라임이 대답했다.

"예. 아인드라 님입니다."

"아인드라? ……아! 그런데 어느 아인드라 님이신가? 푸른색이겠지? 진홍 쪽이 아니고."

"예. 청장미 님 쪽입니다."

척 보기에도 안도한 표정을 짓는 가제프.

"그랬군……. 그런 사정이 있었나. 친구분이 오신다면야……."

가제프는 친구가 오기 때문에 라나가 클라임을 식사에 초대하지 않았으리라 추측한 모양이지만, 실제로는 클라임이 제안을 거절했던 것이었다. 설령 거절이 허용되는 관계를 구축했다 하더라도 왕족의 제안을 저버렸다는 말을 들으면 아무리 가제프라 해도 눈살을 찌푸릴 테니, 그 말은 입에 담지 않은 채 가제프의 상상에 맡겨두었다.

아인드라 본인 또한 라나 덕에 클라임과 면식이 없는 것은 아니므로 참석해달라고 부탁했다. 클라임이 식사에 참가한다고 다른 귀족들처럼 거부반응을 보이지는 않을 것이다.

이것은 같은 여성 친구가 거의 없는 주인을 생각한 배려였다. 왕녀에게는 여자들끼리 대화할 기회가 거의 없는 만큼, 남자인 자신은 빠지는 편이 나으리라 배려했던 것이다.

"오늘은 지도해 주셔서 정말 고맙습니다, 가제프 님."

"아니, 신경 쓰지 말게. 나도 즐거웠으니."

"……혹시 괜찮으시다면 다음에도 이처럼 연습을 봐 주실 수 있겠습니까?"

가제프는 잠시 말이 없었고── 그 반응을 본 클라임이 사과하기도 전에 입을 열었다.

"괜찮겠지. 다른 사람들이 없는 시간이라면."

그 갈등이 어떤 것이었는지를 이해하기에 클라임은 함부로 말을 꺼내지 않았다. 삐걱거리는 몸에 힘을 주어 일어났다. 그저 자신의 솔직한 심정을 입에 담고자.

"감사합니다!"

천천히 손을 흔들며 가제프는 몸을 돌렸다.

"자, 뒷정리를 하세나. 식사에 늦으면 곤란할 테니. …… 아, 맞아. 그 상단 공격은 제법 괜찮았네. 다만 그다음에 어떻게 해야 할지도 생각해 두는 편이 좋을 게야. 상대가 상단 공격을 막거나 피한 다음을 말일세."

"예!"

하화월(9월) **3일 6:22**

가제프와 헤어진 다음, 젖은 타월로 땀을 닦은 클라임이향한 곳은 대강당과는 전혀 다른 장소였다.

아까 클라임이 있었던 대강당에 필적하는 넓이를 가진 그 방에선 많은 사람들이 긴 의자에 앉아 환담을 나누었다. 그 따뜻한 분위기에 섞여 식욕을 자극하는 구수한 냄새가 피어났다.

식당이다. 와글거리는 소리를 뚫고 지나가듯 가로질러 클라임은 사람들로 이루어진 줄 뒤에 섰다. 앞사람과 마찬가지로 클라임도 높다랗게 쌓아놓은 그릇 중 하나를 집었다. 쟁반에 나무 접시, 나무 스튜 그릇, 나무 컵을 얹는다.

순서대로 식사를 받았다.

큼지막한 찐 감자가 하나, 보리빵, 그리고 건더기가 그럭저럭 들어간 화이트 스튜, 식초에 절인 양배추, 소시지가 하나 담긴, 클라임의 기준에서 봤을 때는 제법 호화로운 식사였다.

그런 것들을 쟁반에 얹자 향긋한 냄새가 풍긴다. 클라임은 위장이 갑자기 자극받는 것을 느끼며 식당을 둘러보았다.

소란스러운 병사들이 식사를 한다. 옆에 앉은 사람과 다음 휴일의 일정이며 오늘의 식사, 가족, 대수롭지 않은 임무 등 허울 없는 대화를 나누며.

클라임은 빈자리를 발견하고 술렁임 속으로 나아갔다.

긴 의자를 타넘고 건너가 앉았다. 양쪽 옆에는 병사들이 앉아 친구와 환담을 즐긴다. 클라임이 앉아도 근처의 병사들은 흘끔 쳐다볼 뿐 관심을 잃은 듯 시선을 되돌렸다.

마치 클라임의 주위만 고요한 것 같았다.

그것은 제삼자가 보면 기이한 분위기였다.

주위에서는 즐거운 이야기가 이어지지만 클라임에게 말을 걸려 하는 자는 아무도 없었다. 그야 물론 낯선 사람에게 일부러 말을 걸려는 사람은 없다. 다만 병사라는 직업상 같은 직장에 속한 동료이며 가끔은 서로 목숨을 맡기는 관계임을 생각해 보면 이 반응은 다소 기이했다.

마치 클라임이라는 사람이 없는 것과 같은 대응이었다.

클라임 자신 또한 아무와도 이야기를 나누려 하지 않았다. 자신의 처지를 충분히 이해하기 때문이다.

이곳 로 렌테 성을 경비하는 병사는 단순한 병사가 아니다. 왕국에서 '병사' 란, 영지를 가진 귀족이 영민들을 무장시킨 민병(民兵), 도시의 통치책임자가 급료를 지불하는 일종의 사병(私兵) 같은 의미를 가진 병사, 주로 도시의 경비를 맡는 위사(衛士)를 모두 아우르는 말이다. 다만 공통점은 한 가지.

그것은 평민 출신이라는 점이다.

하지만 왕족과 가까우며 왕국의 온갖 중요 정보와 가까운 왕성을 지키는 자가 어디서 굴러먹다 온 말뼈다귀인지도 모를 평민이어서는 많은 문제가 있다.

그렇기에 로 렌테 성을 지키는 병사가 되려면 귀족들의 추천이 필요하다. 만일 이곳에서 병사가 문제를 일으키면 추천한 귀족이 책임을 지게 되므로, 추천을 받는 자는 신원이 확실하며 사상과 품행에 문제가 없는 자들뿐이다.

다만 그 결과 어떤 것이 태어나게 된다.

그것이 '파벌' 이다.

추천해 준 귀족이 어떤 파벌에 속했느냐에 따라, 추천을 받은 병사도 당연한 것처럼 파벌로 묶이게 된다. 거역하는 사람은 애초에 추천을 받을 리도 없으므로 파벌에 속하지 않는 예외는 존재하지 않는다 해도 과언이 아니다.

단점밖에 없을 것 같지만, 파벌의 경쟁에 말려들기 때문에 병사들이 열심히 자신을 갈고닦게 된다는 장점도 존재할 것이다. 실제로 제국의 기사에게는 미치지 못할지언정 왕성을 경호하는 병사들은 상당한 실력을 자랑한다.

클라임의 실력은 그들의 몇 수 위지만 그것 또한 귀족들을 불쾌하게 만드는 원인이었다. 자신들이 추천한 병사보다도 강하다는 사실은.

물론 병사를 추천한 귀족이 어느 파벌에도 속하지 않은 경우 또한 생각할 수 있다. 그러나 현재 왕국은 국왕파와 이에 대항하는 귀족파 두 세력으로 나뉘어 대립하는 상황이며, 이 사이를 박쥐처럼 오갈 만큼 정략에 뛰어난 귀족은 단 한 사람밖에 없다.

그리고 병사들 중에도, 그 귀족이 추천한 병사를 제외하면 한 사람밖에 없다.

그것이 클라임이다.

원래 같으면 클라임의 신분으로는 라나를 바로 곁에서 섬길 수 없다. 비천한 태생에게 왕족의 신변을 경호하는 막중한 임무가 돌아오지는 않는다. 왕족의 몸은 귀족 계급이 지켜야 한다는 것은 상식이었다.

그러나 왕국에는 가제프 스트로노프라는 왕국 최강의 병사와 최정예라 불리는 전사들처럼 예외가 있다. 게다가 왕녀인 라나가 강하게 원했다면 공공연히 반대할 수 있는 사람은 별로 없다. 왕족이라면 라나에게 쓴소리를 할 수도 있겠지만, 정점에 선 왕이 인정했으니 그 이상 누가 간섭하겠는가.

클라임이 개인실을 가진 것도 그의 처지가 매우 복잡하기 때문이라 할 수 있다. 단순한 병사라면 개인실 따위 꿈도 못 꾸며 큰 방에서 단체생활을 해야 할 것이다. 클라임에게 개인실이 주어진 것은 라나의 명령도 명령이지만 격리한다는 의미도 있었다. 파벌에 속하지 않은 클라임은 어디에 두어야 좋을지 난감한 성가신 존재인 것이다.

클라임 자신의 경우나 처지를 생각해본다면 왕당파에 속하는 것이 당연하다. 그러나 왕당파는 왕에게 충성을 맹세하는 귀족들의 모임이다. 그들의 입장에서는 어디에서 태어났는지 출신조차 알 수 없는 클라임은 눈살을 찌푸릴 만한 존재였다.

결과적으로 클라임은 왕당파가 보기에는 끌어들이기 난감하지만 그대로 두면 알아서 자신들을 도와줄 존재. 대립 귀족파벌이 보기에는 끌어들일 만한 메리트는 있지만 동시에 위험성도 내포한 존재였다.

다만 파벌이라 해도 무수한 귀족들로 이루어진 집단인 만큼 모두 굳건한 결속력을 자랑하는 것은 아니다. 파벌이란 어디까지나 생각의 방향성이나 메리트를 생각해 모여드는 존재이다. 그렇다면 왕당파에도 클라임 —— 출신마저 불분명한 평민이자 황금이라 일컬어질 만큼 아름다운 공주에게 가장 가까운 —— 의 존재를 기피하는 자가 있는가 하면, 대립 귀족파벌 속에도 클라임을 동료로 끌어들이고 싶은 자가 당연히 있다.

어쨌든 현재 상황에서 클라임 한 사람에게 집착해 파벌을 분열에 빠뜨리려는 얄팍한 자들은 나타나지 않았다.

결론적으로 클라임은, 상대의 손에 넘기는 것만은 피하고

싶지만 그렇다고 해서 자신들의 품에도 넣고 싶지 않은──
그런 평가를 양 파벌에서 얻기에 이르렀다.

그렇기에 아무도 말을 걸지 않는다. 혼자서 식사를 한다.

아무와도 이야기를 나누지 않고 곁눈질도 하지 않은 채 숟가락을 놀리니 10분도 지나지 않아 아침식사는 끝났다.

"그럼 갈까."

만족감과 함께, 혼자 있는 일이 많기 때문인지 버릇이 되어가는 혼잣말을 중얼거리며 자리에서 일어나려던 클라임에게 마침 곁을 지나가려던 병사 하나가 부딪쳤다.

가제프와의 훈련에서 다쳤던 곳에 팔꿈치가 닿아 클라임은 무표정을 유지하면서도 아픔에 걸음을 멈추었다.

부딪친 병사는 아무 말도 없이 그대로 걸어가버렸다. 주위의 병사들도 당연히 아무 소리 하지 않는다. 그 광경을 본 몇 명이 애매하게 눈살을 찡그렸으나 그래도 입을 열려는 사람은 없었다.

숨을 길게 내뱉은 클라임은 빈 식기를 들고 걸어갔다.

이 정도 시비는 일상다반사다. 식기 안에 뜨거운 스튜가 있을 때 당하지 않았던 것을 행운으로 여길 정도였다.

발을 내밀어 넘어뜨리거나 우연을 가장해 부딪치는 등. 지극히 당연히 이루어지는 행위다. 그러나──

──그게 어쨌다고.

클라임은 태연히 걸어갔다. 상대도 이 이상 어떤 짓을 하지는 못한다. 특히 식당처럼 사람의 눈이 많은 곳에서는.

클라임은 늘 가슴을 폈다. 눈을 앞으로 향하고, 절대 숙이거나 하지 않았다.

자신이 꼴사나운 모습을 보이면 주인인 라나에게 폐가 되므로. 라나라는 절대적인 충성을 바친 여성의 평판이 걸린 일이므로.

2장 푸른 장미

Chapter 2 | Blue roses

1

백색 풀 플레이트 아머를 걸치고 검을 허리에 차 무장을 완벽히 갖춘 클라임은 발란시아 궁전에 발을 들였다.

발란시아 궁전은 크게 세 건물로 나뉘는데 클라임이 들어간 곳은 그중 하나, 왕족이 주거지로 사용하는 가장 커다란 건물이다.

조금 전 클라임이 있던 곳과는 달리 빛이 많이 들어오도록 설계한 궁전은 눈부시게 반짝거리는 것만 같았다.

쓰레기는 고사하고 먼지 한 톨 없을 것처럼 반들반들하게 닦인 넓은 복도를 따라 걷는다. 백색 풀 플레이트 아머가 거의 소리를 내지 않는 이유는 미스릴이나 오리하르콘을 섞어 단련했으며 마법까지 부여했기 때문이다.

넓고 청결한 복도에는 마찬가지로 풀 플레이트 아머를 착용하고 부동자세를 유지한 정예 궁전경비병—— 기사들이 있다.

제국의 '기사'는 주로 평민 계급에서 징발한 전업병사를 가리키는 말이다. 반면 왕국의 '기사'는 당대 한정 귀족 작위를 부여받은 자들이며, 예를 들면 귀족 가문의 삼남처럼 집안을 물려받을 수 없는 자들이 기사가 되는 경우가 많다.

다만 왕가에서 나름 많은 봉급을 지불하므로 검술 실력이 뛰어난 자만이 뽑히며, 귀족이라 해도 연줄만 있어서는 불가능하다.

'왕의 친위대'가 그들을 가장 단적으로 표현한 말이라 할 수 있다.

참고로 가제프의 '전사장'이라는 지위는 기사 작위 수여에 반대하는 의견이 많았기 때문에 왕이 새로이 만들어낸 지위였다. 그 후로 가제프 자신이 선발한 직속 정예 병사들을 전사라 부르게 되었다.

그런 자들에게 클라임은 가볍게 인사를 했다. 기사들 정도면 대부분은 화답해 준다. 마지못해 인사하는 자들은 적었으며, 개중에는 진심을 담아 인사하는 자도 있다. 그들은 귀족이지만 동시에 왕에 대한 충성과 전사의 마음을 가진 자들이다. 왕에 대한 충성을 결코 잊지 않는, 우수한 전사에 대한 경의를 충분히 가지고 있다.

반면 명확한 적의를 드러내는 자들과도 복도에서 스쳐 지나갔다.

메이드들이었다. 그녀들은 대부분 클라임을 볼 때마다 떨떠름한 표정을 짓는다. 보통 메이드와는 달리 왕궁에서 일하는 메이드는 귀족 집안의 여식들이 관록을 쌓기 위해 오는 경우가 많다. 어떤 의미에서는 메이드가 클라임보다 신분이 높다. 특히 왕족 가까운 곳에서 일하는 메이드쯤 되면 대부분이 상위 귀족의 여식들이다. 그렇기에 평민보다 못한 남자에게 고개를 숙여야 한다는 불만이 분노로 표출되는 것이다.

신분으로 봤을 때 클라임이 아래인 것은 사실이므로 라나가 없는 곳에서는 불쾌감을 드러내고 싶기도 할 것이다. 그렇게 생각한 클라임은 그녀들에게 불만을 보이거나 하지 않았다.

하지만 그런 마음이 클라임의 무표정함에 박차를 가해, 무시당했다고 착각한 메이드들이 한층 악의를 품는 악순환이 생겨난다는 사실을 클라임은 전혀 깨닫지 못했다. 반대로 그런 데 눈치가 돌아갈 만한 성격이었다면 모든 점에서 좀 더 원활하게 대처할 수도 있었으리라.

그런 클라임도, 사실 이 궁전을 걸을 때면 조금이나마 신경줄이 깎여나갔다.

당연한 말이지만 이 궁전에 사는 왕족은 라나와 란포사 III세만이 아닌 것이다.

'──윽?!'

그런 인물이 다가오는 것을 본 클라임은 통로 구석으로 비켜나 등을 쭉 펴고는 가슴에 손을 대며 경례했다.

걸어온 것은 두 사람. 뒤를 따르는 것은 키가 크고 말랐으며 금발을 뒤로 빗어넘긴 사내.

레에븐 후작. 왕국의 6대 귀족 중 한 사람이다.

문제는 그 앞에서 걷는 작고 뚱뚱한 사내였다. 그의 이름은 자낙 바를레온 이가나 라일 바이셀프. 왕위계승권 제2위. 차남에 해당하는 왕자였다.

발이 멈추고 자낙의 늘어진 살이 달라붙은 얼굴이 비아냥거리듯 일그러졌다.

"아니, 클라임. 그 괴물에게 얼굴을 비추러 가는 게냐?"

자낙 왕자가 괴물이라고 부르는 사람은 하나뿐이다. 클라임은 불경임을 알면서도 그 말을 인정할 수는 없었다.

"전하, 황송하오나 라나 님은 결코 괴물이 아니옵니다. 다정하고 아름다우신, 왕국의 보물이라고도 불리는 분이십니다."

노예 매매를 없애고, 평민들을 생각한 수많은 정책을 제안한 여성이 보물이 아니라면 그 무엇을 보물이라 하겠는가.

그야 귀족들의 견제 때문에 빛을 본 안은 적지만, 그래도 클라임만은 잘 안다. 그녀가 얼마나 백성들을 생각하는지를.

백성을 생각한 제안이 쓸데없는 체면치레 때문에 무너질 때마다 클라임 앞에서 눈물을 흘리는 다정한 여성에게, 아무것도 하지 않는 이 자낙이란 자가 할 말은 없다.

고함을 지르고 싶은 기분에 사로잡혔다. 주먹을 내리치고 싶은 기분에 사로잡혔다.

절반이라고는 해도── 같은 피를 받은 자가 해야 할 말은 절대 아니다. 그러나 결코 분노를 겉으로 드러낼 수는 없다.

라나는 이렇게 말했던 것이다.

『오라버니는 당신을 화나게 만들어 모욕죄를 노리는 거야. 내 곁에서 떼어낼 구실이 필요해서겠지. 클라임, 절대 오빠에게 약점을 드러내선 안 돼.』

그 서글픈 표정에── 가족에게서도 인정을 받지 못하는 자신의 주인에게, 자신만은 절대 배신하지 않겠노라 굳게 맹세했던 날을 떠올렸다.

"난 딱히 라나를 괴물이라 불렀던 것은 아니다만? 네가 마음속으로 그렇게 생각해서…… 뭐, 그딴 뻔한 이야기는 관두자. 하지만 보물이라. 그 녀석은 정말로 자신의 제안이 받아들여지리라 생각해서 그런 소리를 꺼내는 걸까? 내가 보기에는 무리인 줄 알면서도 행동하는 것 같다만."

그럴 리가 없다. 그럴 리 있겠는가. 그런 식으로밖에 생각할 수 없는 자의 추악한 질투다.

"그런 일은 결코 없으리라 생각하옵니다."

"후후후후후. 역시 너에게는 그 녀석이 괴물로 보이지 않는 모양이군. 네 눈이 옹이구멍이라 그런 게냐, 아니면 그 녀석이 교묘한 게냐? ……좀 의심해도 되지 않을까?"

"의심이라니요. 라나 님은 왕국의 보물이십니다. 이 생각에는 결코 흔들림이 없나이다."

그녀의 행동은 모두 옳다. 가장 가까운 곳에서 지켜본 클라임이기에 단언할 수 있었다.

"그러냐. 참으로 재미있구나. 그러면 그 괴물에게 말해 주지 않겠느냐? ……오라버니는 너를 정략의 도구로 생각한다만, 내게 협조한다면 계승권을 폐적(廢嫡)하여 변경에 영지라도 내려주겠노라고."

불쾌감이 클라임을 엄습했다.

"……농담이 과하시옵니다. 그런 말씀을 하실 줄은 몰랐사옵니다. 저는 듣지 않은 것으로 하겠나이다."

"후후후후후. 그거 유감이군. 가세나, 레에븐 후작."

아무 말 없이 관찰하듯 두 사람을 바라보던 사내가 슬쩍 고개를 숙였다.

레에븐 후작에 대해서는 잘 모른다. 클라임에게는 뚜렷한 선을 그어놓은 모양이었지만 그의 시선은 보통 귀족들의 것과 조금 달랐다. 라나도 레에븐 후작에 대해서는 딱히 어떻게 하라고 말한 적이 없다.

"아, 맞아. 레에븐 후작도 나와 같은 생각이라 그 녀석을 괴물이라 생각하지. 아니, 그렇게 의견이 일치했기에 우리는 손을 잡고 있다고 해야 하려나."

"──왕자님."

"한마디만 더 하세, 레에븐 후작. 여봐라, 클라임. 나는 네가 광신자라면 이런 소리를 할 마음도 없었다. 하지만……그 괴물에게 속고 있을 가능성도 있기에 충고를 하는 게야. 그놈은 괴물이라고."

"왕자님, 외람되오나 감히 한 말씀 여쭙겠나이다. 라나 님의 어떤 점이 괴물이라고 생각하시는지요. 그분만큼 국가를, 백성을 생각하시는 분은 없나이다."

"……거의 다 허사로 끝나기 때문이지. 녀석의 행동은 너무나도 쓸데가 없다. 처음에는 사전공작이 서툴러서 그런 건가 싶었다만, 어느 날 레에븐 후작과 이야기를 나누다 보니 문득 그런 생각이 들더군. 전부 계산한 행동이 아닐까 하고. 그렇게 생각하니 모두 앞뒤가 맞는 게 아니냐. 만약 그렇다면…… 귀족과의 연줄도 별로 없으며, 궁전 내에 반쯤 틀어박혀 살다시피 하는 계집아이가 자기 뜻대로 귀족들을 움직이고 있다는 뜻이 되지. ……그게 괴물이 아니라면 무엇이 괴물일까."

"오해이옵니다. 라나 님은 결코 그런 분이 아니옵니다."

클라임은 단언했다.

그 눈물은 결코 거짓이 아니었다. 라나라는 여성은 자비로 우며 다정한 인물이다. 그것은 그녀 덕에 목숨을 건졌던 클라임이 가장 잘 안다.

그러나 그 말은 왕자에게 들리지 않았다. 그는 쓴웃음을 한 번 보이더니 클라임의 앞을 떠나갔다. 레에븐 후작을 이끌고.

아무도 없는 복도에서 클라임은 중얼거렸다.

"라나 님은 이 나라에서 가장 다정한 분이십니다. 그 점은 제 존재가 보증하고 있습니다. 만일……."

클라임은 그 뒷말을 삼켰다. 그래도 마음속으로는 독백이 이어졌다.

『만일 라나 님이 왕국을 지배하신다면, 백성을 생각하는 훌륭한 나라가 될 텐데.』

물론 왕위계승권의 관점에서 보자면 불가능한 바람이다. 그래도 클라임은 그 생각을 버릴 수 없었다.

하화월(9월) **3일 8:11**

이윽고 클라임은 궁전에서 가장 자주 오는 방 앞에 도착했다.

클라임은 주위를 몇 차례 확인하고는 스스럼없이 문손잡이를 돌렸다.

노크를 하지 않는 지극히 비상식적인 행위. 그러나 이것은 주인의 의향을 받아들인 행동이었다. 아무리 클라임이 저항해도 들어주지 않았다.

결국 꺾인 것은 클라임이었다. 여성이 눈물을 흘리면 불리해질 수밖에 없다. 그렇다고는 해도 몇 가지 조건은 허락을 받았다. 아무리 그래도 왕이 보는 앞에서 노크도 없이 들어갈 수는 없다.

하지만 문을 노크하지 않고 연다는 행위가 클라임에게 큰 스트레스를 주는 것도 사실이었다. 문을 열 때마다 이런 일이 절대 용납될 리가 없다고 생각하는데 당연하지 않겠는가.

문을 활짝 열려다가, 살짝 열린 틈으로 흘러나오는 격렬한 열기를 띤 언어의 응수에 클라임은 손을 멈추었다.

들려오는 목소리는 둘. 양쪽 모두 여성의 것이었다.

한쪽 목소리의 소유자가, 아직 방 밖에 있다고는 하지만 클라임의 존재를 알아차리지 못할 만큼 열중했기 때문이리라. 그렇다면 그 열의를 식히고 싶지는 않았다. 클라임은 움직이지 않고 방 안의 목소리에 귀를 기울였다. 엿듣는다는 죄책감은 있지만 그래도 이렇게나 열의가 있는 대화를 중단한다는 것이 더 큰 죄책감을 줄 것이다.

"——터 말했잖아? 원래 인간은 눈앞의 이익만을 중시하는 법이라고."

"으음⋯⋯."

"⋯⋯라나가 말한, 순서대로 다른 작물을 경작한다는 계획. ⋯⋯그런 걸로 수확이 좋아질 거라고는 도저히 생각할 수 없지만⋯⋯ 결과가 나오려면 얼마나 기다려야 할까?"

"계산에 따르면 대충 6년 정도는 걸려야 할 거야."

"그럼 그 6년 동안 다른 작물을 기르면서 생길 금전적 손해는 얼마나 될까?"

"작물의 종류에 따라서도 다르지만⋯⋯ 현재를 1이라고 한다면 8할 정도⋯⋯ 2할의 손실이 발생하지 않을까. 다만 6년 이후에는 계속 3할의 수확 증대를 바라볼 수 있는걸. 목초 재배에 따른 가축 사육이 궤도에 오르기만 하면 그 이상을 기대할 수도 있어."

"⋯⋯그 말만 들으면 모두들 달려들 것 같지만, 그 6년 동안 이어질 2할의 손해를 용납할까?"

"⋯⋯그 2할의 손실은 무이자 무담보로 국가가 대출해 주고, 이익이 났을 때 돌려받는 방법을 세우면 문제는 없겠지만⋯⋯. 수확량이 늘어나지 않을 때는⋯⋯ 회수하지 않고. 수확이 증가하면 4년이면 모두 갚을 수 있다는 계산이니까."

"어렵겠어."

"왜?"

"내가 말했잖아. 사람은 원래 눈앞의 이익을 중시한다고 ──안정을 지향하는 사람이 더 많다고. 확실하게 6년 만에 3할이 늘어난다고 해도 망설이는 건 당연해."

"잘…… 모르겠는걸. 실험했던 밭의 상태는 순조로웠는데……."

"실험은 잘됐을지도 모르지만 절대적이라고 할 수는 없잖아."

"……그야 모든 상황을 상정하고 실험한 것은 아니니, 절대적이라고는 못하겠지. 토지의 지질이나 기후 같은 것을 모두 고려하면 상당히 대규모로 실험을 실시해야만 하니……."

"그럼 어렵겠어. 미래의 수확고 3할 증가가 최소인지 평균인지는 몰라도 설득력이 사라지는걸. 그렇다면 충분한 이익을 약속할 수 있어야지. 눈앞의 이익을 약속하고서."

"그럼 6년 동안의 2할은 무상으로 제공한다면?"

"대립하는 귀족파가 기뻐하겠지. 왕의 힘이 약해진다고."

"하지만 6년 후에 그만큼 물자를 확보할 수 있다면 국력도 증대될 테니……."

"그러면 대립하는 귀족의 힘도 증대하겠지. 전하의 힘은 2할 떨어지고. 국왕파 귀족들이 절대로 용납하려고 들지 않을걸."

"그럼 상인들에게 부탁해서……."

"네가 말하는 건 대상인이지? 그런 상인들도 이래저래 대립하고 있어서, 함부로 국왕파에 힘을 보태줬다간 다른 파벌과 사업을 제대로 꾸려나가지 못할 가능성이 있어."

"너무 어려워…… 라퀴스."

"……사전공작이 잘 이루어지지 않기 때문에 네 정책에는 허점이 많은 거야. 그야…… 커다란 양대 파벌이 존재하는 이상 난이도가 엄청나게 높은 건 이해하지만. ……국왕 직할령에만 해 보는 건 어때?"

"오라버니들이 허락하지 않으실걸."

"아, 그 바…… 너를 위해 염치를 어머님 배 속에 남겨두고 온 분들 말이구나."

"…………어머님까지 같지는 않아."

"어머, 그럼 전하 쪽이려나. 어쨌거나 왕가도 반석 같지 않다니, 참 복장 터지네……."

그러더니 그녀는 방 안이 조용해지자 이야기가 일단락되었음을 알렸다.

"아, 이젠 들어와도 괜찮아. 그렇지, 라나?"

"뭐?"

그 목소리에 클라임의 심장이 덜컥 크게 뛰었다. 알고 있었나 하는 경악과 역시나 싶은 수긍을 동시에 품으며 클라임은 문을 천천히 열었다.

"——실례합니다."

클라임의 시선에 눈에 익은 광경이 들어왔다.

호화롭기는 하지만 요란하지는 않은—— 그런 방의 창가 부근 테이블에 앉은 금발의 두 숙녀였다.

하나는 당연히 이 방의 주인인 라나.

그리고 그 맞은편에 앉은 여성. 녹색 눈동자도 핑크색 입술도 건강한 색으로 빛난다. 미모는 라나에게는 미치지 못하지만 다른 매력으로 넘쳐난다. 라나가 보석 같은 광채라고 한다면 그녀는 생명의 광채라고 해야 할까.

라퀴스 알베인 데일 아인드라.

얇은 핑크색 드레스 차림으로는 상상도 할 수 없지만, 그녀가 바로 왕국에 둘뿐인 아다만타이트 클래스 모험자 팀 중 하나의 리더를 맡은 여성이자 라나의 가장 친한 친구다.

열아홉이라는 젊은 나이에 수많은 위업을 이루어 아다만타이트라는 지위에까지 오른 것은 넘쳐나는 재능 덕일 것이다. 클라임의 마음속에서는 살짝 질투하는 감정이 배어나오기도 했다.

"안녕하십니까, 라나 님, 아인드라 님."

"안녕, 클라임."

"안녕."

클라임은 인사를 마치고는 그의 정해진 위치—— 라나의 오른쪽 후방으로 이동하려다 제지를 받았다.

"클라임, 그쪽이 아니라 이쪽이야."

라나가 가리킨 곳은 그녀의 오른쪽 옆 의자였다.

클라임은 이상하게 여겼다. 원형 테이블을 에워싸듯 놓인 의자는 다섯 개. 이것은 여느 때와 같은 숫자였다. 다만 홍차를 따라놓은 잔은 모두 세 개였다.

라나 앞에, 라퀴스 앞에, 그리고 라퀴스 옆── 라나가 가리킨 자리와는 다른 곳에. 좌우로 눈을 돌려보았지만 세 번째 사람의 모습은 아무 데도 없었다.

의아하게 생각하면서도 클라임은 의자에 눈을 돌렸다.

주인, 그것도 왕족과 평민이 같은 자리에 앉는다는 무례함도 그렇고 방에 노크 없이 들어간다는 명령──라나의 표현을 빌자면 부탁──도 그렇고, 라나의 명령은 클라임의 위장에 부담을 가하는 것이 대부분이었다.

"하오나……."

클라임은 도움을 청하고자 다른 여성에게 시선을 돌렸다. 동석은 제발 사양하고 싶다는 말없는 간청은 금방 기각당했다.

"난 상관없는데."

"그, 그건…… 아인드라 님……."

"전에도 말했지만 라퀴스라고 불러."

라퀴스는 슬쩍 라나에게 눈을 돌리더니 말했다.

"클라임은 특별하니까."

"……발끈."

말끝에 하트마크가 떠오른 것만 같은 라퀴스의 달콤한 음색에 라나가 입으로 그런 말을 하며 미소를 지었다. 입만을 움직인, 눈은 진지함 그 자체인 표정을 미소라고 할 수 있다면 말이지만.

"아인드라 님, 농담은 그만두십시오."

"알았어, 알았어. 클라임은 벽창호구나. 애의 따뜻함을 좀 본받는 게 어때?"

"어? 농담?"

라나가 놀라자 라퀴스는 우뚝 움직임을 멈추더니, 짐짓 커다란 한숨을 쉬었다.

"당연한 거 아냐? 그야 클라임이 특별한 건 사실이지만, 그건 '네 거' 니까 특별한 거라고."

얼굴을 슬쩍 붉히며 두 손으로 뺨을 감싸는 라나에게서 난처한 듯 시선을 돌린 클라임은 갑자기 눈을 크게 떴다.

방 한쪽 구석에 남은 어둠에 녹아들듯, 무릎을 끌어안고 바닥에 주저앉은 사람이 있었던 것이다. 몸에 찰싹 달라붙는까만 옷을 걸친, 방 분위기에 전혀 어울리지 않는 여성이었다.

"아니?!"

놀라 허리춤에 찬 검을 붙잡은 클라임은 자세를 낮추고 라나를 지키기 위해 움직였다. 라퀴스가 다시 하아 한숨을 내쉬었다.

"그러고 있으니까 클라임이 놀라잖아."

라퀴스의 냉정한 목소리에 경계심이나 위기감은 전혀 없었다. 그 의미를 깨닫고 클라임의 어깨에서 힘이 빠져나갔다.

"알았어, 보스."

어둠 속에 앉아 있던 여성은 그 상태 그대로 폴짝 뛰어오르듯 단숨에 일어났다.

"아, 클라임은 모르겠구나. 우리 팀 멤버——."

"——티나 씨야."

라퀴스의 말을 라나가 받았다.

클라임이 아는 한 아다만타이트 클래스 모험자 팀 '청장미'는 리더인 신앙계 매직 캐스터 라퀴스, 전사 가가란, 마력계 매직 캐스터 이블아이, 그리고 도적계 기술을 수련한 티아, 티나라는 여성 다섯으로 이루어졌다.

클라임은 라퀴스, 가가란, 이블아이는 만나본 적이 있지만 나머지 두 사람과는 면식이 없었다.

'이분이……. 그렇구나. 정말 소문으로 듣던 그대로인걸.'

늘씬한 팔다리를 온몸에 딱 달라붙는 옷으로 감싼 그 모습은 그야말로 도적계 기술을 수련한 자 그 자체였다.

"……실례했습니다. 처음 뵙겠습니다. 클라임이라고 합니다."

클라임은 티나에게 깊이 고개를 숙였다.

"응? 신경 안 써도 돼."

느릿느릿 손을 흔들어 클라임의 사죄에 대답하더니, 전혀 소리가 나지 않는, 야생짐승을 연상케 하는 매끄러운 움직임으로 테이블까지 다가온다. 그리고 라퀴스의 옆쪽 의자를 움직여 앉았다. 세 번째 컵은 그녀의 것이었던 모양이다.

테이블에 놓인 컵은 세 개이므로 숫자로 봤을 때 말이 안 된다고는 생각하면서도 클라임은 주위를 다시 한 번 둘러보고, 면식이 없는 또 다른 여성도 있지 않을지 꼼꼼히 살폈다.

라퀴스는 클라임의 행동을 보고 이유를 금방 간파했는지 입을 열었다.

"티아는 안 왔어. 가가란하고 이블아이도 딱딱한 건 싫다고 했고……. 그렇게 딱딱한 자리도 아닌데 말이지? 나야 만약을 위해 정장을 입었지만, 걔들한테까지 강요한 건 아닌걸."

라퀴스는 그렇게 말하지만 사실은 왕녀의 앞에 나서는 이상 정장 차림을 하는 것이 예법상 올바르다. 그래도 클라임은 라나의 친구이자 귀족 작위를 가진 여성에게 그런 말을 할 생각은 없었다.

"그렇군요. 하오나 고명하신 티나 님을 처음 만나뵙게 되매우 기쁩니다. 잘 부탁드립니다."

"그 이야기는 앉아서 하지 그래, 클라임?"

그렇게 말하며 라나는 새로 꺼낸 잔에 홍차를 따랐다. 마법 아이템인 보온병Warm Bottle에서 나온 홍차는 갓 끓인 것처럼 김을 뿜었다. 1시간 동안이라면 안에 들어 있는 음료의 온도나 품질이 변화하지 않는 효과가 있으며, 라나가 아끼는 물건 중 하나였다. 특별히 소중한 손님을 맞이할 때 그녀는 이것을 곧잘 애용했다. 반대로 그렇지 않을 때는 어지간해서는 쓰지 않는다.

이제는 거절할 도리도 없는 클라임은 체념하고 자리에 앉아 홍차를 한 모금 마셨다.

"맛있습니다, 라나 님."

생긋 웃는 라나. 그러나 솔직히 말해 클라임은 맛있는지 어떤지 전혀 알 수 없었다. 다만 라나가 끓여준 것이니 틀림없이 맛있으리라 생각할 뿐이었다.

그때, 갑자기 감정을 파악하기 힘든 평탄한 목소리가 들렸다.

"——티아는 오늘 정보 수집을 하고 있을걸. 사실은 셋이서 궁전에 왔어야 하는데, 갑자기 일을 끼워넣은 우리 악마 리더의 명령 때문에. 전부 악마 리더 잘못이야."

말할 것도 없이 티나의 목소리였다. 악마라는 말에 반응해 무시무시한 미소를 지은 라퀴스에게서 시선을 돌리며 클라임이 물었다.

"그러셨군요……. 기회가 있다면 다음에 한번 만나 뵙고 싶습니다."

"클라임, 티나 씨랑 티아 씨는 쌍둥이라 머리 길이까지도 거의 비슷해."

"그러니 한쪽만 보면 문제없어."

문제가 있는지 없는지 그런 문제가 아니지만, 클라임은 일단 알겠다는 뜻을 내비쳤다.

하지만 그렇다 해도 클라임은 티나의 가차 없는 시선에 당혹감을 느꼈다. 참을까 하면서도, 어쩌면 자신에게서 부족한 점을 발견한 것이 아닐까 하는 생각에 큰맘 먹고 물어보기로 했다.

"무슨 일이신지요?"

"너무 커."

"……예?"

무슨 말인지 알 수 없었다. 머리 위에 수많은 의문사를 띄우는 클라임에게 라퀴스가 사과하듯 끼어들었다.

"아냐, 그냥 혼잣말이야. 신경 쓰지 마, 클라임. 아니, 진짜 신경 쓰지 마. 진짜로."

"네에……."

"……무슨 소리였어, 라퀴스?"

클라임은 억지로 자신을 수긍시키려 했지만 라나는 도저히 모르겠다는 듯 끼어들었다. 라나를 보고, 라퀴스가 떨떠름한 표정을 지었다.

"넌 정말, 클라임 얘기만 나오면……."

"아, 내 말은——."

"——닥쳐, 티나. 티아를 안 데려왔던 건 라나에게 이상한 소리를 하려 들기 때문이었어. 그러니 그 점을 이해하고 넌 입 다물어주겠어?"

"알았어~ 악마 보스."

"……라퀴스, 무슨 소리였어?"

라퀴스가 라나의 추궁에 진심으로 딱딱한 표정을 지었다. 고뇌하는 표정마저 띤다.

클라임이 끼어들까 말까 생각했을 때 라퀴스가 시선을 휙 돌렸다.

"어…… 클라임, 그 갑옷 잘 쓰고 있나보네."

"예, 훌륭한 갑옷입니다. 고맙습니다."

억지를 아득히 넘어선 화제 전환이지만 클라임은 손님에게 부끄러움을 줄 수 없다는 생각에 이야기를 받아, 라나에게 받은 흰색 풀 플레이트 아머에 손을 가져갔다. 미스릴을 상당히 많이 사용한 —— 오리하르콘도 다소 사용한 —— 이 갑옷은 다양한 마법이 담겨 놀라울 정도로 가볍고 단단하며 움직이기 편하다.

이런 훌륭한 갑옷을 만들기 위해 미스릴을 거저 제공해 준 것이 청장미 멤버들이었다. 아무리 고개를 숙여도 감사의 마음은 그칠 줄 몰랐다.

고개를 숙이려는 클라임을 라퀴스가 말렸다.

"신경 쓰지 않아도 돼. 우리가 미스릴 갑옷을 만들 때 쓰고 남은 걸 줬을 뿐이니까."

　남은 것이라 해도 미스릴 정도 되면 매우 값진 물건이다. 오리하르콘 클래스가 되면 미스릴로 풀 플레이트 아머를 만들 만한 재력이 있을 테고, 미스릴 클래스라면 미스릴 무기 정도는 가질 수 있을지도 모른다. 그래도 거저 휙 넘겨줄 수 있는 사람은 아다만타이트 클래스의 실력자 외에는 없을 것이다.

　"게다가 라나에게 부탁받으면 싫다고는 할 수 없고."

　"――그때 돈을 받질 않았잖아. 용돈 모아둔 것도 있었는데……."

　"……왕녀가 용돈이라고 하면 뭔가 이상하지 않아?"

　"영지에서 나온 돈은 따로 받아두는걸. 클라임의 갑옷은 내 용돈으로 만들고 싶었어."

　"그렇겠지. 클라임의 갑옷은 전부 자기 돈만으로 만들어주고 싶었겠지~."

　"……알고 있었으면 공짜로 줄 필요는 없었잖아. 라퀴스 바보."

　"바보라니, 얘가……."

　부루퉁한 라나와 싱글싱글 웃는 라퀴스가 싸움도 되지 않는 말다툼을 벌인다.

　그런 광경을 보며, 클라임은 무표정이 무너질 것 같아 황급히 얼굴에 힘을 주었다.

이렇게 온화하고 따뜻한 광경을 볼 수 있는 것도 모두 자신을 거두어준 주인 덕이다. 하지만 그 마음을 겉으로 드러내는 것만은 용납되지 않는다.

감사의 마음만이라면 드러내도 상관없겠지만, 그 너머에 깃든, 라나에 대한 강한 감정만은 보여서는 안 된다.

바로 이—— 연모의 감정은.

클라임은 자신의 감정을 꽉 짓이기며 감정을 억눌렀다. 대신 수없이 되풀이했던 말을 입에 담았다.

"고맙습니다, 라나 님."

서로의 입장에 선을 긋는——주인과 종자라는 입장 차이를 명확히 풍기는——그 모습에 아주 살짝——오늘처럼누구보다도 오랫동안 지켜보았던 클라임이기에 알 수 있는, 아주 미미한——서운함을 담아 라나가 미소를 지었다.

"천만에. 그래서 조금 옆길로 새긴 했지만, 아까 하던 이야기로 돌아갈까?"

"여덟손가락 얘기 말이구나. 마약을 재배하던 마을 세 곳에 쳐들어가 밭을 불태운 데까지는 말했지?"

그 이름을 듣고 클라임도 무표정함 속에서 살짝 눈살을 찡그렸다.

왕국의 어둠 속에서 준동하는 암흑조직 '여덟손가락'. 이를 어떻게든 하기 위해 경애하는 주인이 움직이고 있었다.

마을에서 재배하는 마약을 불태우면 그것으로 생계를 유

지하던 마을이 앞으로 어떻게 될지, 최악의 예상은 할 수 있다. 그러나 왕국을 좀먹는 마약을 박멸하기 위해선 마을 사람들의 목숨을 희생시킬 수밖에 없다.

절대권력을 가졌다면 온갖 수단을 취할 수 있으리라. 그러나 왕녀라고는 해도 라나에게는 뒷배가 없는 것과 마찬가지였으므로, 구할 수 있는 자를 구하고 그 이외의 존재를 잘라버린다는 냉철한 취사 선택을 해야만 했다.

가령 아버지인 국왕에게 탄원한다면 원하는 곳에 권력이나 무력의 일격을 가할 수는 있을지도 모른다. 하지만 여덟 손가락이 일부 귀족과 손을 잡고 있는 것이 확실한 이상 분명 정보가 새나갈 것이며, 증거는 미리 인멸되고 끝나리라.

그렇기에 라나가 취한 수단은 친구인 라퀴스 일행에게 직접 의뢰하는 것.

클라임은 이것이 위험한 행위임을 잘 안다. 보통 모험자는 조합을 경유한 의뢰로 움직이는 형태를 취하며, 직접적으로 의뢰를 받는 형태는 인정하지 않는다. 이것은 규율 위반이다.

물론 최고위인 아다만타이트 클래스 모험자에게 벌칙을 부과하거나 추방 처분을 내릴 수는 없을 것이다. 그래도 조합 내부에서는 평판이 떨어지고 장래에는 불이익이 발생하리라. 그럼에도 의뢰를 받은 것은 청장미가 왕국을 사랑하고, 라나를 친구라 여기기 때문일 것이다.

자신을 희생해서까지 일을 맡아준 라퀴스에게 클라임은 한층 큰 감사의 마음을 품었다.

슬슬 어떤 이야기를 꺼내야겠다고 판단한 라퀴스는 티나가 가져온 가방을 열고 양피지 한 장을 꺼냈다.

라퀴스를 비롯한 청장미 멤버들은 해독할 수 없었던 문서였다. 하지만 라퀴스가 아는 한 최고의 두뇌를 가진 라나라면 무언가를 알 수 있을지도 모른다.

"마을의 마약을 불태울 때 이런 걸 발견했어. 아마 모종의 지령서인 것 같아 가지고 돌아왔는데…… 뭔지 알겠어?"

펼쳐진 양피지에 적힌 내용은 기호였으며, 어느 나라에서도 문자로 쓰지 않는 것이었다. 라나는 흘끔 보더니 금방 대답했다.

"……대입암호구나."

대입암호란 평문이나 한 글자, 혹은 몇 글자씩을 다른 문자나 기호로 바꾸어 만드는 암호문을 말한다. '가'에 대응하는 것이 △, '나'에 대응하는 것이 ㅁ라면 △△ㅁㅁ△는 '가가나나가'가 된다.

"나도 그렇게 생각해. 그래서 열심히 대입표를 찾아봤지만 유감스럽게도 나오질 않았어. 암기했을 가능성이 있으니, 책임자인 것 같은 사람을 생포해 매료 마법으로 물어보는 게 정답일 것 같지만…… 너도 알다시피 매료 마법이란

게 같은 사용자가 같은 대상에게 연속으로 발동하면 효과가 떨어지거든. 처음 한 번을 잘 써야 해. 그래서 상담 없이 걸고 싶지는 않았어."

"그랬구나……. 이 문서가 남아 있던 이유……. 함정…… 아니면 다른 이유에서? 그렇다면 어려운 걸 쓰지는 않았겠지. 응. 이 암호는 꽤 쉽게 해독할 수 있겠는걸?"

라나의 말에 라퀴스가 눈을 크게 떴다. 자신도 모르게 곁에 있던 티나와 시선을 나눈다.

믿을 수 없었다. 하지만 그런 반면, 역시 그녀라면 하는 마음도 솟아났다.

"어디. 왕국어에서 제일 첫머리에 오는 글자는 남성격 관사(冠詞) 아니면 여성격 관사, 중성격 관사 중 하나일 테니까…… 잠깐만 기다려봐……."

라나는 중얼거리면서 양피지를 든 채 일어나더니 펜과 종이를 들고 돌아왔다.

그곳에 술술 문자를 쓰기 시작한다.

"이건 한 글자에 기호 하나가 대응되는 암호라 쉬워. 게다가 왕국어를 써서 다행이야. 제국어를 썼거나 변환식이 필요했다면 불가능에 가까워. 이건…… 우선 문자 하나만 알면 다음에는 그걸 채워 나가기만 하면 되거든. 노력만 하면 누구나 풀 수 있어."

"아니아니, 말이야 쉽지. 하지만 수만 가지 단어를 전부 알지 못하면 무리잖아?"

"이건 암호를 이용한 지령서인걸? 에둘러서 비유하는 말은 쓰지 않을 테고, 어려운 단어를 쓸 가능성도 매우 낮아. 애들이라도 알 만한 단어를 이용해 단적으로 써놓았을 거야. 그러니 범위도 상당히 좁지."

라퀴스는 내심 식은땀을 흘렸다.

친구는 간단하다고 말하지만, 절대 그리 쉬운 일은 아니다.

'이 아이라면 가능하겠지만…… 정말, 말도 안 되는 재능을 가졌구나.'

만날 때마다, 대화를 나눌 때마다 놀라고 만다. 라퀴스는 라나만큼 천재라는 표현이 잘 어울리는 사람을 모른다.

속으로 전율하는 라퀴스와는 대조적으로 라나는 매우 가볍게 말하며 종이를 내밀었다.

"다 풀었어. 지령서는 아니었지만."

그곳에는 왕국 내의 여러 장소를 가리키는 이름이 적혀 있었다. 왕도 내에 존재하는 지명도 일곱 군데 정도 보였다.

"이곳에 마약 저장소나 중요 거점이 있다는 뜻일까?"

"단순한 생산시설에 그렇게 중요한 걸 문장으로 적어서 놔두지는 않았을 거야……. 아마 미끼가 아닐까?"

"미끼? 함정이란 말이야?"

"으음…… 그건 아닐걸. 음, 여덟손가락은 하나의 조직이지만, 여덟 개의 조직으로 나뉘어 있어서 서로 협력하는 형태에 가깝다고 하잖아?"

라퀴스가 고개를 끄덕였다.

"그러니까 이건 다른 일곱 조직…… 부문이라고 하나? 마약 외 다른 부문의 정보를 고의로 넘겨줘서, 일시적으로 자기네에 대한 관심을 돌리려는 속셈일 거야."

"자기네 이외의 부문에 대한 정보를 준비해뒀단 말이군……. 반석 같지 않을 거란 예상은 했지만 이 정도일 줄이야……."

모험자인 그녀는 동료를 배신한다는 행위에 혐오감을 느꼈다.

"알고는 있었지만 잽싸게 움직이지 않으면 위험하겠어."

고개를 끄덕이는 친구에게, 라퀴스는 거듭 물었다.

"그럼 그 창관(娼館) 건은 어떻게 할까? 매우 악랄한 곳이라 온갖 짓거리들을 다 체험할 수 있다던데."

스스로 말하면서도 라퀴스는 속이 뒤집히는 심정이었다.

'빌어먹을. 욕망으로밖에 생각할 줄 모르는 쓰레기들은 냉큼 죽어버려!'

창관에 관해 얻은 정보를 떠올리며, 귀족 영애가 아니라 산전수전 다 겪은 여모험자로서 마음속으로 내뱉었다. '온갖 짓거리'라는 말에 어떤 의미가 있는지는 생각할 필요도 없다. 수많은 사람이——남녀를 불문하고——오락거리가 되어 살해당했던 것은 분명했다.

 과거 노예 매매가 있었던 시절, 그러한 창관은 암흑가에 얼마든지 있었다. 그러나 눈앞의 친구가 활약한 덕에 노예 매매가 불법이 되고, 그러한 시설은 사라졌다. 아마 왕도에서 유일한, 어쩌면 왕국 최후의 암흑창관일 것이다.

 그렇기에 간단히는 없앨 수 없다. 강건한 저항이 기다리고 있을 터. 남들에게는 말할 수 없는 저열한 기호를 가진 자들에게는 최후의 추악한 낙원일 테니까.

 "저기, 라나. 권력을 이용한 수단으로 수사하는 건 불가능할 테니 우리가 강제로 쳐들어가 파헤쳐버리는 건 어떨까? 증거만 발견하면 문제는 없잖아? 정말 노예 매매 부문이 창관을 운영하고 있다면, 이걸 없애면 놈들에겐 큰 타격이 될 테고, 증거에 따라서는 여기에 관여한 귀족들에게 크게 한 방 먹이는 셈일 텐데."

 "그럴지도 몰라, 라퀴스. 하지만 그랬다가는 너희 가문, 아인드라가에 폐를 끼치게 될걸? 그러니 어려워. 청장미 멤버들을 움직일 경우에도 그래……. 그렇다고 해서 클라임 혼자 처리하는 건 무리고……."

 "힘이 부족해 죄송합니다."

 고개를 숙이자, 라나는 손을 뻗어 클라임의 손을 잡고는 부드럽게 웃었다.

 "미안해, 클라임. 그런 뜻으로 한 말이 아니었어. 왕도에서 유일한 암흑창관인걸. 누가 되어도 혼자서는 무리야.……저기, 내가 가장 신뢰하는 클라임. 네가 나를 위해 얼마나 열심히 일하는지는 잘 알아. 하지만 무모한 짓은 절대 하지 말아줘. 이건 부탁이 아니라 명령이야. 알았지? 네게 무슨 일이 생기면……."

옆에서 보고 있는, 같은 여성인 라퀴스에게도 절세 미녀의 눈물 어린 눈은 가슴을 후려치는 무언가가 있었다. 그렇다면 클라임의 내심은 어떨까.

필사적으로 무표정을 만들려 하지만 못다 만든 표정. 여기에 붉게 달아오른 뺨이 모든 것을 말해 주었다.

음유시인Bard이 제목을 붙인다면 공주와 기사. 그런 감동적인 광경에 라퀴스는 아주 약간 공포를 느꼈다. 말도 안 된다고는 생각하지만, 라나의 행동이 의도한 것이라면 믿을 수 없을 정도로 책모에 능수능란한――.

'무슨 생각을 하는 거람. 이게 친한 친구를 두고 할 생각이야? 애초에 그렇게 성격 나쁜 인간이 아니란 건 이제까지 봤던 모든 언행으로 설명할 수 있는걸. 남을 돕고자 행동했던, 황금이라 불리기에 충분한 그녀를 믿지 않고 뭘 믿을 수 있겠어.'

라퀴스는 머리를 흔들고는, 끔찍한 생각을 떨쳐내려는 의미에서 입을 열었다.

"그러고 보니 티나와 다른 친구들이 조사해서 노예 매매의 책임자──코코돌과 관계가 있는 귀족의 이름을 몇몇 추려 냈어. 다만 진위는 불확실하니까 행동에 옮기는 건 속단이 되겠지."

라퀴스가 귀족을 몇 사람 열거했을 때, 어떤 인물의 이름에서 라나와 클라임이 동시에 반응했다.

"그 귀족의 영애는 내 밑에서 메이드를 하고 있는데."

"뭐? 설마 널 경계해서 스파이 삼아 집어넣은 건 아니겠지만…… 단순히 관록을 얻으려고 온 메이드……라는 보장도 없겠군."

"그렇겠지. 정보는 충분히 주의해서 다뤄야겠는걸. 클라임도 기억해 둬."

"그러면 암호로 알아낸 장소는 어떻게 처리할지 이야기해 볼까? 그리고 라나. 클라임을 빌릴 수 있을까? 가가란이랑 다른 애들에게 급히 움직여야 할 것 같다고 전달해 줘."

2

하화월(9월) **3일 9:49**

클라임은 왕도의 대로를 따라 걸었다. 외견에서는 별로 눈에 뜨일 만한 특징이 없는 클라임은 인파 속에 완전히 녹아들었다.

물론 가장 눈에 뜨이는 풀 플레이트 아머는 벗고 왔다. 특수한 연금술 아이템을 사용하면 갑옷의 색을 바꿀 수 있다고 하나 아무리 그래도 그렇게까지 해서 착용해야겠다는 생각은 들지 않았다. 애초에 거리를 걷는 데 풀 플레이트 아머로 무장할 필요는 없다.

그렇기에 장비는 가볍게, 체인 메일은 옷 안에 감춰 입었으며, 기껏해야 허리춤에 찬 롱 소드가 일반 시민과의 차이를 주장하는 정도였다.

이 정도의 무장이라면 순찰병사──위사──나 용병 등 거리를 다니면 얼마든지 눈에 띄는 자들과 비슷한 수준. 다소 경원시되기는 할지언정 인파가 갈라질 만한 중무장은 아니다.

만일 온 몸에 중무장을 한 자가 있다면 분명 모험자일 것이다. 그들은 필요해서라기보다는 눈에 뜨이기 위해 무장을 한다. 모험자들에게 눈에 뜨이는 차림이란 그리 이상한 일이 아니다. 자신들의 선전으로 이어지기 때문이다. 개중에는 특히 기발한 차림을 하여 강한 인상을 남기고 소문을 퍼뜨리며 이름을 팔려 하는 사람조차 있다. 모험자의 트레이드마크인 셈이다.

하지만 클라임이 지금부터 만나러 가는 '청장미' 일행 정도라면 그럴 필요는 전혀 없다. 그들은 걷기만 해도 소문이 퍼질 정도이기 때문이다.

이윽고 대로 옆에 한 모험자용 여관이 보이기 시작했다.

부지 내에는 숙박시설, 마구간, 그리고 검을 휘두르기에 충분히 넓은 마당이 있다. 멋들어진 외견을 통해 쉽게 아름다운 내장을 연상할 수 있었으며, 객실 창문에는 맑은 유리까지 끼워놓았다.

이와 같은 왕도 최상급 여관은 실력에 자신이 있으며 매우 비싼 체재비용을 지불할 만한 모험자가 모여드는 곳이다.

좌우에 선 경비병을 무시하고 클라임은 여관 문을 열었다.

1층을 통째로 이용한 넓은 주점 겸 식당에는 넓이에 비해 지나치게 적은 모험자들밖에 없었다. 상급 모험자란 그만큼 보기 드문 존재이다.

가게 내부의 어렴풋한 술렁임이 한순간 잦아들고 호기심 어린 눈빛이 모여들었다. 클라임은 이를 개의치도 않고 둘러보았다.

보이는 사람들은 뛰어난 모험자들뿐이다. 클라임을 쉽게 쓰러뜨릴 자들밖에 없었다. 이런 곳에 올 때마다 자신의 왜소함을 톡톡히 깨닫게 된다.

좌절하고 싶은 마음을 꾹 억누르던 클라임의 시선은 가게의 어느 한 곳에 머물렀다.

클라임의 시선 너머—— 가게 가장 구석. 그곳에 있는 둥근 테이블에 앉은 두 인물에게.

한 사람은 몸집이 작으며 칠흑색 로브로 온몸을 감쌌다.

얼굴은 보이지 않는다. 그것은 빛의 가감 때문이 아니라 이마 부분에 붉은 보석을 박아넣은 기이한 가면으로 얼굴 전체를 완전히 가렸기 때문이다. 눈 부분에는 가느다란 균열이 있을 뿐 그 너머에 있을 눈동자의 색조차 확인할 수 없었다.

그리고 나머지 한 사람.

조금 전의 인물은 몸집이 작았지만 이쪽은 압도적으로 거구다. 거석이라는 표현이 뇌리에 떠오르고 말 정도로. 온몸은 어떤 의미에서는 뚱뚱하다. 지방이 끼어서가 아니다. 우선 팔은 통나무를 연상케 할 정도로 굵다. 머리를 지탱하기 위한 목은 일반 여성의 두 허벅지를 합쳐놓은 만큼 굵은 것 같았다. 그런 목 위에 얹힌 머리는 네모졌다. 힘을 주기 위해 꽉 악다문 턱은 넓었으며 주위의 모습을 살피기 위한 눈동자는 육식짐승의 것 같았다. 금색 머리카락은 짧게 깎아 기능성만을 중시했다.

옷에 가려진 가슴팍은 여봐란 듯 부풀었다. 단련하고 또 단련한 근육이 즉시 떠오른다. 쉽게 말해 이미 여자의 가슴이 아니었다.

여성만으로 구성된 아다만타이트 클래스 모험자 팀——청장미.

그 멤버 중 두 사람. 마력계 매직캐스터 이블아이, 전사 가가란이었다.

클라임은 그쪽을 향해 걸어갔다. 목적하던 인물이 크게 고개를 끄덕이더니 걸걸한 목소리로 크게 외쳤다.

"여어, 숫총각!"

떠나가려던 시선이 다시 클라임에게 집중되었지만 야유하는 목소리는 들리지 않았다. 그뿐이랴, 즉시 관심을 잃어버린 듯, 한 줌의 연민과도 비슷한 감정과 함께 시선은 멀어졌다.

주위에 있던 모험자들의 선선한 대응에는 이유가 있다. 가가란의 손님에게 조금이라도 결례를 저지르는 행위는 오리하르콘이나 미스릴 클래스 모험자라 해도 용기가 아닌 만용임을 잘 알기 때문이다.

놀림을 받으면서도 클라임은 태연히 걸어갔다. 가가란은 아무리 말해 봤자 클라임의 호칭을 바꿔주질 않는다. 그렇다면 이제는 체념하고 신경 쓰지 않는 척하는 것이 가장 유효한 수단이다.

"오랜만입니다, 가가란 님——씨. 그리고 이블아이 님."

두 사람에게 다가가선 꾸벅 고개를 숙인다.

"그래, 오랜만이다. 뭐야, 나한테 안기고 싶어서 왔냐?"

의자에 앉으라고 턱짓을 하면서도 싱글싱글 네모난 얼굴에 맹수 같은 웃음을 지으며 가가란이 물었다. 하지만 클라임은 무표정하게 고개를 가로저었다.

이것도 가가란이 늘 건네는 말이다. 인사라고 하면 인사지만 딱히 농담도 아니었다. 만일 클라임이 장난으로라도 그렇다고 했다간 즉시 가가란에게 붙들려 2층 객실로 끌려갈 것이다. 압도적인 완력으로, 저항할 여지도 없이.

'햇과일'을 따먹는 것이 취향이라고 공공연히 떠벌리는 가가란은 그런 인물이기도 했다.

그런 가가란과는 달리, 이블아이는 정면을 본 채 전혀 얼굴을 움직이려 하지 않았다. 가면 안의 눈이 어디로 향했는지조차 알아볼 수 없었다.

"아닙니다. 아인드라 님께 부탁을 받아 왔습니다."

"응? 리더에게?"

"예. 말씀을 전하겠습니다. 『속히 움직여야 할 것 같다. 상세한 내용은 돌아온 후에. 다만 즉시 전투에 들어갈 수 있도록 준비를 갖출 것.』이상입니다."

"알았다. 흐음, 겨우 그것 때문에 고생이 많구만."

굵직한 웃음을 짓는 가가란에게 아직 해야 할 말이 더 있음을 떠올렸다.

"오늘 스트로노프 님께 검을 지도받는 행운을 얻었습니다. 그리고 일전에 가르쳐주셨던 일격—— 높은 상단에서 내리치는 일격 말씀입니다만, 스트로노프 님께 칭찬을 받았습니다."

그 일격은 이 여관의 뒤뜰에서 그녀에게 배웠던 것이었다.

가가란도 자기 일처럼 활짝 웃었다.

"오오, 그거 말이지! 흐응, 제법인걸. 하지만……."

"예. 만족하지 않고 더욱 단련에 힘쓰겠습니다."

"그것도 그렇지만 말이야. 그 기술이 깨졌다 가정하고 다음에 이어질 기술도 슬슬 만들어놓으라고."

우연이라고 해야 할까, 아니면 일류 전사들의 상식일까,

가가란의 조언은 가제프의 말과 매우 흡사했다. 클라임이 그 말에 놀란 표정을 짓자 가가란은 무얼 오해했는지 웃으며 말했다.

"물론 그 수직베기는 일격필살로 써야 의미가 있는 거지만 말이야. 사실은 여러 가지 수법 중에서 상황에 따라 가장 적합한 검을 휘두르는 게 정답이야. 근데 말이지, 너한테는그게 불가능해."

암묵적으로 재능이 없기 때문이라고 말한 것이었다.

"그러니까 3연격 정도 이을 수 있는 공격형을 만들어 놔. 만일 방어당해도 상대가 공세로 전환하지 못할 3연격을."

클라임은 고개를 끄덕였다.

"그야 몬스터 상대라면 팔이 여러 개 달린 놈도 나오곤 해서 통하지 않을 때도 있는데, 그래도 인간 상대라면 괜찮을 거야. 패턴이란 건 들통 나면 끝장이지만, 처음 마주치는 놈에게는 꽤 효과적이거든. 밀어붙이고 밀어붙이고 또 밀어붙일 수 있는 걸 만들라고."

"알겠습니다."

클라임은 크게 고개를 끄덕였다.

오늘 아침 가제프에게 그 정도로 밀어붙일 수 있었던 것은 단 한 번뿐이었다. 그 외에는 전부 가로막혔으며 반격만 받았다.

하지만 그렇다고 자신감을 잃었는가? 아니다.

그렇다면 절망했는가? 아니다.

반대다.

반대였다.

범부가 왕국—— 아니, 주변 국가 최강의 전사에게 그만큼 다가갈 수 있었다. 상대가 진심으로 싸우지 않았다는 것도 잘 안다. 하지만 그것은 빛이 전혀 없는 칠흑의 길을 나아가는 클라임에게 충분한 격려가 되었다.

너의 노력은 완전히 헛되지 않았다고.

그것을 떠올리면 가가란이 하고 싶은 말이 가슴에 콱 와닿았다.

연속공격을 잘 만들 수 있으리라는 자신은 없었지만, 그래도 창안하고 싶다는 뜨거운 마음이 뱃속에서부터 치밀었다. 다음에 전사장과 싸울 때는 조금 더 진심을 끌어낼 만한 실력을 갖춰야겠다고.

"……그러고 보니 전에 이블아이에게도 뭔가 부탁했었지? 마법 수행이었던가?"

"예."

클라임은 흘끔 이블아이를 보았다. 그때는 가면 안의 조소로 일축되었던 이야기였다. 아무것도 변하지 않은 상황에서 똑같은 이야기를 꺼내봤자 똑같은 결과만을 얻을 것이 분명하다.

하지만——

"꼬마."

알아듣기 힘든 목소리가 들렸다.

가면 너머로 들렸다는 점을 제외하더라도 매우 신비한 음성이었다. 설령 가면을 썼다 한들 그렇게 두껍지는 않은 이상 목소리의 질 정도는 어느 정도 알 수 있을 것이다. 하지만 이블아이의 목소리에서는 나이나 감정을 읽어낼 수가 없었다. 기껏해야 여성이리라는 사실을 간신히 판별할 수 있을 정도였다. 노인인 것 같기도 하고 소녀인 것 같기도 하다. 감정이 없는 평탄한 목소리로 들렸다.

이블아이가 쓴 가면이 매직 아이템이기 때문이리라. 하지만 왜 그렇게까지 해서 목소리를 감추려는 걸까.

"너에게는 재능이 없다. 다른 노력을 해라."

용건은 그것뿐이라는 양, 잘라버리는 듯한 발언이었다.

그 정도는 누구보다도 클라임 본인이 잘 안다.

클라임에게 마법의 재능은 없다. 아니, 마법의 재능만이 아니다.

제아무리 검을 휘둘러도, 피가 배어나오고 물집이 터져 손이 딱딱해져도 원하는 경지에는 도달할 수 없었다. 재능이 있는 사람이라면 쉽게 넘어섰을 만한 벽. 그것조차 클라임에게는 답파가 불가능한 절벽인 것이다.

다만, 그렇다고 벽을 넘어서겠다는 노력을 게을리할 수는 없다. 재능이 없는 이상, 노력하면 한 걸음이라도 앞으로 나아갈 수 있으리라 믿는 수밖에 없으니까.

"수긍하지 못한 모양이군."

클라임의 무표정이라는 가면 밑의 감정을 읽어낸 것처럼 이블아이가 말을 이었다.

"재능을 가진 자는 처음부터 가지고 있다. ……재능이란 꽃피기 전의 꽃봉오리일 뿐 누구나 가지고 있다고 말하는 자도 있다만…… 흥. 내가 보기에 그것은 선망일 뿐. 열등한 자가 자신을 위로하기 위한 말이다. 저 위대한 십삼영웅의 리더도 그러했다."

십삼영웅의 리더. 그는 처음에는 단순한 범부였다는 전설이 있다. 누구보다도 약했지만, 상처를 입으면서도 검을 휘두르고 또 휘둘러 누구보다도 강해졌다는 영웅. 무한히 성장할 수 있는 힘의 소유자.

"놈은 가졌으면서도 꽃피우지 못했을 뿐이었다. 그 점이 너와 다르다. 노력해서 그 정도이니 말이다. ……맞아. 재능은 엄연히 존재하지. 가진 자와 가지지 못한 자가 존재하는 거다. 그러니…… 포기하라고는 못하겠지만 그래도 분수는 판별해야지."

이블아이의 냉혹한 말에 한순간 침묵이 흘렀다. 그리고 그 침묵을 깨뜨린 것도 역시 이블아이였다.

"가제프 스트로노프…… 놈이 바로 좋은 예가 아니냐. 놈이야말로 재능 있는 인간이다. 클라임……너와 그자의 차이는 노력해서 메울 수 있는 것이냐?"

말은 나오지 않았다. 훈련을 통해 닿을 수 있는 거리가 아님을 실감한 것이 바로 오늘 아침이었다.

"뭐, 놈은 예시로 삼기에는 좋지 못할지도 모르지만. …… 그놈에게 필적하는 검의 재능을 가진 자는 십삼영웅밖에 모르니. 여기 있는 가가란도 제법 실력이 있지만 가제프에게는 못 이기고."

"……말도 안 되는 소리를 하고 있어. 가제프 아저씨는 영웅의 영역에 한 발을 들인 사람인걸?"

"흥. 너도 주변에서는 영웅이라고 불리는 여자잖아. …… 성별은 의심이 가지만 말이지."

한순간 말을 흐린 이블아이에게 가가란이 웃으며 대답했다.

"야, 이봐, 이블아이. 영웅이란 것들은 인간의 영역을 넘어선—— 차원이 다른 재능을 가진 괴물 아니었어?"

"……부정은 않겠다."

"그러면 난 인간이잖아. 영웅의 영역에 발을 들이는 건 불가능해."

"……그래도 너는 재능을 가졌다. 클라임처럼 재능을 가지지 못한 인간과는 다르다. 클라임, 네가 해야 할 것은 별에 손을 뻗은 채 달리고 또 달리는 것이 아니야."

그 사실은 클라임도 뼈저리게 잘 안다. 그러나 이렇게까지 재능이 없다는 말을 연속으로 들으면 실망하는 것도 사실이다. 그렇다고 해서 지금의 방식을 바꿀 마음은 없었다.

──내 몸은 왕녀님을 위해. 그렇게 생각하기 때문에──

클라임에게서 순교자와도 같은 무언가를 느꼈는지, 이블아이는 가면 뒤에서 혀를 차는 소리를 냈다.

"……이렇게 말해봤자 멈추지는 않겠지."

"예."

"어리석구나. 참으로 어리석어."

휘휘 고개를 가로저으며 이해할 수 없다고 말한다.

"이룰 수 없는 바람을 품고 나아간다면 확실하게 몸을 망칠 거다. 되풀이하겠지만 자신의 분수를 판별해라."

"말씀은 이해합니다."

"그러나 분수를 판별할 마음은 없다는 거냐. 어리석다느니 하는 수준을 넘어선 놈이로군. 일찍 죽기 십상이야. ……네가 죽으면 울 사람이 있지 않나?"

"어라? 뭐냐, 이블아이. 너 클라임이 걱정돼서 괴롭혔던 거냐?"

가가란의 말에 이블아이가 어깨를 축 늘어뜨리더니 가가란을 쳐다보며 장갑을 낀 손을 뻗어 멱살을 움켜쥐더니 고함을 쳤다.

"뇌까지 근육으로 된 놈은 닥쳐!"

"하지만 내 말이 맞지?"

멱살을 잡혔으면서도 태연한 가가란의 말에 이블아이는 아무 말도 하지 못했다. 그러고는 의자에 몸을 깊이 묻더니, 화제를 바꾸려는 듯 클라임에게 화살을 돌렸다.

"우선 마법의 지식을 익혀라. 지식이 늘어나면 마법을 사용하는 적의 노림수를 이해할 수 있게 되겠지. 그렇게 하면 더 적확한 행동을 취할 수도 있을 거다."

"야, 마법이 얼마나 많은데 그걸 전부 공부하라고 그래? 좀 잔인하지 않냐?"

"그렇지도 않다. 매직 캐스터가 중점적으로 사용하는 마법은 대개 정해져 있으니. 그런 것부터 배워나가면 돼."

그 정도조차 못 하겠다면 포기하라고, 이블아이는 내뱉듯 말했다.

"아무리 많아 봤자 제3위계까지만 익히면 일단 문제는 없겠지."

"……근데 이블아이. 마법은 제10위계까지 있다면서, 그런 고위계 마법은 아무도 못 익혔잖아? 근데도 정보는 있어? 왜 그런 거야?"

"흐음……."

마치 선생님이 학생에게 가르치는 것 같은 분위기를 풍기면서, 이블아이는 로브 안에서 무언가 몸짓을 보였다. 그러자 갑자기 주위의 소리가 멀어졌다. 비유하자면 마치 테이블 주위가 얇은 막에 뒤덮인 것처럼.

"당황하지 마라. 시시한 아이템을 하나 발동했을 뿐이니."

도대체 얼마나 주위의 귀를 경계했단 말인가. 하지만 이블아이가 가가란의 질문에 대답하기 위해 아이템까지 써야만 하는 중요한 이야기를 꺼내려 한다는 사실을 깨달은 클라임은 자세를 바로 했다.

"옛 신화―― 이야기로 전해 내려오는 것 중에 팔욕왕이라 불리는 존재가 있다. 신의 힘을 빼앗은 자들이라고도 하고, 절대적인 힘으로 이 세계를 지배했다고도 전해지지."

팔욕왕 이야기는 클라임도 안다. 동화 중에서는 매우 인기가 없지만 어느 정도 지식이 있는 사람이라면 다 아는 이야기였다.

요약하자면 500년 전 팔욕왕이라는 존재가 나타났다. 하늘보다도 큰 키를 가졌다고도 하며 용과 같았다고도 하는 팔욕왕은 눈 깜짝할 사이에 뭇 나라를 없애고 압도적인 힘을 등에 업은 채 세계를 지배해나갔다. 그러나 그들은 탐욕스러워, 피차 원하는 것을 두고 경쟁해 마지막에는 모두들 죽고 말았다는 이야기였다.

인기가 없는 것도 당연하지만, 이 이야기가 정말로 동화인지 어떤지에 대해서는 의견이 분분하다. 클라임 자신은 매우 과장된 이야기라고 생각했다. 다만 모험자들 중에는 실존했던 존재――힘도 현대의 그 어떤 것보다 강대한――라고 생각하는 자들이 드물게 존재한다.

그들이 말하는 근거는, 아득한 남쪽 사막 속에 있다는 한 도시의 존재였다. 그것은 팔욕왕이 대륙을 지배했을 때 수도 명목으로 만들었다고 전해진다.

클라임이 자신의 생각에 잠긴 동안에도 이블아이의 말은 이어졌다.

"팔욕왕은 강력한 아이템을 수없이 가졌다고 하는데, 그중에서도 가장 큰 힘이 있는 아이템에 '이름 없는 주문서 Nameless Spellbook' …… 그런 이름으로 불리는 마법서가 있다. 이것이 해답이다."

"앙? 그러니까 그 책에 실려 있었단 거야?"

"그렇지. 팔욕왕이라 불리는 전설의 존재가 남겼던, 상상을 초월하는 매직 아이템 마법서에 모든 마법이 기재되어 있다고 한다. 도대체 어떤 마법이 작용하는지, 새로이 만들어진 마법까지 자동으로 기록된다는 소문이 있지."

팔욕왕의 신화는 알았지만 그런 책에 대해서는 전혀 들어보지 못했다. 그것이 얼마나 희귀한 물건인지 어렴풋이 깨달은 클라임은 아무 말 없이 그저 귀를 기울였다.

"이를 토대로 삼았기에, 제10위계라는 영역의 마법이 존재함을 우리가 알 수 있는 거다. 물론 이런 이야기까지── '이름 없는 주문서'라는 존재까지 아는 사람은 별로 없다만."

클라임의 목이 꼴깍 소리를 냈다.

"그, 그 '이름 없는 주문서'를 구하실 생각은 없는 겁니까?"

그녀들을 최고봉의 모험자라 생각하기에 질문한 것이었다.

하지만 이블아이는 바보 같은 소리 말라는 듯 코웃음을 쳤다.

"흥. 그걸 본 놈의 말에 따르면 견고한 마법의 수호 때문에 정당한 소유자가 아니면 건드릴 수조차 없다더군. 세계 하나에 필적할 만한 가치가 있다지만 그에 걸맞은 위험 또한 존재하는 셈이지. 분수를 잘 아는 나는 그만한 아이템을 탐내다가 팔욕왕처럼 어리석은 죽음을 맞고 싶지는 않다."

"십삼영웅의 무기를 가졌다고 알려진 분께서 리더를 지내는 파티조차 그렇단 말입니까?"

"……차원이 다르거든, 그 녀석은. 뭐, 이것도 두어 다리 건너서 들은 말이라 자세히는 알 수 없다만. 이야기가 옆길로 샜군. 아무튼 그런 거다, 가가란. 알았나?"

그리고 이블아이가 웬일인지 잠시 망설이는 기색을 보이더니 다시 입을 열었다.

"클라임. 힘을 원한다고 해서 인간을 포기하는 짓은 하지 마라."

"인간을 포기한다고요……? 이야기에 나오는 악마 같은 그런 것들 말입니까?"

"그것도 있고, 언데드화나 마법생물화도 있지."

"평범한 인간이 어떻게 그럴 수 있겠습니까."

"그렇기는 하다만. ……언데드로 변화하면 마음까지 일그러질 때가 많거든. 이상에 불타, 이를 이루기 위해 언데드가 되었지만…… 육체의 변화에 마음이 끌려가 무시무시하게 변질되는 거다."

일말의 감정도 엿볼 수 없는 가면 안의 목소리가 또렷한연민을 띠었다. 어딘가 먼 곳을 내다보는 듯한 이블아이를 주시하던 가가란이 짐짓 밝은 목소리를 냈다.

"아침에 일어나 보니 클라임이 오우거가 됐다면 공주님이 깜짝 놀라지 않겠어?"

가가란의 발언 이면에 담긴 생각을 읽어냈는지, 이블아이는 다시 감정을 읽을 수 없는 목소리로 되돌아갔다.

"……하긴, 그것 또한 한 가지 방법이겠군. 변화계 마법을 사용하면 일시적인 변화로 그칠 수 있지. 단언컨대 그것도 한 가지 방법이다. 육체능력의 향상이라는 의미에서는."

"그건 좀 사양하고 싶은데요."

"강해진다는 의미에서는 순수하게 효과적이다. 인간이라

는 생물 자체는 능력으로 보았을 때 그리 뛰어나지 않으니. 똑같은 재능을 가졌다면 육체의 기초 능력이 높은 편이 유리하지."

그것은 당연하다. 기량이 같다면 육체능력이 높은 편이 유리할 테니까.

"실제로 십삼영웅은 인간 이외의 종족이 많다. 참고로 십삼영웅이라고는 해도 실제로는 훨씬 수가 많았지. 결국 전설로 추앙받은 것이 열세 명이 됐을 뿐. ……마신과의 전투는 종족의 장벽을 넘어선 싸움이었기에, 인간을 중시하는 자들이 보자면 다른 종족이 활약했다는 영웅담은 그리 퍼뜨리고 싶지 않았겠지."

누군가에게 비아냥거리듯 이블아이가 말했다. 그러고는분위기를 확 뒤집어, 향수(鄕愁)가 느껴지는 어조로 말을 이었다.

"선풍의 도끼를 휘두른 전사는 바람거인Air Giant의 전사장이었으며, 옛 엘프의 특징을 가졌던 엘프 왕가 사람이 있었는가 하면, 우리의 리더가 가진 마검 킬리네이람의 원래 소유자── 암흑기사는 악마와의 혼혈이었다."

"4대 암흑검 말이군요……."

십삼영웅 중 하나인 암흑기사는 네 자루의 검을 지녔다고 전해진다. 그것은 사검(邪劍) 휴미리스, 마검 킬리네이람, 부검(腐劍) 콜로크다바르, 사검(死劍) 스피스이며, 그중 한 자루를 가진 자가 바로 청장미의 리더 라퀴스였다.

"무한의 어둠을 응축해 만들어냈다는 최강의 암흑검, 마검 킬리네이람……. 야, 이블아이. 온 힘을 다해 해방하면 나라 하나를 집어삼키는 칠흑의 에너지를 뿜어낼 수 있다는 게 진짜야?"

"무슨 말인가, 그게?"

곤혹스러워하는 이블아이.

"우리 리더가 요전에 혼자 있을 때 그러더라고. 오른손을 꽉 누르면서, 온 힘을 다해 파워를 억누를 수 있는 건 자기처럼 신을 섬기는 여성이 아니면 어쩌고저쩌고."

"그런 말은 들어본 적이 없는데……?"

의아하다는 투로 고개를 갸웃하는 이블아이.

"소유주의 말이니 사실일지도 모르지."

"그럼 암흑의 정신에서 태어났다는 어둠의 라퀴스란 것도 진짜겠네?"

"뭐야?"

"그게 언제였더라, 혼자서 중얼중얼 그런 말을 하더라고. 내가 온 줄도 모르는 것 같아서 엿들었더니, '네가 방심하면 암흑의 근원인 어둠의 내가 육체를 지배하고 마검의 힘을 해방시켜 주마.' 라나 뭐라나, 위험한 소릴 하던데."

"그건…… 가능성이 없다고는 못하겠군. 일부 저주받은 아이템은 소유자의 정신을 빼앗는다고도 하니. ……라퀴스가 지배당한다면 그건 보통 성가신 일이 아닐 텐데."

"비밀로 해 달라고는 그랬지만, 암만 그래도 그렇잖아? 직접 물어봤더니 얼굴이 새빨개져선 걱정하지 말라고 그러고."

"흐음. 저주를 풀어주어야 할 신관이 저주의 아이템에 지배당해서 부끄러웠던 것이겠지. 게다가 걱정을 끼칠 수는 없다고 판단했나? 그 녀석, 자기 혼자서만 품고 있었군."

"그 후로는 그런 모습을 못 봤지만…… 게다가 생각 좀 해보라고. 의미도 없는 아머 링을 다섯 손가락 전체에 끼고 다니는 것도 검을 손에 넣은 다음부터 아니었어?"

"패션인가 생각했지만, 그렇다면 그것도 봉인계 매직 아이템이나 촉매란 말인가?"

클라임은 무표정을 유지할 수가 없어 눈살을 찡그렸다.

지금 이야기만을 듣자면 라퀴스가 조금씩 사악한 아이템에 지배당하고 있을지도 모른다는 생각이 든다. 조금 전까지 그녀가 어디 있었는지를 생각하면 초조함이 강해졌다.

"……라나 님이 위험하실지도."

당장에라도 뛰쳐나가려 하는 클라임을 이블아이가 제지했다.

"조바심 내지 마라. 지금 당장 어떻게 된다는 이야기도 아닐 터. 설령 어둠의 힘에 지배당하게 되더라도 그 녀석 자신이 알아차리지도 못할 사이에 몸을 빼앗길 리가 없어. 우리에게 아무 말 하지 말라고 했다면 아마도 제어할 수 있으리라 판단했기 때문이겠지. 그 녀석의 정신력이라면. 하지만……

그 검에 그러한 능력이 있었다니…… 나도 몰랐는걸."

"일단 혹시 모르니 아즈스 씨에게 전해둘까?"

"라이벌의 손을 빌려야만 한다는 것이 조금 분하지만……

조카딸의 문제이니 전해두는 편이 좋겠군."

"응. 그럼 냉큼 움직여볼까? 지금 어디 있는지 알아봐야

겠어."

"그래. 언제라도 라퀴스를 지원할 수 있도록 준비를 갖춰

놓아야지."

"아다만타이트를 저지할 수 있는 건 아다만타이트뿐이니

말이야."

"──음?! 아아! 그러고 보니 생각났다, 가가란. 세 번째 아

다만타이트 클래스 모험자 팀이 에 란텔에 살고 있다더군."

"뭐야, 진짜? 그건 금시초문인데……. 너 오늘 아침에 모

험자 조합에 갔다가 들은 거야?"

"아니, 그건…… 아, 그랬군. 미안하다. 말하는 것을 깜빡

했다. 듣자 하니 검은색이라던걸."

"검은색? 빨강, 파랑이었으니까 다음은 갈색, 녹색일 거라

고 생각했는데~."

"검은색은 육대신 신앙에서 쓰이는 색이니. 뭐 이상할 것

은 없지. 다음은 흰색이 나올지도 모르고."

"슬레인 법국은 별로 취향이 아닌데. 실제로 그 사건 때문

에 한번 크게 맞붙기도 했고. 비밀부대 같은 놈들하고."

어쩐지 엄청나게 위험한 말을 들었다 싶었지만, 클라임을 무시하듯 이야기는 계속 이어져갔다.

"가가란은 싫은가? ……나는 내 목이 걸린 일이기는 하지만, 그 나라의 방침에는 공감할 수 있다. 그렇다기보다는 그 자들이 자신들에게 부과한, 인류의 수호자라는 맹세는 인간이라는 종족의 관점에서 보자면 옳은 것이야."

"뭐어? 그러기 위해선 죄도 없는 아인이나 엘프를 죽여도 좋다는 거야?"

가가란의 얼굴에 뚜렷한 혐오가 떠오르고 격렬한 분노의 불꽃이 눈에 깃들었다. 열기가 향한 곳에 있던 이블아이는 어깨만 슬쩍 움츠려 받아넘겼다.

"이 부근에는 왕국, 성왕국, 제국 같은 인간의 국가가 여럿 있지. 가가란, 너는 아나? 이곳에서 멀리 떨어지면 떨어질수록 인간이 주체가 된 국가는 줄어든다는 사실을. 아인처럼 인간보다도 우수한 종족이 국가를 세우고 있는 거다. 장소에 따라서는 인간이 노예 계급인 국가도 있고. 이 부근에 그러한 국가가 없는 이유는 대두하려는 아인들을 오랜 시간에 걸쳐 슬레인 법국이 사냥했던 것이 가장 큰 이유 중 하나지."

이블아이의 말에 열기를 잃은 채 부루퉁한 얼굴로 가가란이 중얼거렸다.

"뭐, 아인은 인간보다도 육체능력이 뛰어나니까. 어정쩡하게 통합했다가 문화가 발전하면 인간은 손도 쓰지 못하는 경우가 대부분이겠지만."

"인간이라면 법국 사람들을 높이 평가해야 해. 물론 냉혹한 면도 있을지 모르지만, 그래도 그들 이상으로 인간에게 도움이 되는 자들은 없지. ……뭐, 잘려나가는 소수 입장에서 같은 말을 할 수 있느냐고 묻는다면 그건 또 다른 문제지만. 게다가 모험자 조합의 원형을 만든 것이 그들일 가능성도 매우 높거든."

"진짜?"

"글쎄. 진위는 알 수 없지만 가능성은 커. 모험자 조합이 태어난 건 마신과의 싸움 이후였고, 그 무렵 인간의 힘은 약했으니까. 힘을 온존했던 그들이 국가 사이의 알력을 일으키지 않도록 원조를 위해 만든 것이 아닌가 보고 있거든."

이야기가 끊어졌을 때 특유의 침묵이 테이블을 감쌌다. 그 분위기를 견디다 못한 클라임이 입을 열었다.

"말씀 도중에 죄송합니다, 이블아이 님. 아다만타이트 클래스 모험자가 새로 나타났다고 하셨습니다만, 그분들의 성함은 무어라고 하는지요?"

"음? 아, 그랬지. 분명—— 모몬. 칠흑의 영웅이라 불리는 전사가 리더이고, 팀의 이름은 아직 정해지지 않았다는군. 그냥 칠흑이라 불리는 모양이야."

"흐헤~ 그리고 다른 멤버는?"

"미희(美姬)라 불리는 나베라는 이름의 마력계 매직 캐스터와 2인조라던가."

"뭐어? 겨우 둘? 무슨 소리야? 어지간히 실력에 자신이 있는 바보…… 아니, 그러니까 아다만타이트겠지. 그것들 엄청난 걸 숨기고 있나보네. 그래서? 어떤 위업을 달성했는데?"

클라임도 귀를 세우고 기다렸다. 아다만타이트 클래스쯤 되는 모험자 팀이니 보통 사람은 믿을 수도 없는 모험을 했을 것이다. 그런 모험담에는 언제나 마음이 떨렸으며, 듣기도 전부터 기대에 가슴이 뜨거워졌다.

"듣자 하니 두 달 정도 만에 이루었다는데…… 우선 에 란텔에서 언데드 수천 마리가 발생한 사건을 해결했지. 다음에는 북상한 고블린 부족연합을 섬멸하고, 토브 대삼림에서 몹시 희귀한 약초를 채취했고, 기간트 바질리스크를 토벌하고, 카체 평야에서 흘러든 언데드 사단을 섬멸했다지. 그리고 강대한 힘을 가진 뱀파이어를 쓰러뜨렸다고도 들었다."

"기간트 바질리스크……."

클라임은 신음하듯 중얼거렸다.

기간트 바질리스크란 도마뱀 같기도 하고 뱀 같기도 한 길이 10미터나 되는 거대 몬스터이며, 석화 시선과 즉사성 맹독 체액을 지녔다. 심지어 두꺼운 피부는 미스릴에도 필적한다는 최악의 존재이다. 작은 도시 하나를 섬멸시킬 수 있는 몬스터를 쓰러뜨렸다면 아다만타이트라는 지위에 올라도 이상할 것이 없다.

다만 한 가지 문제가 있다. 그것은——

"그거…… 굉장하구만. 하지만 정말 기간트 바질리스크를 단둘이? 심지어 전사랑 마력계 매직캐스터 둘이서 잡는다니, 무리 아냐? 말도 안 되지, 그건."

——그렇다. 두 사람으로는 불가능에 가깝다. 특히 전사와 마력계 매직 캐스터 두 사람밖에 없다면 회복수단은 무엇에 의존했단 말인가. 석화 시선이나 맹독 체액, 그 외의 온갖 특수공격을 막아낼 수단이 있을 리 없는데.

"아! 이거 미안하게 됐군. 완전히 두 사람만이라고도 할 수 없겠어. 듣자 하니 숲의 현왕을 자신의 힘으로 꺾어 복속시켰다고 하니까."

"……숲의 현왕? 그게 어떤 몬스터인데?"

클라임은 영웅담에 가까운 전승에서 그 이름을 들었던 것을 떠올렸다. 하지만 지금 끼어드는 것은 이만저만 무례한 일이 아니다.

"나도 자세히는 모른다만. 전승에 따르면 오래전부터 토브 대삼림에 살았던 마수인데, 비할 데 없이 강대하다더군. 내 지인이 옛날…… 그래, 200년쯤 전 대삼림에 들어갔을때는 보지 못했다지만."

200이라는 숫자에서는 너스레를 떨듯 어깨를 으쓱하는 이 블아이.

엘프 정도 되면 가능한 나이이기는 하지만, 태도를 보면 가벼운 농담이 아니었을까 싶다.

"흐에~. 그래서, 그건 어디까지가 진실인 거야? 원래 소문이란 살이 좀 붙게 마련이잖아?"

그런 법이다. 남에게 이야기를 들려줄 때는 자기도 모르게 부풀리기도 하고, 시체가 토막이 나서 정확한 숫자를 알아보기 어려울 때도 있으며, 때로는 모험자 자신이 자기들을 과대선전하기 위해 계속 소문을 부풀리기도 한다.

하지만 이블아이는 손가락을 하나 세우더니 쯧쯧 좌우로 흔들었다.

"이것만은 거의 진실일걸. 처음 소문이 났던 에 란텔 사건을 보자면 언데드 거인에게 검을 투척해 격파했고 수천 언데드 무리를 돌파했다지. 이건 당시 살아남은 위병의 목격 정보였고 모두들 거의 같은 내용을 보고했다니, 과장의 여지는 없을 거야. 안쪽에 있던 사건의 주모자 두 명을 쓰러뜨렸던 건 시체로 확인했다고 해. 그것도 골룸을 두 마리나 물리친 후에."

가가란이 입을 딱 벌리는 모습을 보고 클라임이 물었다.

"가가란 씨에게도 어려운 일입니까?"

"언데드 수천 마리가 좀비나 스켈레튼 정도라면 문제될 거

없지. 돌파는 가능해. 골룡 두 마리도 어떻게든 잡을 수 있었을 거야. 하지만 그렇게 커다란 사건을 일으킨 주모자두 사람이 되면 어떨까. 상대의 능력도 모르는 상황에서는 자신이 없는걸."

"즐라논이 아니냐는 비공식 견해도 있었다."

"진짜야, 이블아이? 아~ 그놈들의 고제(高弟)쯤 되면 그 순간 끝장인데. 대군을 돌파한 다음에 이기기는 힘들지. 게다가 조금만 실수해서 독이나 마비를 받았다간 그냥 끝장일 테고. 그 친구들 회복은 뭘로 한대? 포션에 의존하나? 모몬이란 전사가 우리 리더처럼 신성계 마법을 구사하는 걸지도 모르겠구만. 아니면 미희란 사람이?"

"아니라고 단언할 수는 없겠지."

이블아이가 음음 고개를 끄덕였다.

"아니 그래도, 기간트 바질리스크는…… 암만 해도 무리야. 그건 전사…… 근접전투로 먹고사는 인간들에겐 흉악한 놈이라고. 난 마안살Gaze Bane을 쓸 수 있어도 지원 없이는 위험한데."

"들었나, 클라임. 가가란 혼자서는 무리라는 거다. 다시 말해 나베라는 여자의 실력에 달렸지. 손을 잡고 싸운다면 똑같은 위업이 가능하……려나?"

"아~ 그 여자가 이블아이랑 동격이라면 여유겠지만? 너야 기간트 바질리스크도 원거리에서만 붙으면 혼자 설렁설

링 잡을 거 아냐?"

"아무리 그래도 무리지. 진심으로 싸우지 않고선."

"만약 우리가 그 두 가지 사건을 만났을 때 네가 있다면, 내 상대는 기껏해야 골룸뿐……인데, 그러면 이블아이에게 너무 의존하게 되니까 오리하르콘 클래스 매직 캐스터랑 편 먹고 둘이라면…… 그건 무리겠네."

클라임은 이상한 생각이 들었다.

이블아이라는 매직 캐스터가 그렇게나 강력하단 말인가. 보통 팀은 같은 수준의 멤버로 구성할 텐데. 그리고 비슷한 모험을 겪었을 텐데, 그렇게 차이가 많이 나는 걸까.

"그렇지 않습니다. 가가란 씨의 힘은 저도 잘 압니다. 결코 이제 막 나타난 신출내기들에게 끌리지는 않을 겁니다."

"우와~ 점수 줘서 고마워. 좋아, 나랑 잘래?"

"아뇨, 그건 거절하겠습니다."

"그러니까 넌 아직까지 숫총각인 거야. 차려놓은 밥상도 못 먹으면 남자의 수치란 말도 못 들었냐? 뭐 좋은 거라고 아직까지 딱지를 달고 앉았어? 정말 마음에 둔 여자랑 잘 때 는 어쩌려고? 서툴단 소리 들어도 좋아? 너 그런 게 취향이 냐? M이야?"

클라임의 대답도 기다리지 않고 단숨에 퍼부어댄 가가란 은 짐짓 큰 한숨을 하아 내쉬었다.

"뭐, 강요하는 건 아니지만. 난 언제든 상관없으니 원하면 말하라고. ……근데 미희라니, 거 쪽팔린 별명도 다 있네. 이름에 꿀리는 거 아냐?"

"나베라는 여자는 상당히 아름답다고 하더군. 정보에 따르면——"

클라임은 이블아이의 시선이 한순간 자신에게 머문 것처럼 느끼고, 곧 그것이 사실임을 깨달았다.

"——왕국의 황금에 필적한다는 이야기야."

가가란이 클라임에게 장난기 어린 눈빛을 보냈다. 무슨 말이 이어질지 이미 예상했던 클라임이 선수를 쳤다.

"아름답고 추함은 사람마다 모두 다른 법. 그리고 저에게는 라나 님보다 아름다운 분은 없습니다."

"아~ 네."

유감이라는 내심이 그대로 묻어나는 목소리였다.

"흐음, 딴소리가 많아졌군. 쓸데없는 이야기에 동참시켜 미안하다. 우리는 이만 라퀴스 말대로 준비를 시작해야겠다."

가가란과 이블아이가 일어났다. 클라임도 몸을 일으켰다.

"미안해, 클라임. 이것저것 같이 하고 싶다만 그런 소리할 여유도 없겠네."

"아닙니다, 가가란 씨. 마음에 두지 마십시오. 그리고 이블아이 님도. 도움이 되는 이야기를 들려주셔서 고맙습니다."

가가란이 가만히 클라임을 바라보더니 지친 듯 웃음소리

를 냈다.

"뭐, 됐다. 그럼 넌 돌아갈 거지? 우리 리더 잘 좀 부탁해. 바이바이, 숫총각. ……그리고 아이템은 확실하게 장비해 둬. 네 허리에 있는 건 평소에 쓰던 무기가 아니잖아?"

"예. 이건 예비입니다."

"무슨 일 있을지 모르니까 갑옷은 그렇다 쳐도 검은 언제나 제대로 차고 다니라고. 그게 모험자의, 특히 전사의 마음 가짐이야. 그리고 내가 준 아이템은 가지고 다니냐?"

"벨 말씀이신가요? 그거라면 여기 있습니다."

클라임은 벨트에 찬 포셰트를 툭툭 두드려 보였다.

"그렇군. 그럼 됐어. 기억해라. 우린 전사고, 무기를 휘두르는 것밖에 못해. 하지만 그래선 위험할 때도 있어. 그걸 보조해 주는 게 매직 아이템이야. 여러 가지 아이템을 얻어서 그걸 꼭 붙잡으라고. 그리고 치료 포션은 최소 세 병씩 가지고 다녀. 난 그 덕에 살아난 적도 있으니까."

포션은 세 병 있지만 지금 가져온 것은 두 병뿐이다. 클라임은 알았다고 대답했다.

"……넌 의외로 남을 잘 챙겨주는군."

"사람 놀릴래, 이블아이? ……붙잡아놔서 미안하다, 클라임. 아무튼 내가 하고 싶은 말은 준비를 미리미리 해두라는 거야."

"잘 알겠습니다."

클라임은 가가란에게 깊이 고개를 숙였다.

3

원탁에 앉은 것은 아홉 명의 남녀였다.

여덟손가락의 각 부문을 통솔하는 지배자들은 한 자리를 에워싸고 있음에도 서로 시선을 맞추려 들지 않은 채 손에 든 서류를 보거나 뒤에 거느리고 온 부하와 이야기를 나누기만 했다.

마치 완전히 다른 조직의 모임 같은 분위기였다. 일촉즉 발이라고까지는 할 수 없지만 적을 대하는 것 같은 경계심이 겉으로 드러났다. 그러나 그들의 입장에서는 이것이 지극히 당연한 일이었다. 왜냐하면 분명히 하나의 조직이며 협력 관계에 있다지만, 실제로는 서로의 이권을 침탈하는 경우가 많아 힘을 합치는 경우가 드물기 때문이다.

이를테면 마약 거래 부문은 생산에서 판로에 이르기까지 전체를 관리하고 운영한다. 여기에 밀수 부문 같은 곳이 협력하는 일은 있을 수 없다. 겉으로 적대하지 않을 뿐, 뒤로 돌아가면 서로 발목을 잡아당기는 정도는 지극히 흔한 일이다.

조직으로 보았을 때 전혀 이점이 없는 이러한 행위는 원래 여러 개의 암흑조직으로 이루어졌기 때문에 생기는 폐해였다.

그렇게 사이가 나쁜 그들이 특정 시기마다 왕도에서 치러지는 여덟손가락 부문장 집회에 참석하는 이유는, 참석해야만 하는 까닭이 있기 때문이다.

그것은 곧, 회의에 출석하지 않는 자는 배신의 가능성이 있다 하여 숙청의 대상이 되므로. 그렇기에 어지간해서는 왕도에 올 일이 없는 자마저 회의를 위해 일부러 달려오곤 한다.

평소에는 안전한 곳에만 틀어박혀 나오지 않던 자도 어떤 의미에서는 본무대에 나오게 되는 셈이다. 암살을 두려워해 당연히 뒤에는 호위병을 거느린다. 회의에 참가시킬 수 있는 인원의 상한인, 자신의 부문에서 추리고 추려 골라낸 정예 두 사람을.

──단 한 사람을 제외하고는.

"그러면 모두 모였군. 정례회의를 시작하지."

사내의 목소리에 모두들 자세를 고쳐 앉아 의자가 삐걱 소리를 냈다.

입을 연 사람은 이 회의의 진행자이자 여덟손가락의 총괄이기도 한 남자였다. 수신(水神)의 성표를 늘어뜨린 50세 정도 되는 사내는 온화한 인상을 풍겼으며, 결코 이런 암흑사

회에 푹 잠겨 있을 것 같지 않았다.

"몇 가지 의제가 있지만, 제일 처음 정리해야 할 것은——
힐마."

"왜~?"

대답한 것은 새하얀 여자였다.

피부색은 병든 것처럼 희고, 입은 옷 또한 희다. 보라색의
독살스러운 연기를 뿜는 곰방대를 든 손에서 어깻죽지에 걸
쳐 기어오르는 뱀 문신을 새겨놓았다. 보라색 아이섀도에
똑같은 색의 입술연지. 엷은 의복을 몸에 걸친 모습은 고급
창녀의 퇴폐적인 분위기를 띠고 있었다.

하암, 짐짓 하품을 한다.

"좀 더 일찍 시작해 주면 안 돼?"

"……너의 마약 재배 시설이 누군가에게 습격을 당했다고
들었다만?"

"그러게. 습격당했어. 생산시설이었던 마을이. 갑자기 돈
나가게 생겼지 뭐야. 앞으로 마약 유통을 줄일지도?"

"그 상대의 정보는 무언가 얻지 못했나?"

"못했지. 완벽하던걸. ……그렇다 보니 상상이 안 가는 것
도 아니지만."

"무슨 색인가?"

그 물음만으로도 자리에 있던 모든 이들이 이해했다.

"몰라. 아까 막 판명됐다고. 거기까지 어떻게 알겠어."

"그런가. 그럼 다들 들었겠지. 이렇게 됐으니 무언가 정보를 가진 사람은 손을 들도록."

대답은 없었다. 모르는 것인지, 알면서도 대답할 마음이 없는 것인지.

"그럼 다음——."

"——이봐."

나직한 목소리였다. 엄청난 힘이 담긴 남자의 목소리였다.

모두의 시선이 모였다. 그곳에 있던 것은 얼굴 절반이 짐승 문신으로 덮인 대머리 사내였다. 다만 모든 것이 컸다. 근육이 크게 부푼 체격은 옷 너머로도 융기가 뚜렷이 엿보였다. 싸늘한 안광은 전사의 눈 그 자체였다.

다른 부문장들은 호위를 데려왔으나 그 사내의 뒤에는 아무도 없었다. 그것도 당연하다. 도움이 되지 않는 자가 있어봤자 아무 의미도 없기 때문이다.

그가 마약 밀매 부문장 힐마를 노려보았다. 아니, 노려볼 생각은 없었겠지만 칼날처럼 가느다란 눈동자는 그렇게밖에 보이지 않았다.

여자의 뒤에 있던 호위병의 호흡이 한순간 흐트러졌다. 그것은 피아간의 전투능력에 압도적인 차이가 있음을 알기 때문에 드러낸 반응이었다.

그 사내는 이 방의 모든 이들을 죽일 수 있을 만한 괴물 같은 사내이므로.

"우리를 고용하지 않겠나? 너희가 모아놓은 잔챙이들 가지고는 제대로 지키기 힘들 텐데?"

제로. 바운서에서 귀족 호위까지 폭 넓은 활동을 보이는 경비 부문의 대표다. 그리고 그보다도 유명한 것이 여덟손가락 전 구성원 중 최강으로 이름 높은 전투능력이다. 그러나 그런 사내의 제안을——

"됐어."

——일축해버린다.

"됐어. 중요거점을 드러낼 수는 없으니까."

그것으로 끝이었다. 관심을 잃었다는 듯 제로의 눈이 감겼다. 그렇게 하자 마치 바위로 바뀐 것 같았다.

"그럼 그 이야기는 내가 대신 받고 싶은뎅."

입을 연 것은 선이 가녀린 사내였다. 나긋나긋해서 제로와는 그야말로 대조적이었다.

"제로, 너희 애들 고용하고 싶어."

"뭐냐, 코코돌. 돈은 낼 수 있냐?"

힐마의 마약 거래가 성장세라면 지금 나선 사내, 코코돌의 노예 매매는 하락세에 있다. 황금공주 때문에 노예 매매가 불법이 되면서 깊숙한 지하로 숨어들어야만 했기 때문이다.

"괜찮아, 제로. 그것도 가능하다면 여섯팔 클래스, 정예 중의 정예를 한 사람 빌리고 싶은데."

"호오?"

제로가 처음으로 관심을 보인 듯 눈을 다시 떴다.

놀란 것은 제로만이 아니었다. 그 자리에 있던 거의 모든 이들이 공통된 마음을 품었다.

도둑의 신의 형제신이 여섯 개의 팔을 가졌다는 데서 유래한 '여섯팔'은 경비 부문 최강의 전투능력을 가진 자들의 총칭이다.

물론 그들 중의 최고실력자가 제로지만 나머지 다섯 사람도 꿀리지 않는 힘을 가졌다. 공간을 가른다고 알려진 능력을 가진 자, 환영을 조종하는 자, 개중에는 강대한 언데드인 엘더 리치마저 있다.

가제프 스트로노프나 아다만타이트 클래스 모험자가 양지의 최강자라면 여섯팔은 음지의 최강자다. 그런 인물을 고용한다는 것이 의미하는 바는 단 하나.

"그만큼 성가신 일이란 말이군. 좋아, 두 다리 쭉 뻗고 기다리라고. 내 최강 부하들이 네 재산의 안전을 보장하지."

"미안해~. 처분할 예정이었던 여자에게 귀찮은 일이 생겨버렸거든. 과도한 전력을 준비하게 될 것 같지만 그쪽 가게가 망하면 나도 난감해서 말이양. 아, 계약금 같은 건 나중에 상담하자. 알았지?"

"좋다."

"회의가 끝나고 당장 시작해도 될까나? 사실은 금방 해줬으면 하는 일이 있거든."

"알았다. 데려온 놈이 있으니 그놈을 빌려주지."

"……그러면 다음 의제로 넘어가지. 새로이 탄생한 아다만타이트 클래스 모험자인 '칠흑의 모몬'에 대해 알고 있는 자. 영입을 검토한 자는 있나?"

막간

차르륵, 차르륵. 귀금속끼리 부딪치는 소리가 난다.

뒤집힌 자루 속에 이제는 아무것도 들어있지 않음을 확인하고, 아인즈는 테이블 위에 빛나는 동전을 늘어놓았다.

금화와 은화를 각각 열 닢씩 쌓아 개수를 헤아린다.

몇 번을 되풀이해 무더기를 다 헤아린 아인즈는 자루를 들어 안을 들여다보았다.

역시 아무것도 없다── 두 번째로 확인한 아인즈는 자루를 휙 집어던졌다. 그리고 머리를 쥐어뜯었다.

"모자라⋯⋯. 돈이 너무 모자라⋯⋯."

환술로 만든 인간의 얼굴이 물컹 일그러졌다. 물론 눈앞의 동전 무더기는 큰 재산이며, 이 세계의 일반인이라면 수십 년을 일해도 벌 수 없는 금액이다. 하지만 나자릭 지하대분묘의 주인이 보기에는, 외화를 벌어들일 수 있는 유일한 존재가 보기에는 지나치게 부족하여 불안하기 그지없었다.

아인즈의 정신은 일정한 기복을 넘어서면 강제로 가라앉으므로, 이를테면 은화 한 닢만 남은 매우 위험한 상황이라면 충격을 받은 정신은 금세 안정을 되찾을 것이다. 그러나 수중에 어느 정도 금화가 있다는 마음 한구석의 여유 덕에 그 현상은 일어나지 않아 스멀스멀 몸을 태우는 듯한 초조함을 느꼈다.

아인즈는 머리를 설레설레 흔들고, 눈앞의 금화를 용도별로 나누었다.

"우선 이건 세바스에게 보낼 추가 자금."

단숨에 무더기가 깎여나가 아인즈의 얼굴이 굳어졌다.

"다음엔 이게…… 코퀴토스가 요청한 리저드맨 마을 복구 지원 및 도구 조달 비용……."

조금 전의 것보다 작지만 또 한 무더기가 움직여, 남은 것은 이제 금화 몇 닢뿐이었다.

"……리저드맨 마을에 보낼 물자는, 조합에서 구입하면 아다만타이트 모험자의 연줄을 쓸 수 있겠지. 조금…… 할인이 될 테니까…… 요 정도?"

코퀴토스의 몫으로 움직여놓았던 무더기에서 동전 몇 닢을 되돌렸다.

"……어디서 상인이라도 잡아 스폰서를 얻는 게 제일 좋으려나……. 모험 이외의 정기 수입을 얻을 수단이라면."

아다만타이트 클래스 모험자는 아인즈를 포함해 왕국에 3개 파티밖에 없다. 그렇기에 상인에게서 지명 의뢰를 받는 일이 있다. 그러한 일은 대개 아인즈에게는 간단하면서도 보수가 고액이라 간절히 맡고 싶었다. 하지만 이제까지는 망설이기만 했다.

아인즈가 연기하는 모험자 모몬이 금전에 탐욕스럽다는, 혹은 돈만 주면 무슨 일이든 맡는다는 이미지를 상인이나 모험자들에게 줄까 저어되었기 때문이다.

아인즈는 '모몬' 이라는, 누구나가 칭송하는 모험자를 만들었다가 때가 오면 그 모든 영광을 아인즈 울 고운의 것으로 바꿀 생각이었다. 그렇기 위해서는 타인의 평가에 주의를 기울일 필요가 있다.

"하지만…… 돈이 없단 말이지. 역시 이런 여관을 잡을 필요는 없었던 거 아닐까."

아인즈는 훌륭한 방을 둘러보았다.

이곳은 에 란텔 최고의 여관 중에서도 가장 훌륭한 방이다. 그런 곳을 빌렸으니 돈도 보통 나가는 것이 아니다. 잠을 잘 필요가 없는 아인즈가 이렇게 좋은 방을 잡아봤자 무슨 소용이 있겠는가. 그런 비용을 다른 데에 쓰고 싶었다.

식사도 마찬가지다. 호화로운 식사를 제공받는다 한들 먹을 수가 없는 아인즈에게는 무의미하다. 거절하고 식비를 절약하는 편이 현명하리라.

하지만 그럴 수 없다는 점은 아인즈 본인이 잘 안다.

아인즈는, 아니, 모몬은 이 도시의 유일한 아다만타이트 클래스 모험자다. 그런 인물이 싸구려 여인숙 같은 곳에서 묵을 수는 없다.

역시 의식주는 다른 사람과 비교되기 쉬운 평가 포인트 중 하나다. 아다만타이트 클래스 모험자는 아다만타이트에게 어울리는 여관이나 복장을 유지해야만 하는 것이다.

허영과 체면이다.

그렇기에 아인즈는 여관의 그레이드를 낮출 수가 없었다.

쓸데없는 지출임을 알면서도.

"내게 가치가 있다면 조합에서 여관을 잡아달란 말이야……. 헤유…… 하기야 말하면 해 주기는 하겠지만……."

그러나 빚을 지고 싶지는 않았다. 이제까지는 조합의 급한 의뢰를 받아주는 등 상대에게 빚을 지우는 행동을 해 왔다. 한껏 쌓이면 슬쩍 으름장을 놓아 돌려받을 생각이었다. 이런 시시한 일로 돌려받았다간 계획이 틀어진다.

"아~ 돈이 없어. 어떻게 하지. 역시 의뢰를 맡을까……? 하지만 요즘은 비싼 일도 별로 없는 것 같던데. 너무 많이 받으면 다른 모험자들의 반감을 살 테고……."

아인즈 울 고운을 불변의 전설로 만들어야 한다. 가능하다면 나쁜 의미가 아니라 좋은 의미에서. 아인즈는 후우 한 숨을 쉬는 흉내를 내고, 남은 금화를 헤아려 자유로이 쓸 수 있는 금액을 머릿속에 새겨놓았다.

"돈이라고 하니 생각났는데, 수호자들 급료는 어떻게 해야 하나."

아인즈는 흐음 소리를 내며 의자에 몸을 기울이고 천장을 올려다보았다.

수호자들은 모두 급료 따위 필요 없다고 단언한다. 지고의 존재를 위해 일할 수 있다는 것보다 더 큰 기쁨은 없는데 대가를 바라다니, 말도 안 된다고.

하지만 아인즈의 입장에서는 그런 호의에 만족하고 넘어가도 될까 하는 생각이 있었다. 일에는 정당한 대가가 있어야 한다.

수호자들이 지고의 존재에게 충성을 다 바치는 것이 대가라 해도 아인즈는 수긍하기 어려웠다.

회사원으로 일하면서 대가를 얻었던 사람의 독선일지도 모른다. 하지만 노동에 대가가 필요하다는 마음을 버릴 수는없었다.

급료제는 아무것도 모르는 아이들을 타락시키는 행위일지도 모른다는 두려움은 있다. 그래도 실험적으로 도입해 볼 가치는 있을 것 같았다.

"문제는 급료를 어떤 형태로 지불하느냐인데."

아인즈의 시선이 천장에서 책상 위의 얼마 안 남은 금화에 돌아갔다.

"수호자의 급료를 상장회사 부장급으로 치면 연봉 1,500만 엔 정도는 필요할 테고…… 샤르티아, 코퀴토스, 아우라, 마레, 데미우르고스…… 그리고 알베도는 좀 더 받아야겠지? 그럼 곱하기 6. 음, 무리네. 그런 돈은 못 벌지."

아인즈는 머리를 쥐어뜯다가 갑자기 눈을 번쩍 떴다.

"맞아! 다른 걸로 대체하면 되잖아! 나자릭 내에서만 쓸 수 있는 화폐── 어린이 은행권 같은 걸 만들어서, 그걸 한 닢에 10만 정도로 가치를 매기면 되겠어!"

그렇게 외쳤던 아인즈는 다시 얼굴을 일그러뜨렸다.

그럼 그 동전을 어디다 쓰게 한단 말인가?

나자릭 지하대분묘 내의 모든 시설은 무료이며, 동전을 만든다 한들 돈을 쓰기 위한 무언가가 떠오르지는 않았다.

"이 세계의 아이템을 구입하는 데 쓴다거나?"

아인즈는 이 세계에서 쓰이는 일반적인 상품과 나자릭의 것을 비교해 보고, 과연 원하는 자가 나올지 의문을 품었다.

"그렇다고 지금까지 무료로 쓰던 시설을 유료로 전환하면 본말전도고…… 어떻게 하면 좋으려나아."

한동안 생각하던 아인즈는 멋진 아이디어를 떠올렸다.

"맞아! 수호자들더러 생각하라고 하면 되잖아. 돈을 지불하면서까지 가지고 싶은 것이 뭐가 있느냐고 물어보면 되겠네!"

나이스 아이디어라며 신나게 중얼거리던 아인즈의 표정이 갑자기 씁쓸하게 바뀌었다.

"그건 그렇다 쳐도……."

혼잣말이 많아졌구나 싶었다.

게임이었던 무렵에는 아무도 오지 않는 쓸쓸함 때문에 혼잣말이 늘었던 것을 자각했다. 하지만 NPC가 의지를 가지고 움직이게 된 후로도 혼잣말이 줄지 않는 것은 어째서일까.

이제는 버릇이 되고 말았기 때문일까, 혹은——

"아직도 혼자여서 그런가……."

아인즈는 쓸쓸하게 웃었다.

물론 마음을 가진 NPC가 있는데 혼자라고 한다면 그들에게 미안하다. 하지만 이런 생각도 드는 것이다. 수호자들이바라는 아인즈 울 고운, 지고의 41인을 통솔하던 자를 연기하기 위해 스즈키 사토루를 죽이고 있기 때문일지도 모른다고.

후우 한숨을 쉬고 책상 위에 늘어놓았던 동전에 다시 눈을 돌린 아인즈는 문 두드리는 소리를 들었다.

잠시 시간을 두고 문이 열렸다. 예상했던 인물—— 나베랄 감마가 들어온 것을 확인하고 아인즈는 짐짓 표정을 꾸몄다.

지금 아인즈가 지은 표정은 한쪽 입술을 치켜세우고 상대를 깔보는 표정이다.

　아인즈가 사용할 수 있는 저위 환영은 속마음을 솔직하게 표현하므로 나자릭의 지배자로서 어울리지 않는 표정을 짓고 말 가능성이 있다. 그렇기에 누군가가 있을 때, 특히 나베랄과 함께 있을 때는 위엄 있는 지배자답게 보이도록 거울을 보며 수많은 표정을 만들었다. 그런 것 중 하나로 고정하도록 부심했다.

　"무슨 일이냐, 나베."

　마찬가지로 꾸민 목소리를 써서 물었다.

　"예, 모몬 니……씨."

　"……이따금 '님'이 튀어나오는구나. 이젠 버릇이라고밖에는 할 수 없겠군. 그렇다고는 해도 주의하면 일시적으로나마 고쳐지니 내가 포기해야겠지. 아, 머리를 숙일 필요는 없다. 화를 내는 것이 아니니. 존댓말도 뭐, 괜찮겠지. 조합장을 포함해 다들 무언가 착각을 하고 있는 모양이고. 그래서, 무슨 일이냐?"

　"예, 모몬 씨께서 상인에게 명령하셨던 철광석이 모였나이다."

　명령한 게 아니라 평범한 거래였는데요…….

　마음속으로 생각하면서도 조금 전부터 지었던 위엄 있는 표정은 굳힌 채 움직이질 않았다.

"그러냐……. 그런데 어디의 철광석이지? 여덟 곳 전부에서 모아온 것이냐?"

"송구스럽습니다. 거기까지는 듣지 못했사옵니다."

"……됐다. 돈이라면 얼마든지 있으니. 몇 곳에서 모았는지는 모르겠지만 전부 사들일 만한 돈은 될 것이다."

아인즈는 책상 위에 늘어놓았던 동전을 당당히 자루에 담아 나베랄의 발밑에 던지고, 공손히 들어올리는 모습을 지켜보았다.

"알겠사옵니다. 하오나 한 가지 여쭈어도 되겠사옵니까?"

"곳곳에서 철광석을 사들이는 이유 말이냐?"

고개를 끄덕이는 나베랄에게 아인즈가 설명했다.

"익스체인지 박스에 털어넣기 위해서다. 말하자면 채취하는 장소에 따라 금액에 차이가 발생하는지를 알아보고 싶은 것이다."

익스체인지 박스는 원래 형상의 차이에는 영향을 받지 않는다. 예를 들면 정밀한 돌 석상이 있다 해도, 이를 익스체인지 박스에 투하하면 산정 금액은 아무런 세공도 가하지 않은 같은 중량의 돌과 같다. 그러면 함유 성분의 차이——품질의 차이는 어떻게 될지 알아보는 것. 그것이 바로 다양한 곳의 철광석을 사들이는 이유였다.

"너도 알다시피, 보리 같은 것도 넣으면 계산을 해 주니 말이다."

대량으로 투입해서 겨우 금화 한 닢밖에 나오지 않았지만
── 아인즈는 마음속으로 그렇게 덧붙였다.

그렇다면 대량으로 생산하면 되겠다고 생각한 것이, 나자
릭 외부에 보리밭을 만드는 계획이었다. 언데드며 골렘을
이용하면 광대한 보리밭을 만들 수 있을 것이다. 물론 여기
에 이르기까지 문제는 수없이 많지만.

"이해하였나이다. 그러면 이제부터 조속히 사들이러 가겠
나이다."

"그래. 다만 충분히 주의하도록. 공격을 받을 가능성이 없
다고 할 수는 없으니. 만일 무슨 일이 생긴다면…… 잘 알고
있겠지?"

"그림자 악마Shadow Demon를 방패로 삼고, 정보를 입수
할 생각은 하지 않으며, 안전을 우선시해 전력으로 후퇴하
겠나이다. 그때는 아우라 님께서 만들어주신 가짜 나자릭으
로 전이해 상대에게 거짓 정보를 전달하겠나이다."

"좋아, 그거다. 안전을 중시해라. 공격받기 쉽고 인파가
적은 길은 절대 지나선 안 된다. 그리고 인간들에게 시비가
붙거나 누군가가 말을 건다 해도 큰 부상을 입히지는 마라.
남자가 엉엉 울면서 그냥 헌팅한 것뿐이라고 도움을 청했을
때는 간이 떨어지는 줄 알았다. 살의를 뿌려서도 안 된다.
소매치기를 붙잡아 박살내는 것까지 안 된다고는 하지 않겠
다만 지나쳐서는 안 된다. 그리고 인간을 버러지라 부르는

것도 무조건 삼가라. 말하자면 인간을 상처 입히거나 죽이는 짓을 자중해라. 우리는 칠흑이라 불리는 최고위 모험자 모몬과 나베니까."

알겠다는 뜻을 보이는 나베랄을 보며, 주의사항이 더 없을까 생각해 본 아인즈는 고개를 끄덕였다.

"……음. 이 정도면 되겠군. 그럼 가거라, 나베."

가죽자루를 든 나베랄은 고개를 숙이고는 방을 나갔다. 그 뒷모습을 보며 아인즈는 폐가 없음에도 큰 한숨을 쉬었다.

"……돈이 없을 때만 꼭 지출이 생긴다니까. 싫다, 진짜."

3장 거둔 자, 거두어진 자

Chapter 3 | Those who pick up, those who picked up

1

노파를 집까지 데려다준 세바스는 당초 예정했던 목적지로 향했다.

도착한 곳은 긴 벽이 이어진 장소였다.

벽 너머에는 5층짜리 탑 세 채가 보인다. 주변에는 그 탑보다 높은 건물이 없으므로 매우 높게 느껴졌다.

그런 탑을 가늘고 긴 여러 채의 2층짜리 건물이 에워싸고 있다.

이곳은 왕국의 마술사 조합 본부이다. 새로운 마법을 개

발하고 마력계 매직 캐스터를 육성하기 위해 널찍한 부지가 필요한 것이다. 국가의 원조가 거의 없는데도 이만한 부지를 보유한 것은 매직 아이템의 작성을 도맡아 하기 때문이리라.

이윽고 튼튼한 문이 보이기 시작했다. 창살 형태의 문은 활짝 열렸으며 문 좌우에 있는 2층짜리 대기소에는 무장한 경비병의 모습이 여럿 보였다.

경비병에게 제지당하지도 않고——흘끔 눈길을 받았을 뿐——세바스는 문으로 들어섰다.

그 너머로 폭이 넓은 완만한 계단이 나타났으며, 장엄함이 느껴지는 오래된 백대리석 건물로 이어지는 문이 있었다. 물론 그 문도 내방자를 환영하듯 활짝 열려 있다.

문을 지나자 조그만 입구 홀이 나오고, 그 너머가 로비였다. 홀의 높은 천장에는 마법 조명을 밝힌 샹들리에를 수없이 드리워놓았다.

오른쪽은 소파 같은 것이 여럿 놓인 로비 라운지. 매직 캐스터 몇 명이 이야기를 나누는 모습이 보였다. 왼쪽에 있는 것은 게시판이다. 그곳에 붙은 양피지를 마력계 매직 캐스터에게 어울리는 로브 차림을 한 사람이며 모험자 같은 자들이 진지하게 바라본다.

안쪽의 카운터 너머에는 여러 명의 젊은 남녀가 앉아 있다. 모두 하나같이 건물 입구에 걸린 엠블럼의 자수가 가슴에 달린 로브를 착용했다.

카운터 옆쪽 좌우에는 데생 인형을 연상케 하는, 눈도 코도 없는 등신대의 늘씬한 인형—— 우드 골렘이 서 있었다.

경비병인 모양이다. 밖은 그렇다 쳐도 내부 경비원으로 인간을 두지 않는 것은 마술사 조합 특유의 겉치레가 아닐까.

세바스는 뚜벅뚜벅 규칙적으로 발소리를 내며 카운터로 향했다.

카운터에 앉은 청년이 세바스를 확인하고 살짝 눈인사를 보냈다. 세바스는 이에 대답하듯 가볍게 고개를 숙였다. 요즘 빈번히 드나들었기 때문에 낯을 익힌 것이다.

눈앞에 선 세바스에게 청년은 보일 듯 말 듯 미소를 지으며 여느 때처럼 인사했다.

"본 마술사 조합에 오신 것을 환영합니다, 세바스 님. 용건을 여쭈어도 되겠습니까?"

"예, 마법 스크롤을 사고 싶습니다. 여느 때처럼 리스트를 볼 수 있을까요?"

"알겠습니다."

청년은 재빨리 카운터 위에 큼지막한 서적을 놓았다. 세바스의 모습을 보았을 때부터 슬쩍 준비해놓았을 것이다.

얇고 흰 고급종이로 만들었으며 표지에는 가죽을 댄 훌륭한 책이었다. 금사로 문자를 수놓은 점까지 생각하면 이 자체만으로도 상당히 비쌀 것이다.

세바스는 이를 가까이 끌어당겨 페이지를 넘겼다.

이곳에 적힌 문자는 유감스럽게도 세바스가 읽을 수 있는 문자가 아니다. 아니, 위그드라실의 존재들은 읽을 수 없다고 해야 하려나. 언어는 이 세계의 기괴한 법칙에 따라 이해할 수 있어도 문자는 이야기가 다르다.

그러나 그런 문제를 해결하기 위한 매직 아이템을 주인에게 받아두었다.

세바스는 품에서 안경집을 꺼내 열었다.

안에는 안경 하나가 들어 있다. 가느다란 프레임을 이룬 것은 은 같은 금속. 그리고 자세히 보면 가느다란 문자——문양으로도 보이는 것이 새겨져 있다. 렌즈는 창빙수정(蒼氷水晶)을 갈아 만든 것이다.

안경을 끼자 마법의 힘으로 문자를 읽을 수 있게 되었다.

꼼꼼히, 그러면서도 재빨리 페이지를 넘기던 세바스의 손이 갑자기 멈추었다. 책에서 시선을 움직이더니, 카운터 안쪽 청년의 옆에 앉은 한 여성에게 부드럽게 말을 건다.

"무슨 일이신지요?"

"아, 아뇨……."

얼굴을 붉히며 고개를 숙이는 여성.

"자세가 참 멋지다고…… 생각해서요."

"고맙습니다."

세바스가 살짝 미소를 짓자 여성은 더욱 얼굴을 붉혔다.

백발 신사인 세바스는 보고 있기만 해도 반해버릴 것 같은 존재였다. 얼굴이 단아한 것만이 아니라 풍기는 기품이 주목을 모아, 거리를 걸으면 여성의 9할은 나이를 불문하고 돌아본다. 카운터에 앉은 접수원 여성이 정신없이 세바스를 응시해도 어쩔 수 없는 노릇이며, 흔한 일이다.

고개를 꾸벅하고 다시 시선을 책에 떨군 세바스는 어느 페이지에서 다시 손을 멈추더니 청년에게 물었다.

"이 마법——〈부유판Floating Board〉에 대해 상세히 설명해 주실 수 있겠습니까?"

"알겠습니다."

청년은 막힘없이 설명을 시작했다.

"〈부유판〉은 제1위계 마법이며, 허공에 뜨는 반투명한 판을 만들어냅니다. 판의 크기와 최대 적재중량은 술자의 마력에 따라 다르지만 스크롤로 발동할 때는 가로세로 1미터, 적재중량은 50킬로그램이 한계입니다. 만들어낸 판은 술자에게서 최대 5미터까지 떨어진 곳에서 뒤를 따라오게 할 수 있습니다. 어디까지나 따라오게 할 뿐 앞으로 움직이는 등의 행동지시는 불가능하며, 만일 술자가 제자리에서 180도 회전하면 천천히 후방으로 이동합니다. 보통 운반용으로 쓰이는 마법이며 토목공사 현장에서 활용할 때도 있습니다."

세바스는 고개를 한 차례 끄덕였다.

"그렇군요. 그렇다면 이 마법의 스크롤을 한 장 주십시오."

"알겠습니다."

별로 인기가 있다고는 할 수 없는 마법을 골랐다고 청년이 딱히 놀라워하지는 않았다. 왜냐하면 세바스가 사들이는 마법 스크롤은 대부분 이처럼 별로 인기가 없는 마법이기 때문이다. 게다가 잉여 재고를 처분할 수 있다면 마술사 조합에도 고마운 일이 아니겠는가.

"스크롤은 한 장이면 되겠습니까?"

"예. 부탁드립니다."

청년이 옆에 앉은 남자에게 슬쩍 눈짓을 했다.

이제까지 대화를 들었던 남자는 즉시 일어나더니 카운터 뒤의 벽 너머로 이어지는 문을 열고 안으로 들어갔다. 스크롤은 값비싼 상품이기도 하다. 아무리 경비병이 있다 해도 카운터 앞에 잔뜩 쌓아놓을 수는 없다.

5분쯤 지나자 사내가 돌아왔다. 손에는 둥글게 만 양피지 한 장을 쥐고 있었다.

"여기 있습니다."

카운터에 놓인 양피지를 쳐다본다. 둥글게 만 양피지는 완성도가 뛰어나, 시중에서 쉽게 볼 수 있는 것과는 외견부터 달랐다. 세바스는 까만 잉크로 기재해놓은 마법의 이름이 자신이 원한 마법과 일치함을 확인했다. 그제야 겨우 안경을 벗었다.

"확실하군요. 이것을 가져가겠습니다."

"고맙습니다."

청년은 정중히 고개를 숙였다.

"이 스크롤은 제1위계 마법이므로 가격은 금화 한 닢과 은화 열 닢입니다."

같은 위계의 마법적 수단만을 사용해 만든 포션이 금화 두 닢인 것과 비교해 보면 싸다. 스크롤은 보통 같은 계통의 마법을 구사하는 자들 외에는 쓰지 못하는 데에서 기인한다.

쉽게 말해 누구나 쓸 수 있는 포션이 더 비싸지는 것은 자명하다는 뜻이다.

물론 싸다고 해봤자 금화 한 닢과 은화 열 닢은 일반인에게는 상당한 고액이다. 한 달하고도 보름을 일해야 얻을 수 있는 급료에 필적하므로. 하지만 세바스—— 아니, 세바스가 섬기는 인물에게는 대수롭지 않은 금액이다.

세바스는 품에서 가죽주머니를 꺼냈다. 입구를 풀고 안에서 열한 닢의 동전을 꺼냈다. 이를 청년에게 건네준다.

"수령했습니다."

청년은 동전이 진짜인지 세바스의 눈앞에서 확인하는 짓은 하지 않았다. 그 정도 신뢰를 얻을 만큼 거래했기 때문이다.

*

"그 할아버지 멋있지!"

"응!"

세바스가 마술사 조합을 나가자 접수 담당자들, 특히 여성들이 입을 모아 소란을 떨어댔다.

지혜가 깃든 여성이 아니라 동경하는 왕자님을 만난 소녀들의 얼굴이었다. 카운터에 앉은 남성 중 하나가 살짝 낯을 찡그리며 질투의 표정을 떠올렸지만 세바스의 기품은 본인도 실감하는 만큼 아무 말도 하지 않았다.

"혹시 엄청난 대귀족을 모신 경험이 있는 분 아닐까? 본인도 웬만한 귀족 집안의 삼남 정도는 된다 해도 이상하지 않을 것 같고."

귀족이라 해도 집안을 물려받지 못한 사람이 집사나 메이드가 되는 일은 흔하며, 작위가 높을수록 그런 인물을 고용하고 싶어한다. 세바스의 귀족적이고 빈틈없는 분위기는 귀족 출신이라고 하는 편이 수긍이 갔다.

"자세나 행동거지가 굉장히 깔끔하잖아."

카운터에 앉은 일동이 음음 고개를 끄덕인다.

"차 한잔 마시러 가자고 하면 나 분명 따라갈 것 같아."

"응, 갈래갈래! 꼭 갈래!"

여성진들이 꺅꺅 높은 목소리를 냈다. 굉장히 기품 있는 가게를 알 것 같다느니, 에스코트도 잘해 줄 것 같다느니 이야기를 나누는 여성 직원을 곁눈질하며 남자들은 남자들대로 이야기를 나누었다.

"상당히 박식해 보이던데, 그분도 매직 캐스터일까?"

"글쎄. 그럴지도 모르고."

세바스가 고르는 마법은 하나같이 최근에 개발된 것들뿐이다. 그렇기에 마법에 대한 충분한 지식을 가졌으리라 추측할 수 있다. 만일 명령을 받아 사러 왔다면 서적을 펼치지 않고서 곧바로 카운터에 이름을 말하면 될 것이다. 그렇지 않고 책을 보며 골랐으니, 어떤 마법을 구입할지 스스로 선택한다는 뜻이다.

분명 단순한 노인은 아니다. 다시 말해 마법의 전문교육을 받은 사람—— 매직 캐스터라고 생각해도 당연하리라.

"게다가 그 안경…… 굉장히 비싸 보이지?"

"매직 아이템일까?"

"아니, 그냥 고급 안경 아닐까? 드워프가 만들었다거나."

"응, 그렇게 예쁜 안경을 가지고 있다니 대단하지."

"난 그때 같이 왔던 미인을 다시 보고 싶은데."

마침 생각났다는 듯 중얼거린 남성에게 옆에서 반대의 목소리를 쏟아냈다.

"뭐어~? 그 사람은 외모 빼면 영 아니던걸."

"응, 세바스 씨가 불쌍해 보였어. 혹사당하는 것 같아서."

"미인이긴 해도 분명 성격은 안 좋을 거야. 우릴 보는 눈이 영 아니었는걸. 그런 사람을 모시는 세바스 씨가 불쌍해."

동성에 대한 여성들의 혹평에 남자들은 입을 다물었다. 세바스의 주인은 절세미녀여서 한순간에 마음을 빼앗길 정도였다. 곁에 있던 여자들도 마술사 조합의 얼굴로 뽑힐 만큼 미인이기는 하지만 하늘과 땅 정도의 차이가 있었다. 남자 직원들은 질투하지 말라고 이죽거려주고 싶었지만, 그랬다가 나중에 무슨 일이 생길지는 불을 보듯 뻔했다. 그렇게까지 바보 같은 남자들은 하나도 없었다. 그러므로——

"이봐, 잡담은 그만하자고."

카운터를 향해 걸어오는 모험자를 본 청년의 목소리에 일동은 표정을 바꾸고 생각을 정리했다.

*

중화월(8월) 26일 16:06

마술사 조합을 나온 세바스는 슬쩍 하늘을 올려다보았다.

노파를 집까지 배웅해 주는 바람에 생각보다 시간이 많이 흘러, 하늘은 서서히 꼭두서니 색으로 물들어갔다. 품에서 꺼낸 시계를 보아도 귀가 예정 시각이었다. 하지만 오늘 안으로 마치려 했던 일은 아직 끝나지 않았다. 내일로 미루어도 문제는 없으니 미뤄둘까? 아니면 예정대로, 시간을 초과해서라도 오늘 안으로 끝내야 할까.

망설임은 한순간이었다.

노파를 바래다준 것은 자신의 독단적인 행위. 그렇다면 맡은 바를 다해야 하리라.

"──그림자 악마."

꿈틀, 세바스의 그림자에서 준동하는 기척이 전해졌다.

"솔류션에게 전해 주십시오. 조금 늦어질 것이라고. 이상입니다."

대답은 없었지만 기척이 움직이더니 그림자에서 그림자로 건너가듯 멀어져간다.

"자, 그러면……."

세바스는 발을 움직였다.

목적지가 있는 것은 아니다. 세바스가 하려던 일은 왕도 내의 지리를 완전히 파악하는 것이었다. 명령을 받았기 때문은 아니고, 정보수집 삼아 자율적으로 하는 일이었다.

"오늘은 저쪽으로 가 볼까요."

그렇게 중얼거린 세바스는 머리를 쓸어넘기더니 한 손에 든 스크롤을 휘릭 돌렸다. 그 모습은 기분 좋은 어린아이 같았다.

왕도 중앙부의 치안이 좋은 곳에서 바깥으로 바깥으로 멀어져 가듯 나아간다.

길을 여러 차례 구부러져 들어가자 골목은 지저분한 분위기를 띠기 시작했으며 살짝 악취까지 풍겼다. 음식물 쓰레기며 오물의 냄새였다. 옷에 배어들 것 같은 그런 공기 속을 묵묵히 걸어갔다.

세바스는 문득 걸음을 멈추더니 주위를 둘러보았다. 완전한 뒷골목으로 들어왔는지 좁은 길은 두 사람이 간신히 마주 지나갈 수 있을 정도였다.

해가 저문 좁은 골목은 좌우의 인적 없는 높은 건물 탓에 빛이 들어오지 않아 사람이 지나가기 곤란했다. 그러나 세바스에게는 아무런 문제도 없다. 어둠에 녹아들듯 소리를 내지 않는 조용한 걸음으로 나아간다.

몇 번이고 모퉁이를 꺾어 더욱 인기척이 없는 방향으로 나아간 세바스의 망설임 없던 걸음이 갑자기 멈추었다.

목적 없이 발 가는 대로, 마음 가는 대로 이곳까지 걸어왔는데, 거점으로 삼은 저택과는 상당히 멀어지고 말았다. 자신이 지금 어느 언저리에 있는지를 직감으로 대충 파악하는 세바스는 머릿속으로 현재 위치와 거점 사이를 선으로 그어 보았다.

세바스의 육체능력이라면 대수롭지 않은 거리지만, 그것은 일직선으로 나아갈 때나 그렇다는 뜻이다. 평범하게 걸어서 돌아간다면 나름 시간이 걸린다. 밤의 장막이 드리워질 시각을 생각하면 슬슬 귀갓길에 오르는 편이 좋을 것이다.

함께 사는 솔류션에게 걱정을 끼치고 싶지 않았다. 설령 상당한 강적이 나타났다 해도, 세바스와 마찬가지로 솔류션의 그림자에도 몬스터가 숨어 있다. 이를 방패 삼아 도망칠 시간 정도는 충분히 벌 수 있으리라. 하지만——.

"……그만 돌아갈까요."

사실 조금 더 산책을 하고 싶기도 했지만, 반쯤은 취미라 할 수 있는 일에 지나치게 시간을 할애하는 것도 좋지 못하다. 다만 철수한다 해도 하다못해 이 너머에 무엇이 있는지는 보고 가야겠다는 생각에, 좁은 골목을 그대로 나아가기로 했다.

어둠 속에서 조용히 걸어가고 있을 때, 세바스의 앞쪽으로 15미터 정도 떨어진 집에서 갑자기 삐걱거리는 소리가 나더니 묵직한 철문이 천천히 열렸다. 실내의 불빛이 새나왔다.

세바스는 걸음을 멈추고 무슨 일인지 잠자코 바라보았다.

문이 완전히 열리자 어떤 사람이 얼굴을 드러냈다. 역광이라 윤곽밖에 판별할 수 없지만 아마 남자일 것이다. 남자는 길 양쪽을 둘러보는 시늉을 했다. 하지만 세바스는 발견하지 못했는지 그대로 다시 들어갔다.

쿠웅. 갑자기 무거운 자루가 밖으로 날아와 떨어졌다. 안에 든 부드러운 물체가 형태를 무너뜨리는 것을 문에서 새나오는 불빛으로 알아볼 수 있었다.

문은 열려 있지만, 쓰레기라도 버리듯 자루를 집어 던진 인물은 일단 안으로 들어갔는지 아직 나타나지 않는다.

세바스는 한순간 눈살을 찡그렸다가, 다시 나아가야 할지, 아니면 되돌아가야 할지 망설였다. 이것은 상당히 성가신 일이었다.

살짝 망설인 후, 조용해진 좁고 어두운 골목을 그대로 나아갔다.

"——가라."

큼지막한 자루의 입구가 갈라졌다.

뚜벅뚜벅 세바스의 발소리가 골목에 울려 퍼지고, 이윽고 자루와의 거리가 좁아졌다.

지나가려다, 발을 멈춘다.

세바스의 바지에 무언가가 걸린 듯한 감촉이 느껴졌다. 세바스는 시선을 낮추고, 그곳에서 예상했던 것을 발견했다. 바지를 쥔, 자루에서 내민 앙상한 나뭇가지 같은 손을. 그리고 자루에서 모습을 드러낸 반라의 여성을——.

자루 입구는 이제 크게 벌어져 여성의 상반신이 밖으로 드러났다.

푸른 눈동자는 힘이 없었으며 탁한 빛을 띠었다. 어깨까지 늘어뜨린 머리카락은 영양실조 때문인지 부석부석하다. 얼굴은 구타를 당해 공처럼 부풀었다. 고목 같은 피부에는 손톱만한 크기로 무수한 담홍색 반점이 돋아나 있었다.

깡마른 몸에 생기는 거의 남지 않았다.

그것은 이미 시체나 다름없었다. 아니, 물론 죽지는 않았다. 세바스의 바지자락을 쥔 손이 웅변해 주듯. 그러나 간신히 숨만 쉬는 존재를 살아있다고 단언할 수 있을까.

"······손을 놓아주실 수 없겠습니까?"

세바스의 말에 반응은 없었다. 들었으면서 무시하는 것이 아님은 일목요연했다. 퉁퉁 부어 가느다란 균열처럼 벌어진 눈꺼풀 너머, 허공을 바라보듯 이쪽을 향한 탁한 눈동자에는 아무것도 비치지 않았으니까.

세바스가 발을 옮긴다면 나뭇가지보다도 더 가느다란 손가락 정도는 쉽게 뿌리칠 수 있다. 그러나 그렇게 하지 않고 거듭 물었다.

"······어려움에 처하신 겁니까? 만일 그렇다면──"

"──이봐, 늙은이. 어디서 튀어나왔어."

세바스의 목소리를 가로막듯, 으름장을 놓는 걸걸한 목소리.

문에서 사내가 나타났다. 두꺼운 가슴팍에, 두 팔은 굵으며 얼굴에는 흉터가 있는 사내는 누가 봐도 뚜렷한 적의를 드러낸 채 세바스에게 날카로운 안광을 향했다. 손에 든 것은 랜턴이다. 그것이 붉은 빛을 뿜어낸다.

"야, 야, 야. 뭘 보는 거야, 늙은이?"

사내는 여봐란 듯이 커다란 소리로 혀를 차더니 턱짓을 했다.

"꺼져. 지금 가면 몸 성히 보내줄 테니까."

그래도 세바스가 움직이지 않자 사내는 한 걸음 앞으로 나섰다. 그의 뒤에서 문이 무거운 소리를 내며 닫혔다. 사내는 위협하듯 매우 느릿느릿 랜턴을 발치에 놓았다.

"이 늙은이가. 귀 먹었나?"

어깨를 슬쩍 돌리고, 다음으로는 굵은 목을 돌린다. 오른손을 천천히 들어선 주먹을 쥔다. 폭력을 아무렇지 않게 휘두르는 그런 자라는 사실은 명확했다.

"흐음……."

세바스가 미소를 지었다. 노신사라는 표현이 딱 어울리는 세바스의 깊은 미소에서는 깊은 안도와 다정함이 느껴졌다.

그러나 어째서인지 사내는 강대한 육식짐승이 느닷없이 눈앞에 나타난 것처럼 한 걸음 후퇴했다.

"어어, 어, 어, 뭐——"

세바스의 미소에 눌려 사내의 입에서는 말 아닌 말이 새나왔다. 호흡이 거칠어진 것조차 깨닫지 못한 채 사내는 더욱 뒷걸음질을 치려 했다.

세바스는 이제까지 한쪽 손에 들고 있던, 마술사 조합의 인장이 들어간 스크롤을 벨트에 끼웠다. 그리고 딱 한 걸음, 사내와의 거리를 좁히기 위해 정확히 발을 옮기며 손을 뻗었다. 그 움직임에 사내는 반응조차 하지 못했다. 소리랄 것도 없는 소리를 내며 세바스의 바지를 쥐었던 여성의 손이 길바닥에 떨어졌다.

마치 그것이 신호이기라도 했던 것처럼 세바스가 뻗은 손이 사내의 멱살을 움켜쥐고──── 사내의 몸은 너무나 쉽게 허공에 떠올랐다.

외견의 특징만 가지고 세바스와 남자를 비교한다면 세바스에게는 승산이 없다. 나이, 가슴 두께, 팔의 굵기, 신장, 체중, 그리고 몸에서 풍기는 폭력의 냄새. 어느 것을 보더라도.

그런 신사와도 같은 노인이, 중량급의 굴강한 사내를 한 손으로 들어 올렸으니.

────아니, 그렇지 않다. 제3자가 이 광경을 본다면 두 사람의 사이에 있는 '차이'가 무엇인지를 예민하게 느낄지도 모른다. 인간은 생물이 가진 감──── 야성의 감이 둔하다지만, 어엿한 차이를 들이대면 으레 깨닫지 않겠는가.

세바스와 사내의 사이에 있는 '차이'. 그것은────

────절대강자와 절대약자라는 차이.

완전히 지면에서 떠올라 허공에 매달린 사내는 두 다리를 버둥거리고 몸을 뒤틀었다. 그리고 두 손으로 세바스의 팔을 붙들려 하다가, 무언가를 알아차렸는지 눈에 공포를 떠올렸다.

사내는 겨우 깨달았던 것이다. 눈앞에 있는 노인이 외견과는 완전히 다른 존재라는 사실을. 쓸데없는 저항은 눈앞에 있는 괴물을 더욱 화나게 만든다는 것을.

"그녀는 '무엇' 입니까?"

조용한 목소리가 공포로 굳어져가던 사내의 귀에 날아들었다.

맑은 물과도 같은 조용한 흐름을 머금은 목소리. 사내를 한 손으로 태연히 들어 올린 상황에는 전혀 어울리지 않는 것이기에 더욱 두려웠다.

"우, 우리 종업원이다."

사내는 필사적으로, 공포에 뒤집힌 목소리로 대답했다.

"저는 '무엇' 이냐고 물었습니다. 그 질문에 당신은 '종업원' 이라고 대답한 것입니까?"

사내는 무언가 해야 할 말을 잘못 꺼냈나 생각했다. 하지만 지금 상황에서는 가장 정답에 가까운 말이 아닌가? 사내는 크게 뜬 눈을 겁먹은 작은 동물처럼 이리저리 돌렸다.

"아, 제 동료들 중에도 인간이라는 존재를 물건처럼 다루는 자들이 있습니다. 당신 또한 물건으로 다루는 부류인가 싶어서 말이지요. 그런 인식이 있다면 죄의식 따위 없을 테니까요. 하지만 당신은 종업원이라고 대답했습니다. 그녀를 인간이라고 인식하고서 저지른 행동이라는 뜻이지요? 그렇다면 거듭 질문을 드리겠습니다. 그녀를 어떻게 하시려 했습니까?"

사내는 잠시 생각했다. 그러나——

쩌적 소리가 울린 것 같았다.

세바스의 팔에 힘이 들어가 사내의 호흡이 단숨에 괴로워졌다.

"――쿠후욱!"

세바스가 손에 힘을 주어 더욱 호흡이 곤란해진 사내는 기괴한 비명을 질렀다. 여기에 담긴 세바스의 의지는 '생각할 시간은 주지 않을 테니 냉큼 대답해라' 였다.

"벼, 병이 나서, 신전에 데려다 주――."

"――거짓말은 별로 좋아하지 않습니다만."

"꾸허억!"

세바스의 팔에 담긴 힘이 강해지고, 사내는 얼굴을 시뻘겋게 물들이며 다시 기괴한 비명을 흘렸다. 백 보 양보해 자루에 넣어 운반하는 행위를 인정해 준다 하더라도, 자루를 길바닥에 내팽개치는 모습에선 병이 나 신전에 데려다주려 했다는 애정은 눈곱만큼도 느껴지지 않았다. 그것은 쓰레기를 버리는 행위다.

"그만…… 꺼억."

호흡이 가빠져 목숨의 위기에 직면한 사내는 뒷일은 생각도 하지 않고 발버둥을 치기 시작했다.

세바스는 안면을 노리고 날아드는 주먹을 손쉽게 한 손으로 막아냈다. 버둥거리는 다리가 세바스의 몸에 맞아 옷을 더럽혔다. 그러나 세바스의 몸은 꿈쩍도 하지 않았다.

──당연하다. 거대한 쇳덩어리를 평범한 인간의 다리로 움직일 수 있겠는가.

굵은 다리로 걷어차였는데도 태연히, 마치 아픔을 느끼지 않는 것처럼 세바스는 말을 이었다.

"솔직하게 대답해 주실 것을 추천드립니다만?"

"꺼억──."

이젠 숨을 쉬지 못하는 사내의 붉게 달아오른 얼굴을 올려다보며 세바스는 눈을 가늘게 떴다. 완전히 의식을 잃기 일보 직전의 순간을 노려 손을 놓았다.

큰 소리와 함께 사내가 길바닥에 나뒹굴었다.

"끄거어어어억……."

폐 안에 남았던 마지막 공기를 비명으로 토해내고, 그다음에는 꺼흑꺼흑 걸신들린 듯이 공기를 들이마시려 하는 사내. 세바스는 그런 모습을 조용히 내려다보았다. 그리고 다시 손을 목으로 가져갔다.

"자, 잠, 기, 기다려!"

몸이 공포로 타들어갔던 사내는 아픔을 견디면서 몸을 굴리다시피 해 세바스의 손에서 벗어났다.

"시시, 그래! 신전에 데려다줄 생각이었다고!"

'거짓말이군요. 의외로 마음이 강한걸…….'

고통이나 죽음의 공포에 금방 마음이 꺾이리라 생각했다. 그러나 겁을 먹기는 했어도 당장 이야기를 할 기색은 없다.

정보를 흘리는 데 대한 위험성, 그것이 세바스의 위협에 필적한다는 뜻이다.

세바스는 공격 수단을 바꿀지 검토해 보았다. 이곳은 어떤 의미에서는 적진이다. 사내가 문 안쪽에 도움을 청하지 않는 것은 즉시 달려올 원군을 기대하지 않기 때문이리라. 그래도 오랜 시간 이곳에 있으면 더욱 성가신 일이 벌어질 뿐이다.

주인에게 성가신 일을 일으키라는 명령은 받지 않았다. 세간에 숨어들어 조용히 정보를 수집하라는 지령을 받았을 뿐.

"신전에 데려갈 생각이었다면 제가 해도 문제는 없겠군요. 그녀의 신병은 제가 맡도록 하겠습니다."

놀란 사내의 눈이 좌우로 흔들렸다. 그리고 필사적으로 말을 쥐어짜낸다.

"……댁이 정말로 데려갈 거라는 증거가 없잖아."

"그렇다면 함께 가시면 되지 않습니까?"

"지금은 볼일이 있어서 안 돼. 그러니까 나중에 데려갈 거야."

세바스의 표정에서 무언가를 느낀 사내는 재빠르게 말을 이었다.

"그건 법률상 내 거야. 댁이 남의 물건에 손을 대면 그건 이 나라의 법을 어기는 거라고! 그 녀석을 데려가면 그건 납치야!"

우뚝 움직임을 멈추고 세바스는 처음으로 눈살을 찡그렸다.

가장 아픈 곳을 찔렸다.

주인은 어느 정도는 눈에 띄는 행동도 괜찮다고 했지만, 여기에는 '부잣집 딸과 그녀의 집사'라는 위장 신분을 연기하는 데 필요할 경우'라는 전제가 있었다.

법률을 어기면 사법기관의 손이 미쳐 위장공작까지 간파당할 가능성도 있다. 다시 말해 큰 소동으로 직결될 수 있으며 주인이 바라지 않는 눈에 띄는 행동이 되고 만다.

거칠고 투박한 이 사내가 교양을 갖추었으리라고는 생각할 수 없으나 어조는 자신만만했다. 법률에 대한 지식을 귀띔해준 자가 있었으리라. 그렇다면 이 이론무장은 진실일 가능성이 크다.

목격자가 없는 지금이라면 이야기는 간단하다. 완력으로 해결해버리면 된다. 이곳에 목뼈가 부러진 시체가 하나 생길 뿐이다.

다만 그것은 마지막 수단이며, 주인의 목적에 부합할 때만 쓸 수 있는 최종수단이다. 이 듣도 보도 못한 여성을 위해 사용해서는 안 된다.

그렇다면 이 여성을 버리는 것이 올바른 행위일까?

사내의 저질스러운 웃음이 망설이는 세바스의 속을 긁었다.

"훌륭하신 집사 양반이 주인에게 비밀로 성가신 일을 만들어도 되겠어?"

빙글빙글 웃는 사내에게 세바스는 처음으로 뚜렷이 알 수 있을 만큼 눈살을 찡그렸다. 그런 태도에 사내는 약점을 잡았다고 느낀 모양이었다.

"어느 귀족 나리를 섬기는지는 모르겠지만, 일 저지르면 주인님께 폐가 되는 거 아녀? 앙? 게다가 그 나리가 우리하고 좋은 관계일지도 모르잖아? 야단맞을 텐데?"

"……저의 주인께서 그 정도를 어찌하지 못할 거라 생각하셨습니까? 규칙 따위 강자에게는 깨뜨리기 위해 존재하는 것입니다만?"

짚이는 구석이 있는지, 사내는 한순간 겁을 먹은 듯한 기색을 보였지만 금방 자신감을 되찾았다.

"……그럼 어디 해 보시지? 응?"

"…………흐음."

세바스의 허세에 넘어갈 기미가 없었다. 사내의 뒷배가 그만큼 큰 권력자라는 뜻이리라. 이 방향으로 공격해서는 효과가 없다 판단한 세바스는 다른 각도의 공세로 전환했다.

"……그렇군요. 실제로 법률상 성가신 일이 될 수도 있겠군요. 다만 마찬가지로, '도움을 청했을 경우에 한해서는 강제로 구출해도 상관없다' 는 법률이 있습니다. 저는 이에 따라 그녀를 도울 뿐입니다. 우선 그녀의 의식이 없으니 신전에 가서 치료를 받아야겠군요?"

"어…… 아니…… 그건……."

사내가 난처해진 듯 웅얼거렸다.

가면이 벗겨졌다.

세바스는 사내가 연기력이 없고 머리 회전이 나쁜 데에 안도했다. 세바스의 말은 거짓말이었다. 상대가 법률을 들먹이기에 이쪽도 그럴듯한 소리를 했을 뿐이다.

만일 사내가 다시 법률로 받아쳤다면, 그것이 거짓말이라 해도 이 나라의 법률 지식에 둔한 세바스는 어찌할 도리가 없었을 것이다. 결국 법률 지식을 자신의 것으로 삼지 못한 채 주워들은 지식만으로 대처했기에 이런 꼴이 된 셈이다.

게다가 법을 어정쩡하게 접했기에 법으로 받아쳤을 때는 오히려 망설인다. 그리고 사내는 말단 조직원일 것이다. 그렇기에 자신의 판단으로 어떻게 해야 좋을지를 정하지 못하는 것이다.

세바스는 사내를 시야에서 치우고는 여성의 머리를 끌어안았다.

"도와주었으면 합니까?"

세바스는 물었다. 그리고 여성의 갈라진, 버스럭거리는 입술에 귀를 가져갔다.

귀에 들어온 것은 가녀린 숨소리. 아니, 이것은 숨소리일까, 쪼그라든 풍선에서 마지막 공기가 빠져나오는 소리일까.

대답은 돌아오지 않았다. 세바스는 슬쩍 고개를 가로젓고는 다시 한 번 물었다.

"도와주었으면 합니까?"

그녀를 구해 주는 것은 노파를 구해 줄 때와는 완전히 상황이 다르다. 도움을 줄 수 있는 범위에서 누군가를 돕고 싶다는 생각은 하지만, 그녀를 도우면 상당히 성가신 일을 끌어들일 가능성이 높다. 그것을 지고의 존재께서 용납해 주실지, 높으신 뜻을 저버리는 행위는 아닐지 생각하면 마음속에 싸늘한 바람이 지나가는 것 같다.

역시 대답은 없었다.

사내는 슬며시 저질스러운 웃음을 띠었다.

여성이 처한 지옥 같은 환경을 아는 자가 보기에는, 말할 기력이 없는 것도 당연한 일이었다. 그렇지 않았으면 폐기하고자 밖으로 끄집어내지도 않았을 테니까.

진정한 행운이란 연속으로 일어날 리가 없는 것이다. 그렇게 빈번히 일어나는 것이 과연 행운이겠는가.

그렇다. 세바스의 바지자락을 쥐었던 그녀의 손. 그것이 행운이었다면, 두 번째 행운은 일어나지 않는다.

──그녀에게 행운이란 세바스가 이 거리에 발을 들였던 데에서 끝난 것이다. 그다음부터는 모두 살고 싶다는 그녀의 의지가 일으킨 행위이다.

그것은── 결코 행운이 아니다.

──미미하게.

──그렇다. 정말로 미미하게 여성의 입술이 움직였다. 호흡처럼 자동으로 이루어진 것이 아니었다. 또렷한 의지가 느껴지는 목소리였다.

"── ."

그 말을 듣고 세바스는 단 한 번 고개를 끄덕였다.

"……하늘에서 쏟아지는 비를 맞는 식물처럼, 자신의 곁에 도움의 손길이 찾아오기를 기도만 하는 자를 구할 마음은 없습니다. 그러나…… 스스로 살고자 발버둥을 치는 자라면……."

세바스의 손이 천천히 여성의 눈을 덮듯 움직였다.

"두려움을 잊고, 편히 쉬십시오. 당신은 저의 비호를 받을 것입니다."

부드럽고 따뜻한 감촉에 매달리듯, 여성은 탁한 눈을 감았다.

믿을 수 없는 심정에 사로잡힌 것은 사내 쪽이었다. 그렇기에 당연한 말을 입에 담으려 했다.

"거짓……."

목소리는 들리지 않았다. 그렇게 내뱉으려 했던 사내는 얼어붙었다.

"거짓말이라고 하셨습니까?"

어느새 일어난 세바스의 안광이 사내를 꿰뚫었다.

그것은 흉안(凶眼).

심장을 쥐어 터뜨리는 물리적 압력마저 겸비한 것 같은 안광이 사내의 호흡을 막아버렸다.

"당신은 제가 당신 따위에게 거짓말을 했다고 하시는 겁니까?"

"어, 아, 니……."

꼴깍, 사내의 목이 크게 움직이며 입에 가득 고였던 침을 삼켰다. 눈이 움직여 세바스의 팔에 못 박혔다. 분수도 모르고 잊어버렸던 공포를 다시 떠올린 것이리라.

"그러면 그녀를 데리고 가겠습니다."

"아, 안 돼! 아니아니, 안 됩니다요!"

세바스는 목소리를 높이는 사내를 흘끔 쳐다보았다.

"아직도 하실 말씀이 남았습니까? 시간을 끌려는 겁니까?"

"그, 그게 아니고요, 그 여자를 데려가면 골치가 아파진다니까요. 영감님한테도, 영감님네 주인님한테도 골칫덩어리가 될걸요? 몰라요? 여덟손가락."

정보수집의 일환으로 들었던 기억이 있다. 왕국을 그림자에서 좌지우지한다는 범죄조직.

"그러니까, 네? 아무것도 못 본 걸로 해 주십쇼. 영감님이 그 여자를 데리고 갔다간 내가 일을 잘못한 게 돼서 벌을 받는다고요."

힘으로는 이기지 못하리라고 깨달은 사내의 아첨하는 얼

굴에 세바스는 싸늘한 시선을 보내며 똑같이 싸늘하게 내뱉었다.

"그녀를 데리고 가겠습니다."

"제발 좀 살려줍쇼. 나 죽는다고요!"

이 자리에서 죽여버릴까.

세바스는 잠시 생각했다. 죽일 경우의 이익과 불이익을 머릿속으로 계산하는 동안에도 사내의 우는소리는 이어졌다.

세바스는 사내가 원군을 기다려 시간을 끌려 하는 것이 아닐지도 생각해봤지만, 태도를 보고 이내 그렇지 않다고 판단했다. 하지만 이유까지는 상상할 수 없었다.

"왜 도움을 청하지 않습니까?"

사내는 눈을 껌뻑인 다음 재빠르게 대답했다.

그의 말을 요약하자면, 도움을 청하는 사이에 놓치기라도 했다간 자신이 치명적인 실수를 저질렀다는 사실을 동료들에게 알리게 된다는 것이었다. 게다가 동료를 불러봤자 힘으로 이길 것 같지도 않으니, 세바스가 마음을 바꾸도록 설득한다는 것이었다.

참으로 한심한 태도에 세바스는 힘이 빠져나가는 기분이었다. 살의는 완전히 사라졌다. 다만 그렇다고 해서 그녀를 사내에게 도로 넘길 마음은 없었다. 그렇다면——

"……그러면 도망치는 것은 어떻겠습니까?"

"말도 안 되는 소립죠. 도망칠 비용은 어떻게 하고요."

"목숨보다 비싸다고 생각하진 않습니다만…… 제가 내드리지요."

세바스의 말에 사내의 얼굴에 빛이 돌아왔다.

그를 죽이는 편이 안전할지도 모르지만, 필사적으로 도망쳐 준다면 시간을 끌 수는 있을 것이다. 그사이에 그녀를 회복시켜 안전한 곳으로 데려가면 된다.

그리고 이 자리에서 죽인다면 당장 행방불명된 그녀를 수색할 가능성이 높다.

그녀가 이런 상황에 처한 이유를 알지 못하는 만큼, 그녀의 지인이나 가족에게 폐를 끼칠 가능성이 없다고 단언하기도 힘들었다.

여기까지 생각한 세바스는 고민했다. 왜 이렇게까지 위험을 무릅쓰는 것일까.

이 여성을 구하려 했던, 마음에 생긴 파문이 어디에서 비롯되었는지 정말로 이해할 수 없었기 때문이다. 다른 나자릭의 존재들이라면 대개 귀찮은 일을 회피하기 위해 무시했으리라. 손을 뿌리치고 그대로 걸어갔으리라.

——누군가가 곤란에 처하면 돕는 것은 당연한 일.

세바스는 스스로도 설명할 수 없는 마음의 동향을, 지금은 생각할 때가 아니라고 미뤄놓고 사내에게 대답했다.

"이 돈으로 모험자라도 고용해 필사적으로 도망치십시오."

세바스는 가죽주머니를 꺼냈다. 사내의 눈에 의아함이 떠올랐다. 조그만 주머니에 넣을 수 있는 금액 가지고는 부족하다고 생각했으리라.

그러나 다음 순간, 사내의 눈은 길바닥에 굴러 떨어진 동전에 못박혔다. 그 은색과도 비슷한 광채. 그것은 교역공통 백금화. 금화의 열 배 가치가 있는 것이 합계 열 닢이나 떨어져 있었다.

"온 힘을 다해 도망치십시오. 아시겠습니까? 그리고 몇 가지 질문이 있습니다. 답해 줄 시간은?"

"어, 괜찮습니다요. 처분…… 어, 아니, 그 여자를 신전에 데려가주겠다고 나온 거니까요. 조금 늦어도 괜찮을 겁니다요."

"알겠습니다. 그러면 가시지요."

세바스는 그 말만을 하고는 따라오라고 턱짓을 한 다음, 여성을 안아들고 걸음을 옮겼다.

2

중화월(8월) **26일 18:58**

현재 세바스가 머무르는 집은 왕도에서도 치안이 좋은 부류에 속하는, 흔히 말하는 고급주택가의 한 건물이다.

주변에 늘어선 저택과 비교하면 아담하기는 해도, 아마 하인 가족 2세대 정도와 동거할 것을 전제로 만든 듯했다. 세바스와 솔류션 둘이서 살기에는 너무나도 컸다.

그런 커다란 저택을 빌린 데에는 당연히 이유가 있다. 먼 곳에서 온 대상인의 가족이라는 위장공작을 한 이상 누추한 집에서 살 수는 없기 때문이다. 그렇기에 임대처인 건축조합에 별다른 연줄도 신용도 없이, 시가의 몇 배나 되는 액수를 전액 현금으로 지불하는 엄청난 지출을 감수해야만 했다.

그런 저택에 도착해 문으로 들어서자 곧바로 맞이해 주는 자가 있었다. 하얀 드레스를 입은, 세바스의 직할 전투 메이드 솔류션 입실론이었다. 다른 거주자 중에는 그림자 악마나 그림자 석상Gargoyle이 있지만 경비병으로 놓아둔 것이라 기어나오지는 않았다.

"어서 오십——."

솔류션의 말이 멎고, 숙였던 머리도 움직임을 멈추었다.

평소보다도 싸늘한 시선은 세바스가 가슴에 안은 것을 쳐다보고 있었다.

"……세바스 님, 그것은 대체 무엇입니까?"

"주웠습니다."

그 짧은 대답에 솔류션은 아무 말도 하지 않았다. 그러나 분위기는 무거워졌다.

"……그렇습니까. 저에게 주실 선물 같지는 않습니다만, 그것을 어떻게 하실 생각이신지요?"

"글쎄요. 우선은 그녀의 부상을 치유할 수 있겠습니까?"

"부상이라……."

솔류션은 여자의 상태를 살피고 수긍했다는 듯 고개를 끄덕인 다음 세바스를 빤히 바라보았다.

"그렇다면 신전에 두고 오셨으면 되지 않았습니까?"

"……그렇군요. 저도 참, 그런 생각도 못 하다니……."

전혀 흔들리지 않는 세바스를 솔류션이 싸늘한 눈으로 노려보고, 극히 짧은 한순간 동안 두 사람의 시선이 교차했다.

먼저 눈을 돌린 것은 솔류션이었다.

"지금 버리고 올까요?"

"아닙니다. 기왕 여기까지 데리고 왔으니, 우리가 유용하게 활용할 방법을 생각해야겠지요."

"……알겠습니다."

솔류션은 원래 표정이 별로 없는 타입이었지만 지금 그녀의 얼굴은 그야말로 가면과도 같았다. 그리고 그 눈에 깃든 감정의 빛은 세바스조차도 알아볼 수 없었다. 그저 솔류션이 현재의 상황을 전혀 환영하지 않는다는 것쯤은 손에 잡힐 듯이 알 수 있다.

"우선은 육체의 건강상태를 알아봐줄 수 있겠습니까?"

"알겠습니다. 그럼 당장."

"아니, 아무리 그래도 여기서는 좀⋯⋯."

솔류션의 입장에서는 대수롭지 않을 수도 있겠지만 현관 앞에서 할 행위는 아닐 것이다.

"빈 방도 있으니 그쪽에서 부탁드려도 되겠습니까?"

솔류션은 말없이 고개를 끄덕였다.

여성을 현관에서 객실로 옮기는 동안 대화는 없었다. 솔류션도 세바스도 쓸데없는 이야기는 별로 하지 않는 타입이지만 그보다도 두 사람 사이에는 애매한 분위기가 흘렀다.

여성을 안고 있어 두 손을 쓸 수 없는 세바스 대신 솔류션이 객실 문을 열었다. 두꺼운 커튼을 닫아놓았기에 실내는 어두웠지만 공기는 조금도 탁하지 않았다. 몇 번이나 여닫았기 때문에 공기는 신선했으며, 실내는 깔끔하게 청소를 해놓았다.

커튼 틈새로 스며든 미미한 달빛이 비추는 실내로 들어서자 세바스는 청결한 시트가 깔린 침대 위에 여성을 조용히 내려놓았다.

기를 불어넣어 최소한의 치료를 했지만, 꿈쩍도 하지 않는 모습은 마치 시체처럼 보였다.

"그러면."

곁에 선 솔류션이 여성의 몸에 감긴 천을 아무렇게나 뜯어

내자 그 안에서 너덜너덜해진 팔다리가 나타났다. 연민해야할 끔찍한 모습이었으나 솔류션의 표정에는 변화가 없었으며, 눈동자에도 둔중한 무관심의 빛만이 있었다.

"……솔류션, 뒷일을 부탁드립니다."

세바스는 그 말만을 하고는 방을 나왔다. 여성을 촉진하기 시작한 솔류션은 전혀 말리려 하지 않았다.

복도로 나오자 안에 있던 솔류션에게 들리지 않도록 조그맣게 중얼거렸다.

"어리석은 행동."

세바스는 무의식중에 수염을 매만졌다. 왜 그녀를 구했을까. 세바스 자신도 명확하게 이유를 설명할 수 없었다. 사냥꾼도 품에 들어온 새는 잡지 않는다는 말이 바로 이런 걸까.

아니, 그렇지 않다. 왜 구했을까.

세바스는 나자릭의 하우스 스튜어드까지도 맡은 집사로서 지고의 41인 모두에게 충성을 다했다. 현재는 아인즈 울 고운의 이름을 스스로 짊어진 길드장, 그가 바로 모든 것을 바쳐 섬겨야 할 존재였다.

그 충성에는 일말의 거짓도 없었으며, 자신의 목숨마저도 망설임 없이 버릴 수 있을 정도로 충절을 다해왔다고 생각했다.

하지만—— 만일 지고의 41인 중에서 단 한 사람에게만 충절을 다해야 한다면, 세바스는 망설임 없이 고를 것이다.

터치 미라는 인물을.

　그자는 세바스를 만들어낸 '아인즈 울 고운' 최강의 존재. 월드 챔피언이라 불리는 클래스를 가진 차원이 다른 인물.

　첫 아홉 명의 일원이 되어, 훗날 PK를 비롯한 온갖 행위로 더욱 강대해졌던 길드 아인즈 울 고운의 전신(前身)에 해당하는 모임을 만든 자.

　그 이유가 약자를 구제하기 위해서였다고 한다면 믿는 사람은 없으리라. 그러나 사실이다.

　모몬이 연속으로 PK를 당해 화가 난 나머지 게임을 접으려던 것을 구해 주었다. 외견이 화근이 되어 함께 모험할 상대를 찾지 못했던 부글부글찻주전자에게 먼저 다가가 말을 걸어 주었다.

　그런 인물이 남긴 생각이 보이지 않는 사슬이 되어 세바스를 묶고 있다.

　"이것은 저주일까요……?"

　폭언이다. 다른 아인즈 울 고운에 속한 존재 —— 지고의 41인에게 창조된 나자릭 멤버 —— 가 들었다면 불경하다고 공격을 가했을 가능성도 있다.

『아인즈 울 고운에 속하지 않은 존재에게 가엾다는 감정을 가지는 것은 옳지 않다.』

지극당연한 말이다.

나자릭 멤버는 일부 예외──지고의 41인에게 그렇게 설정된 존재, 이를테면 메이드장 페스토냐 S. 왕코 같은 자──를 제외하면 아인즈 울 고운에 속하지 않은 자는 마땅히당장에라도 내쳐야 한다고 믿는 자들뿐이다.

예를 들면 전투 메이드 플레이아데스의 일원 '루푸스레기나'는 카르네 마을에 사는 한 소녀와 사이가 좋다는 보고를 솔류션에게 들은 적이 있다. 그러나 상황에 따라선 루푸스레기나도 그 소녀를 망설임 없이 즉시 버리리라는 사실을 잘 안다.

이것은 그녀가 냉혹해서가 아니다.

지고의 존재들에게 죽으라는 명령을 받으면 죽어야 하며, 친구라 해도 죽이라고 명령한다면 즉시 죽여야만 한다. 그것이 진정한 충성이다. 반대로 그것을 이해하지 못하는 자를 동포들은 연민의 눈으로 바라볼 것이다.

인간의── 쓸데없는 감정으로 판단하는 것 자체가 잘못이다.

그렇다면 자신은 어떨까──. 지금 자신이 취한 행동은 옳은가.

세바스가 입술을 깨물었을 때 솔류션이 문에서 나왔다. 그녀의 얼굴에는 여전히 감정이 없었다.

"어떻습니까?"

"……매독과 기타 두 가지 성병이 있고, 늑골 여러 대 및 손가락에 금이 갔으며, 오른팔 및 왼쪽 다리의 힘줄은 절단되었습니다. 위아래 앞니가 빠졌습니다. 내장 기능도 나빠진 것으로 보입니다. 항문에는 열상이 있습니다. 모종의 약물에 중독되었을 가능성이 있습니다. 타박상과 열상은 무수하므로 그녀의 현재 상황을 보면 생략해도 되리라 봅니다만…… 다른 설명이 필요하신지요?"

"아니오, 그럴 필요는 없습니다. 중요한 것은 이 한 가지니까요. ──회복되겠습니까?"

"얼마든지요."

이 빠른 답변은 세바스도 예상했다.

치유능력을 구사하면 절단도 회복할 수 있다. 세바스의 기공을 이용하면 육체적 손상을 완치시키는 것도 쉽다. 사실 비상사태나 정보누설을 경계해 아껴두었을 뿐, 마음만 먹었으면 오전에 노파가 접질렸던 다리도 그 자리에서 낫게 해 줄 수 있었다.

하지만 체력을 회복시키는 기공이라 해도 독이나 병까지 치료해 줄 수는 없다. 세바스가 스킬을 습득하지 않았기 때문이다. 그렇기에 그러한 치료에는 솔류션의 도움이 필요하다.

"그러면 부탁드립니다."

"치유마법을 쓴다면 페스토냐 님을 부르는 편이 좋지 않을는지요."

"그럴 필요는 없습니다. 솔류션, 당신은 치유계 스크롤을 가지고 있지요?"

솔류션이 고개를 끄덕이는 것을 확인하고 세바스가 말을 이었다.

"그러면 그것을 써 주십시오."

"……세바스 님. 이 스크롤은 지고의 존재들께서 저희에게 물려주신 것입니다. 그것을 인간 따위에게 써서는 안 된다고 감히 생각하옵니다만."

정론이었다. 다른 수단을 강구해야 하리라. 우선은 그녀의 상처만 치유해 죽음의 위기에서 구하고, 나중에 독이나 병을 없애주는 편이 좋지 않겠는가. 그러나 정말로 그럴 시간이 있을지 자신이 없었다. 독이나 병 때문에 죽음에 다가가고 있다면 체력을 무한으로 회복해 주지 않는 한 의미가 없다.

세바스는 망설이다가, 결코 속내가 드러나지 않는 강철 같은 목소리로 솔류션에게 말했다.

"치료하십시오."

솔류션의 눈이 가늘어진 것과 동시에 눈동자 안쪽에서 검붉은 것이 일렁이는 듯했다. 그러나 그런 변화는 솔류션이 고개를 숙이는 바람에 더 이상 확인할 수 없었다.

"……분부 받들겠나이다. 저 여성을 멀쩡한 상태── 그야말로 저러한 행위가 이루어지기 전의 육체상태로 되돌려 놓으면 되겠습니까?"

세바스의 긍정을 보고 솔류션은 정중히 고개를 숙였다.

"즉시 시행하겠습니다."

"그리고 치료가 끝나면 목욕물을 받아 그녀의 몸을 씻겨줄 수 있겠습니까? 저는 식사를 구입하러 다녀오겠습니다."

이 저택에 식사가 필요한 자, 식사를 만들 수 있는 자는 없다. 그리고 식사를 섭취하지 않아도 되는 능력을 가진 매직 아이템에 여유분이 없는 이상 그녀가 먹을 것을 마련할 필요가 있다.

"……세바스 님, 육체의 치료는 쉬우나…… 저는 정신의 상처까지는 치유할 수 없습니다."

솔류션은 여기서 잠시 말을 끊더니 세바스를 빤히 바라보며 물었다.

"정신을 치유한다면 아인즈 님을 부르시는 것이 제일 좋을 것 같습니다만…… 그러실 수는 없겠습니까?"

"……아인즈 님을 부를 만한 일은 아닙니다. 정신 쪽은 그대로 두어도 상관없겠지요."

솔류션은 깊이 고개를 숙이더니 말없이 문을 열고 안으로 들어갔다. 세바스는 뒷모습을 지켜보다가, 천천히 벽에 등을 기댔다.

그녀를 어떻게 해야 할까──.

어느 정도 치유된다면── 사내가 도망치는 동안 그녀는 원하는 곳에 풀어주는 것이 최선이리라. 최소한 왕도에서 멀리 떨어진 곳이 좋겠지. 이곳에서 풀어주는 것은 위험하며 잔인하다. 그래서는 구해 주지 않은 것과 다를 바가 없다.

그러나 그것이 정말 옳은 행위일까? 나자릭 지하대분묘의 집사 세바스 찬으로서.

세바스는 크게 한숨을 쉬었다.

마음속에 담아놓은 온갖 것들을 이렇게 토해낼 수 있다면 얼마나 편해질까. 그러나 아무것도 바뀌지 않는다. 마음은 혼란에 빠지고 생각에는 노이즈가 끼었다.

"어리석은 이야기지요. 제가 저런 인간 하나 때문에……."

언제까지고 결론이 나지 않는 해답은 그만 찾기로 하고,

우선은 간단한 것부터 마쳐야 한다. 그래 봤자 시간을 끄는 것이 고작이지만, 세바스에게서 보자면 그것이 지금 내릴 수 있는 최선의 비책이었던 것이다.

*

솔류션은 손가락의 모양을 바꾸었다. 가느다란 손가락이 더 길게 늘어나 굵기가 몇 밀리미터 정도 되는 가느다란 관처럼 변했다. 원래 솔류션은 부정형 슬라임이며 외견은 상당히 크게 바꿀 수 있다. 손끝의 모양을 바꾸는 정도는 쉽다.

문을 흘끔 보고 세바스의 기척이 밖으로 사라진 것을 예민하게 느낀 솔류션은 침대에 누운 여자의 곁에 조용히 다가갔다.

"세바스 님의 허가도 받았으니, 귀찮은 일은 조속히 해결하도록 하겠습니다. 당신도 그편이 좋겠지요. 게다가 알지도 못할 테고."

솔류션은 변형하지 않은 손을 펼쳐 몸속에 보관해두었던 스크롤을 쑤욱 꺼냈다.

솔류션이 감춰둔 것은 이 스크롤만이 아니다. 스크롤로 대표되는 소비성 매직 아이템은 물론 무기며 방어구까지 있다. 인간이라면 몇 명 정도는 삼킬 수 있으니 아무런 이상할 것이 없다.

솔류션은 의식을 잃은 여자의 모습을 바라보았다.

외견 따위 전혀 흥미가 가지 않았다. 그녀가 품은 감상은 단 하나.

맛없을 것 같은 인간이라는 생각뿐이었다.

빈 껍질 같은 이 몸은 산으로 녹인다 해도 즐거이 발버둥을 치지 않을 것이다.

"회복시킨 다음 제 장난감으로 삼아도 좋다면야 세바스 님의 대응도 이해할 수 있지만⋯⋯."

전투 메이드의 상사인 세바스의 성격은 잘 안다. 결코 그런 짓을 허락할 사람이 아니다. 여행 도중 습격을 당했을 경우를 제외하면 식인행위는 절대 용납하지 않았으니까.

"세바스 님이 지고의 존재께 받은 지시대로 그녀를 구하라는 명령에 따른 것이라면 인정할 수밖에 없겠지만⋯⋯. 정말로 지고의 존재께 물려받은 소중한 재산을 사용하면서까지 구할 가치가 있을까요? 인간 따위를."

솔류션은 머리를 가로저어 생각을 떨쳐냈다.

"⋯⋯세바스 님께서 돌아오시기 전에 먹어치우죠."

솔류션은 봉인을 뜯고 스크롤을 펼쳤다. 여기에 담긴 마법은 〈대치유Heal〉. 제6위계 고위 치유 마법으로, 체력을 크게 회복시키면서 동시에 병 같은 배드 스테이터스를 대부분 없애준다.

보통 스크롤은 해당 계통의 마법을 다루는 클래스를 보유해야만 발동할 수 있다. 다시 말해 신관 같은 신앙계 매직 캐스터의 스크롤을 쓰려면 신관계 클래스를 취득해야만 한다.

더 정확하게 말하자면 그 클래스에서 얻을 수 있는 마법 리스트 중에 그 마법이 존재해야 한다. 그러나 일부 도적계 클래스의 스킬은 이를 위장해 스크롤을 '속인다'.

그리고 어새신인 솔류션은 도적계 클래스를 몇 가지 취득했다. 솔류션이 원래는 쓰지 못할 〈대치유〉 스크롤을 쓸 수 있는 이유도 그러한 원리였다.

"우선은 만약을 위해 혼수상태로 만들고, 다음은⋯⋯."

솔류션은 수면 효과를 가진 강력한 독과 근이완계 독을 스킬로 조합해 여자의 몸을 덮듯 움직였다.

＊

중화월(8월) 26일 19:37

세바스가 식사를 사서 돌아오고, 거의 동시에 솔류션이 방 밖으로 나왔다. 솔류션의 좌우 양손에는 김이 피어나는 물통이 두 개 있었으며, 안에는 여러 장의 수건이 보였다.

물은 양쪽 모두 거무죽죽했으며 수건 또한 지저분해, 그녀가 얼마나 비위생적인 상황에서 살아왔는지를 보여주었다.

"노고가 많았습니다. 치유 쪽은 문제없이 해결된⋯⋯ 모양이군요."

"예. 아무런 문제도 없이 마쳤습니다. 다만 갈아입을 옷이 없어 적당한 것을 입혀두었습니다만, 괜찮으신지요?"

"당연히 상관없습니다."

"그렇습니까……. 이젠 수면계 독의 효과는 떨어졌을 것입니다. ……더 할 일이 없다면 저는 이만 물러가겠습니다."

"수고했습니다, 솔류션."

솔류션은 고개를 숙이더니 세바스의 옆을 지나 걸어갔다. 그 뒷모습을 배웅하고, 세바스는 문을 노크했다. 대답은 없었지만 안에서 사람이 움직이는 기척을 느끼고 조용히 문을 열었다.

침대 위에는 자다 깼는지 매우 멍한 표정으로 몸을 일으킨 소녀가 있었다.

그야말로 못 알아볼 정도였다.

버석버석하고 지저분하던 금발은 이젠 아름다운 윤기를 머금고 있었다. 앙상하게 움푹 꺼졌던 얼굴은 그 짧은 시간 동안 있을 수 없을 정도로 급격히 살이 올라 원래의 모습을 되찾았다. 바짝 말라 갈라졌던 입술도 건강한 핑크색으로 빛났다.

외견을 전체적으로 평가한다면 미인이라기보다는 애교가 있다는 말이 잘 어울릴 것 같은 여성이었다.

나이도 대충 분간이 갔다. 아마도 10대 후반 정도일 테지만, 지옥 같았던 나날이 얼굴에 나이 이상의 무게를 만들어냈다.

솔류션이 입힌 옷은 하얀 네글리제였다. 다만 네글리제에 흔히 보이는 프릴이나 레이스 같은 장식은 최대한 배제해서 소박한 타입이었다.

"완전히 나았으리라 봅니다만, 몸 상태는 어떻습니까?"

대답은 없었다. 멍한 시선은 세바스에게 향하려는 의지를 보이지 않았다. 그러나 세바스는 그런 점은 마음에도 두지 않는 듯 말을 기다렸다. 아니, 애초에 별로 기대하지 않았다.

그녀의 멍한 표정은 마음이 이곳에 없는, 그런 사람의 표정임을 깨달았기 때문이다.

"배가 고프지는 않나요? 식사를 가져왔습니다."

식당에서 요리를 그릇째 사왔던 것이다.

나무그릇에 담긴 죽은 살짝 색이 가미된 육수로 만든 것이었다. 풍미를 더하기 위해 넣은 참기름이 식욕을 자극하는 냄새를 풍겼다.

냄새에 반응해 그녀의 얼굴이 살짝 움직였다.

"그러면 드시지요."

완전히 자신의 세상에 틀어박힌 것은 아닌 모양이라고 생각한 세바스는 나무 스푼을 넣은 그릇을 그녀의 앞에 내밀었다.

여성은 움직이지 않았지만, 세바스는 억지로 권하려고도 하지 않았다.

만일 이 자리에 제3자가 있었다면 조바심을 내기에 충분한 시간이 경과한 후, 여성이 천천히 팔을 움직였다. 아픔을두려워해 긴장하는 듯한 움직임으로. 설령 외상이 완전히 치유되었다 해도 기억에 새겨진 아픔은 여전히 남아 있다.

그녀는 나무 스푼을 쥐고 죽을 살짝 떴다. 그리고 입에 가져가, 삼켰다.

죽은 물기가 많고 멀겋다. 세바스가 일부러 주문하여, 매우 잘게 썰어 오랫동안 푹 고은 열네 종류의 건더기는 씹지 않아도 될 정도였다.

목이 움직이고, 죽이 위장으로 내려갔다.

여성의 눈이 아주 살짝 움직였다. 정말로 미미한 움직임이었지만 그것은 정교한 인형에서 인간으로 바뀌는 변화였다.

나머지 한 손이 부들부들 떨리며 움직이더니, 세바스에게서 그릇을 받아들었다.

세바스는 손을 가져다댄 채 그녀가 놓아두고 싶으리라 원하는 곳으로 그릇을 움직여 주었다.

손에 끌어안은 그릇에 나무 스푼을 꽂고, 여성은 쏟아넣는 기세로 죽을 먹었다.

딱 알맞게 식지 않았다면 분명 화상 때문에 비명을 지르지 않을까 싶을 정도로 급하게 먹었다. 입에서 흘러내린 죽이 네글리제의 가슴께를 더럽히든 말든 신경도 쓰지 않는다. 숫제 마신다는 표현이 어울릴 것 같았다.

여성은 조금 전과는 비교도 되지 않을 속도로 죽을 먹어치우더니, 빈 그릇을 끌어안은 채 호오, 하고 한숨을 내쉬었다.

인간으로 돌아온 그녀의 눈동자가 무겁게 감겼다.

만복감, 청결하고 매끄러운 옷, 청결함을 되찾은 몸의 상승작용이 그녀의 정신을 이완시켜 수마를 받아들이기 시작한 것이리라.

그러나 눈꺼풀이 한 가닥의 선을 그리는가 싶더니, 다음 순간 그녀는 눈을 크게 뜨고는 겁을 먹은 듯 몸을 움츠렸다.

눈을 감는 것이 두려웠을까, 아니면 지금 이 상황이 환영처럼 사라질까 두려웠을까. 아니면 다른 원인이 있을까. 곁에서 지켜보는 세바스는 알 수 없었다. 어쩌면 그녀 자신조차 모르는 이유일 수도 있다.

그래서 세바스는 안심시키듯 부드럽게 말을 걸었다.

"몸이 수면을 원하는 겁니다. 무리하지 말고 천천히 주무십시오. 이곳에 있으면 위험할 것은 하나도 없습니다. 제가 보증하지요. 눈을 뜨셔도 이 침대에 계실 겁니다."

처음으로 여성의 눈이 움직여 세바스를 정면으로 보았다.

푸른 눈동자에는 별로 빛이 없었으며 힘도 느껴지지 않았다. 다만 이제는 죽은 자의 눈이 아니라 산 자의 눈이었다.

입을 살짝 벌렸다가──닫는다. 그리고 또 벌렸다가──또 닫는다. 그런 행동을 몇 차례 되풀이했다. 세바스는 부드럽게 지켜보았다. 결코 채근하려고 하지 않았다. 그저 묵묵히 바라보았다.

"가……."

이윽고 입술을 가르고 조그만 목소리가 새나왔다. 이어진 말은 빨랐다.

"가⋯⋯감사⋯⋯합⋯다⋯⋯."

자신이 처한 상황의 확인이 아니라 감사의 뜻을 처음으로 입에 담았다. 그녀의 성격을 일말이나마 엿본 세바스는 평소에 곧잘 짓는 거짓 웃음이 아닌 웃음을 띠었다.

"마음에 두지 마십시오. 제가 당신을 거둔 이상, 당신의 안전은 최대한 보장하겠습니다."

여성의 눈이 살짝 뜨였다. 그리고 입술이 떨렸다.

푸른 눈이 젖어들더니 뚝뚝 눈물을 흘렸다. 그리고 입을 크게 벌리며, 불이 붙은 것처럼 울음을 터뜨렸다.

이윽고 울음소리에 저주가 섞여나왔다.

자신의 운명을 저주하고, 그 운명을 준 존재를 증오하고, 이제까지 아무도 도와주지 않았던 사실을 원망했다. 그 화살은 세바스에게도 날아들었다.

왜 좀 더 일찍 와주지 않았느냐고.

세바스의 다정함을—— 인간적인 대접을 받아, 이제까지 견디고 견뎌왔던 무언가가 무너졌던 것이다. 아니, 인간의 마음을 되찾았기에 이제까지의 기억을 견딜 수 없게 되었다고 해야 할까.

그녀는 머리를 쥐어뜯었다. 뿌득뿌득 소리와 함께 머리카락이 뽑혀나왔다. 가느다란 손가락에 금실이 무수히 얽혔다. 죽을 담아두었던 그릇이 스푼과 함께 침대 위에 떨어졌다.

세바스는 그녀의 광란을 잠자코 지켜보았다.

그녀의 원망은 완전히 뜬금없었으며 억지일 뿐이었다. 사람에 따라서는 그녀의 원망을 불쾌하게 여겨 격노했을 수도 있다. 그러나 세바스의 표정에 분노의 빛은 없었고, 주름이 새겨진 얼굴에는 자비와도 같은 것이 있었다.

세바스는 몸을 내밀어 그녀의 몸을 끌어안았다.

아버지가 자식을 끌어안듯, 아무런 흑심도 없는, 애정만이 존재하는 포옹이었다.

그녀의 몸이 한순간 굳기는 했지만, 이제까지 그녀의 몸을 탐닉했던 사내들과는 다른 포옹에 얼어붙었던 몸이 살짝 풀렸다.

"이제는 괜찮습니다."

그 말을 주문처럼 몇 번이나 되풀이하며 그녀의 등을 부드럽게 두드린다. 우는 아이를 달래듯.

한순간 딸꾹질을 하더니—— 그리고는 세바스의 말을 곱씹듯, 그녀는 세바스의 가슴에 얼굴을 묻으며 더욱 큰 소리로 울었다. 그러나 그것은 조금 전과는 아주 조금 다른 울음이었다.

*

시간이 경과하고 세바스의 가슴이 그녀의 눈물에 완전히 젖었을 무렵, 겨우 그녀의 울음소리가 멎었다. 그녀는 천천히 세바스에게서 떨어져, 새빨갛게 물든 얼굴을 감추려는 듯 고개를 숙였다.

"죄송…니다……."

"마음에 두지 마십시오. 여성에게 가슴을 빌려주는 것은 남자에게는 명예로운 일이니까요."

세바스는 품에서 깨끗하게 빤 청결한 손수건을 꺼내 그녀에게 내밀었다.

"쓰십시오."

"하지만…… 이렇… 깨끗한… 빌…면……."

더듬더듬 말하는 여성의 턱에 세바스는 손을 가져다대 위를 보게 했다. 무슨 일이 일어나나 싶어 그녀가 뻣뻣하게 굳은 동안 눈동자에—— 그리고 아직까지 남은 눈물 자국에 손수건을 부드럽게 가져간다.

'그러고 보니 요전에 솔류션이 〈전언Message〉으로 샤르티아와 오래 이야기를 나누었는데…… 아인즈 님께서 눈물을 닦아주셨다고 자랑을 늘어놓았다지요.'

주인은 대체 어떤 상황에서 샤르티아의 눈물을 닦아 주었던 걸까. 샤르티아가 눈물을 흘린다는 이미지가 떠오르질 않아 당황하면서도 손은 계속 움직여 그녀의 눈물을 완전히 닦아 주었다.

"아⋯⋯."

"자, 쓰십시오."

세바스는 살짝 축축해진 손수건을 그녀의 손에 쥐어주었다.

"쓰이지 못한 손수건은 가엾지요. 특히 눈물을 닦으려고도 하지 않는 손수건은요."

세바스는 미소를 짓고는 그녀에게서 떨어졌다.

"자, 그러면 푹 쉬십시오. 깨어나면 앞으로 어떻게 할지 이것저것 의논해 보지요."

마법이란 만능이어서, 솔류션의 마법 치유로 육체는 회복되었고 정신적인 피로도 모두 빠져나갔다. 그렇기에 이제부터는 평범하게 행동할 수 있으리라. 그러나 그녀가 지옥에 있었던 것은 겨우 몇 시간 전의 이야기. 정신적인 상처가 오랜 시간의 대화로 다시 벌어질 우려는 있다.

실제로 조금 전 울음을 터뜨렸듯 그녀의 정신은 아직 불안정하다. 마법으로 정신적인 면을 잠시나마 치유할 수는 있으나 근본적인 치료는 되지 않는다. 육체와는 달리 쩍 벌어진 보이지 않는 상처를 치유할 수는 없기 때문이다.

정신적인 상처를 완전히 치유할 수 있는 사람은 세바스가 아는 한 자신의 주인 —— 그리고 가능성이 있는 존재라면 페스토냐 —— 정도밖에 없을 것이다.

세바스는 그녀를 쉬게 하려 했지만, 그녀는 황급히 입을 열었다.

"앞, 으로……요?"

세바스는 이대로 대화를 계속해도 좋을지 잠시 망설였다.

하지만 본인도 이야기를 나눌 마음이 있으니, 그녀의 상태를 주의 깊게 관찰하며 대화를 지속하기로 결심했다.

"이대로 왕도에 계셔도 불안하겠지요. 어디 몸을 의탁할 곳은 있습니까?"

여성은 고개를 숙였다.

"그렇군요……."

없습니까, 하는 말은 당연히 꺼내지 않았다.

——자, 이거 난감하게 됐는걸요.

하지만 즉시 무언가 행동해야만 하는 것도 아니다. 아까그 사내도 당장 붙잡히지는 않을 테고, 추적이 세바스에게까지 미치려면 시간이 걸릴 터. 희망적 관측일 뿐이지만 당황하지 않아도 된다고 생각하고 싶었다. 최소한 그녀의 체력이 돌아올 때까지는.

"그럼, 어디 보자. 일단은 이름을 들려주실 수 있을까요?"

"아…… 전…… 트…… 트알레…요."

"트알레 양이라. 아, 제 이름을 아직 말씀드리지 않았군요. 제 이름은 세바스 찬이라고 합니다. 세바스라고 부르시면 됩니다. 이 저택의 주인이신 솔류션 아가씨를 섬기는 몸이지요."

그런 설정이었다.

일단 솔류션은 갑작스러운 방문객을 대비해 항상 메이드 복이 아닌 하얀 드레스를 입고 있지만, 앞으로 그녀가 있는 동안은 태도도 저택의 주인처럼 행동하도록 주의를 시켜두 어야 할 것 같다.

"솔……류… 님…… ."

"예. 솔류션 입실론 님이십니다. 하지만 트알레 양이 만날 일은 별로 없을 것 같군요."

"……?"

"아가씨는 깐깐한 분이셔서요."

그 이상은 말할 수 없다는 양 세바스는 입을 다물었다. 그 리고 잠시 조용한 시간이 흐른 다음, 세바스는 다시 입을 열 었다.

"자, 오늘은 푹 쉬십시오. 트알레 양이 앞으로 어떻게 할 지는 내일 상담해도 될 테니까요."

"네…… ."

트알레가 침대에 눕는 것을 확인하고, 세바스는 죽이 들었 던 그릇을 들고 방을 나왔다.

문을 열자 눈앞에는 예상대로 솔류션이 서 있었다. 아마엿 듣기 위해서였겠지만 세바스는 굳이 나무라지 않았다. 솔류 션도 세바스에게 꾸중을 들을 거라 생각한 기색은 전혀 없 었다. 그렇기에 기척을 감추거나 몸을 숨기지도 않고 서 있었던 것이리라. 진심으로 숨을 생각이었다면 어새신 클래스를 가진 그녀는 더 능숙하게 잠복할 수 있다.

"무슨 일이십니까?"

"……세바스 님. 결국 저건 어떻게 하실 겁니까?"

세바스는 등 뒤의 문에 의식을 돌렸다. 문은 단단히 닫혔지만 완전히 소리를 차단할 만한 방음효과는 없다. 여기서 이야기를 나누면 다소는 들릴 것이다.

세바스는 걸음을 옮겼고, 솔류션도 말없이 그 뒤를 따랐다.

트알레가 듣지 못하리라는 확신을 얻은 곳에서 발을 멈추었다.

"……트알레 말이군요. 일단은 내일, 어떻게 할지 정하고자 합니다."

"이름을……."

이어지는 말은 없었지만, 마음을 다잡은 듯 다시 솔류션은 입을 열었다.

"주제넘은 말씀인지도 모르겠습니다만, 저것은 방해가 될 가능성이 매우 높습니다. 조속히 처분해야 합니다."

처분이란 어떤 의미를 담은 말인가.

솔류션의 냉혹한 말을 듣고 세바스는 역시나 싶었다. 이것이 나자릭—— 지고의 41인을 섬기는 자로서 나자릭에 속하지 않은 존재에 대한 가장 올바른 사고방식이다. 세바스의 대응이야말로 이상한 것이다.

"옳은 말입니다. 아인즈 님께 받은 명령에 방해가 된다면 조속히 대처해야만 하겠지요."

솔류션이 약간 이상하다는 표정을 지었다. 그걸 알면서 왜 데려왔느냐는 표정이었다.

"어쩌면 그녀도 쓸모가 있을지 모릅니다. 한번 거두었으니 그냥 버리지 말고 유용하게 쓸 방법을 생각해야만 하겠지요."

"……세바스 님, 어디서 어떤 연유로 저것을 주워오셨는지는 몰라도, 그렇게나 상처를 입었다는 것은 곧 그러한 환경이 있었다는 뜻일 테지요. 그리고 그것을 행한 자들은 저것이 살아있다는 사실을 좋게 여기지 않는 것 아닙니까?"

"그 점에 대해서는 문제없을 겁니다."

"……이미 그자들은 처분하셨다는 뜻입니까?"

"아니, 그렇지 않습니다. 다만, 만일 문제가 발생할 것 같다면 모종의 수단을 취하겠습니다. 그러니 그때까지는 분위기를 살폈으면 합니다. 알겠습니까, 솔류션?"

"……분부 받들겠나이다."

솔류션은 물러가는 세바스의 뒷모습을 보며, 치밀어오르는 미미한 분노를 억눌렀다.

직속 상사인 세바스에게 그런 말을 들은 이상 불만은 매우 많았지만 말대답을 할 수는 없었다. 게다가 문제가 전혀 발생하지 않는다면 분명 묵인해도 상관없을 테니.

그렇다고는 하지만——

"인간 따위에게 나자릭의 재산을 사용하다니……."

나자릭 지하대분묘의 모든 재산은 아인즈 울 고운의 것이며, 나아가서는 지고의 존재의 것. 그것을 허가 없이 사용하는 행위가 과연 용납될 것인가.

아무리 생각해도 해답은 나오지 않았다.

＊

하화월(9월) 3일 9:48

세바스는 저택 문을 열었다. 오늘도 아침 일찍 모험자 조합에 들러, 모험자들이 의뢰를 받기 전에 어떤 의뢰가 붙었는지를 메모해 왔다.

세바스는 왕도에서 얻은 정보는 설령 세간에 나도는 소문이라 해도 모두 종이에 기입해 나자릭으로 보냈다. 정보 분석은 매우 어려우므로 그것은 나자릭에 남은 현인(賢人)들에게 맡겨두었다.

문을 지나 저택 안으로 들어섰다. 며칠 전 같으면 솔류션이 마중을 나와주었을 것이다. 그러나——

"어서…십시…, 세바… 님."

현재 그 역할은 발밑까지 완전히 가리는 긴 스커트 메이드복을 입은, 중얼중얼 말하는 여성의 일이 되었다.

트알레를 거둔 다음 날, 상담 결과 그녀를 이 저택에서 고용하기로 했던 것이다.

손님으로 저택에 체류시켜도 되겠지만 그것은 트알레가 거부했다. 도움을 받은 데다 손님 대접까지 받는 것은 사양하고 싶다. 보답은 되지 않겠지만, 하다못해 무언가 일을 하게 해 달라는 이유였다.

그 마음 이면에 있는 감정은 불안이리라고 세바스는 내다보았다.

다시 말해 자신의 불안정한 처지가 이 저택에서는 곧 성가신 사건의 씨앗임을 잘 알기에, 조금이라도 버림받지 않도록 행동하려는 것이다.

물론 세바스는 절대 버리지 않겠다고 트알레에게 말해두었다. 갈 곳이 전혀 없는 사람을 휙 내버릴 생각이었다면 애초에 데려오지도 않았다. 하지만 마음에 생긴 상처를 치유할 만한 설득력이 없는 것도 사실이었다.

"다녀왔습니다, 트알레. 일 쪽은 문제가 없었는지요?"

트알레의 머리가 끄덕 움직였다.

처음 만났을 때와는 달리 가지런히 자른 머리 위에 아담하게 얹은 하얀 화이트브림이 흔들렸다.

"문제는 없…니다."

"그렇군요. 다행입니다."

분위기는 여전히 어두웠으며 표정도 어지간해서는 바뀌지 않았지만, 인간적인 생활을 하면서 몸을 잠식했던 것이 조금씩 풀려나가는지 목소리도 조금씩 커지는 것 같았다.

'그리고 남은 불안이라면 그것이겠지요…….'

세바스가 걸어나가자 트알레도 그 옆을 따라왔다.

원래 같으면 집사인 세바스── 상급자의 옆에서 걷다니, 메이드로서 올바른 행동은 아니다. 그러나 메이드 교육을 전혀 받은 적이 없는 트알레에게는 알 수 없는 예의였으며, 세바스도 메이드의 마음가짐을 심어줄 생각은 없었다.

"오늘의 식사는 무엇입니까?"

"예. 감자… 넣… 스튜입니다."

"그렇군요. 그거 기대되는걸요. 트알레의 요리는 맛있으니까요."

세바스가 미소와 함께 한 말에 트알레는 얼굴을 새빨갛게 물들이며 고개를 숙였다. 메이드복의 에이프런을 부끄러운 듯 두 손으로 꼭 쥐면서.

"그, 그렇… 않…요."

"아닙니다, 아닙니다. 정말이고말고요. 저는 요리를 전혀 못하니 다행이지요. 그런데 식재료는 괜찮습니까? 부족한 것이나 사왔으면 하는 것이 있다면 말씀해 주십시오."

"예. 나중에 알…보고 부탁……겠습니다."

트알레는 저택 안에서는, 그리고 세바스 앞에서는 평범하게 행동할 수 있지만 아직까지 바깥세상에는 거부반응을 보였다. 따라서 밖으로 나가는 일은 맡길 수 없으므로 식재료 조달 같은 것은 세바스의 몫이 되었다.

트알레의 요리에는 호화로운 것이 없었다. 소박한 가정요리다.

그렇기에 값비싼 식재료는 필요하지 않아 시장에 가면 금방 구할 수 있다. 세바스도 시장에서 다양한 식재료를 알게 되어 이 세계의 음식에 관한 지식을 얻을 수 있었으므로 일석이조라고 생각했다.

문득 세바스는 어떤 아이디어를 떠올렸다.

"……나중에 함께 사러 갈까요?"

트알레는 깜짝 놀란 표정을 지었다. 그리고 겁을 먹은 듯 고개를 가로저었다. 한순간에 낯빛이 나빠지고 비지땀이 배어 나왔다.

"아뇨, 괜…아요."

역시나 하는 마음은 겉으로 드러내지 않았다.

트알레는 일을 시작한 후로 밖으로 나가야 하는 일은 절대 하려 들지 않았다. 그녀는 이 저택을 자신을 지켜주는 절대적인 성벽으로 간주해 자신의 공포를 가둬놓았다. 다시 말해 바깥세상과는—— 자신을 상처 입힌 세계와는 다르다는 선을 그어놓음으로서 움직일 수 있게 된 것이다.

그러나 이래서야 트알레는 언제까지고 밖으로 나갈 수 없다. 게다가 언제까지고 그녀를 숨겨줄 수도 없다.

겨우 며칠 만에 밖으로 나가라고 하다니, 트알레의 정신 상태를 생각해 보면 가혹한 일임을 세바스도 잘 안다. 좀 더 시간을 들여 천천히 적응시켜나가는 편이 안전하리라. 다만 그것은 시간이 있을 때의 이야기다.

세바스는 이곳 왕도에 정착할 마음도, 평생을 지낼 마음도 없었다. 어디까지나 정보수집 임무 때문에 찾아온 이방인일 뿐이다. 만일 주인에게서 철수 명령이 내려온다면…… 그때를 대비해 최대한 다양한 가능성을 심어줄 수 있도록 해야 한다.

세바스는 걸음을 멈추고 트알레를 정면으로 바라보았다. 부끄러운 듯 얼굴을 붉힌 트알레가 고개를 숙이려 했지만 세바스는 그녀의 뺨을 손으로 감싸고 얼굴을 위로 들었다.

"트알레. 당신의 공포는 잘 압니다. 그러나 안심하십시오. 제가, 이 세바스가 지켜드릴 테니까요. 당신에게 어떤 위험이 닥치든 모두 쳐부수고 지켜낼 것입니다."

"……."

"트알레, 발을 내디디십시오. 당신이 두렵다면 눈을 감고 있어도 상관없습니다."

"……."

아직도 망설이는 트알레의 손을 잡았다. 그리고 비겁하다는 생각이 드는 말을 입에 담았다.

"저를 믿어줄 수 없겠습니까, 트알레."

복도에 침묵의 장막이 드리워지고, 느릿느릿한 시간이 흘렀다. 그리고 트알레는 살짝 눈을 적시면서 혈색이 좋아진 입술을 열었다. 진주를 연상케 하는 앞니가 엿보였다.

"……세바스 님은 비겁…요. 그렇게 말씀하시면 무리라…못하잖아요."

"안심하십시오. 이래 봬도 저는 충분히 강하니까요…….
아, 그렇군요. 저보다 강한 분은 41명……하고도 몇 명 정도밖에 없답니다."

"그거…… 많은…… 건가요?"

그 애매한 숫자에, 자신을 위로하려는 농담이리라 생각하고 트알레는 웃었다. 세바스는 웃기만 할 뿐 대답하진 않았다.

세바스는 다시 걸어갔다. 곁에서 트알레가 세바스의 옆얼굴을 흘끔흘끔 쳐다보는 것을 알면서도 입 밖에는 내지 않았다.

트알레가 세바스에게 연심까지는 가지 않을 정도로 미묘한 감정을 품었음은 잘 안다. 다만 그것은 지옥에서 구출해준 데 대한 세뇌 같은 것이며, 의지할 인물에 대한 의존과도 비슷한 것이리라 세바스는 추측했다.

게다가 세바스는 노인이므로 트알레는 어쩌면 가족애 같은 것과 남녀의 사랑을 착각하고 있을 가능성도 있다.

가령 트알레가 진정한 의미에서 세바스를 사랑한다 해도 받아줄 마음은 없었다. 이렇게 숨기는 것이 많으며 처지가 다른 지금으로서는.

"그러면 아가씨께 몇 가지 말씀을 드린 다음 마중하러 가겠습니다."

"솔류… 아가씨……."

아주 살짝 어두운 표정을 짓는 트알레. 세바스는 그 이유를 알지만 아무 말도 하지 않았다.

솔류션은 트알레와는 얼굴을 마주하려 하지 않으며, 마주해도 흘끔 쳐다볼 뿐 말없이 자리를 떠버린다. 역시 그 정도로 무시를 당하면 불안이 생기게 마련이고, 트알레의 처지를 생각해 보면 큰 공포를 느낄 것이다.

"괜찮습니다. 아가씨는 옛날부터 누구에게나 그러셨으니까요. 당신이라고 해서 특별히 그러시는 것이 아닙니다. ……여기서만 하는 말입니다만, 아가씨는 성격이 깐깐하시거든요."

세바스가 미소를 지으며 너스레를 떨자 트알레의 얼굴에 떠올랐던 표정이 살짝 누그러졌다.

"귀여운 아이를 보면 부루퉁 삐치시지요."

"……전 …엽… 않아요. 아가…와 비교하….."

트알레가 두 손을 황급히 내저었다.

트알레가 예쁜 것은 사실이지만 그래도 솔루션에게는 당해낼 수 없다. 다만 외견의 미추 판별에는 개인 차이가 있는 법이다.

"저는 용모로 따지자면 아가씨보다도 트알레가 취향입니다만."

"그! 그런 말씀은……!"

얼굴을 새빨갛게 물들이며 고개를 숙인 트알레를 흐뭇하게 바라보다, 갑작스러운 표정 변화에 눈살을 찡그렸다.

"게다… 더럽혀진…… 몸…걸요…….."

조금 전과 완전히 바뀐 어두운 표정을 짓는 트알레에게 세바스는 마음속으로 한숨을 내쉬었다. 그리고 앞을 보며 말했다.

"보석은 그렇지요. 흠결이 없는 것을 가치가 높고 아름답다고 여기지요."

그 말을 듣고 트알레의 표정이 단숨에 어두워졌다.

"그러나—— 인간은 보석이 아닙니다."

트알레가 고개를 살짝 드는 것 같았다.

"트알레는 자신을 더럽다고 하려는 모양입니다만, 인간의 아름다움이란 어디에 있을까요? 보석이라면 확실한 감정기준이 있습니다. 그러나 인간의 아름다움—— 그 기준이란 어디에 있을까요. 평균일까요? 일반적인 의견일까요? 그렇다면 그에 속하지 않은 소수의 의견은 의미가 없을까요?"

잠시 간격을 두고, 세바스는 다시 말을 이었다.

"아름다움이란 것의 평가가 사람마다 다 다르듯, 인간의 아름다움이 외견 이외의 다른 곳에 있다면 역사가 아니라 내면에 있을 거라고 '저'는 생각합니다. 저는 당신의 과거를 모두 알진 못하지만, 당신과 며칠 지내면서 느꼈던 내면을 평가한다면, 더럽다고는 조금도 생각하지 않았습니다."

세바스는 입을 다물고, 복도에는 발소리만이 울려 퍼지는 세계로 바뀌었다. 그런 가운데 트알레가 결심한 듯 입을 열었다.

"……아름답다… 말씀하신다면……, 저를 안아주……."

마지막까지 말하게 놓아두지 않고 세바스는 트알레를 끌어안았다.

"아름답습니다."

부드럽게 말하자, 소리도 내지 않고 트알레의 눈에서 눈물이 넘쳐났다. 세바스는 달래듯 트알레의 등을 부드럽게 두드리고는 천천히 손을 떼었다.

"트알레, 죄송합니다. 아가씨께서 부르셔서."

"아, 알겠습니다……."

새빨간 눈으로 서운한 듯 인사를 하는 트알레를 남겨두고, 세바스는 문을 두드렸다. 그리고 대답도 기다리지 않은 채 문을 열었다. 천천히 문을 닫는 동안 세바스는 가만히 이쪽을 엿보는 트알레에게 미소를 지어주었다.

이 저택은 빌린 것이기도 해서, 방은 많지만 실내의 세간은 거의 없다. 하지만 이 방에는 손님을 초대해도 부끄럽지 않을 만큼 세간이 갖추어져 있다. 다만 알아보는 이가 본다면 역사가 느껴지는 것이 없어 얄팍한 방임을 간파할 것이다.

"아가씨, 지금 막 돌아왔습니다."

"……수고했다, 세바스."

저택의 가짜 주인 솔류션이 재미없다는 표정으로 방 한복판에 놓인 긴 소파에 앉아 있었다. 실제로 그 표정은 연기일 뿐이다. 트알레라는 외부인이 저택에 있기 때문에 오만한 아가씨의 바보 같은 가면을 쓰고 있는 것이다.

솔류션의 시선이 세바스에게서 떠나 문으로 향했다.

"……갔습니다."

"그런 것 같군요."

서로 표정을 살피며 솔류션이 여느 때처럼 먼저 입을 열었다.

"그녀는 언제 쫓아내실 겁니까?"

얼굴을 볼 때마다 솔류션이 하는 말이었다. 세바스도 똑같이 대답했다.

"시기가 오면요."

평소 같으면 이야기는 여기서 마무리되었을 것이다. 솔류션이 짐짓 한숨을 쉬고 그것으로 끝난다. 하지만 오늘은 그냥 넘어갈 마음이 없는지 솔류션이 말을 이었다.

"……시기라는 것이 언제를 예정하는지 명확히 해 주실 수 있을까요? 저 인간을 숨겨주어 성가신 일이 일어나지 않으리라는 보장이 없습니다. 그것은 아인즈 님의 뜻을 저버리는 행위가 아닐까요?"

"아직까지는 아무 일도 일어나지 않았습니다. ……고작해야 인간이 일으키는 사태를 두려워해 당황하다니, 아인즈 님을 섬기는 자가 할 짓이 아니로군요."

두 사람의 사이에 정적이 흐르고, 세바스는 살짝 한숨을 내쉬었다.

매우 위험한 상황이었다.

솔류션의 표정에는 아무런 감정도 떠오르지 않았지만 세바스에게 화를 내고 있음은 실감할 수 있었다. 이 저택은 임시 거점이기는 해도 솔류션은 나자릭 지하대분묘의 출장소라 생각한다. 그런 곳에 주인의 허가가 없는 인간이 있다는 사실이 참을 수 없이 싫은 것이다.

세바스가 강하게 견제하니 아직까지는 솔류션이 트알레를 해치려 들지 않지만, 이대로 가다가는 조만간 통제가 불가능해질 것 같았다.

시간이 별로 없다. 세바스는 그 사실을 강하게 곱씹었다.

"……세바스 님. 저 인간이 아인즈 님의 지령에 해를 끼칠 경우——."

"――처분할 것입니다."

그 이상 말을 못하도록 세바스는 단언했다. 솔류션은 입을 다물고, 감정을 읽을 수 없는 눈으로 세바스를 바라보더니 고개를 숙였다.

"그렇다면 제가 드려야 할 말씀은 아무것도 없습니다. 세바스 님, 지금 그 말씀을 부디 잊지 말아주십사 부탁드립니다."

"물론입니다, 솔류션."

"……다만."

솔류션의 중얼거림 정도 목소리에 담긴 강한 감정은 세바스의 발을 우뚝 멈추게 만들 만한 힘을 가지고 있었다.

"……다만, 세바스 님. 아인즈 님께 보고하지 않으셔도 괜찮으실는지요? 저것에 대해."

세바스는 침묵하고, 몇 초가 흐른 다음 대답했다.

"문제는 없을 겁니다. 저 정도 인간 때문에 아인즈 님의 시간을 빼앗는 것도 송구하니까요."

"……엔토마 같은 아이들이 매일 정해진 시간이면 〈전언〉 마법으로 세바스 님과 연락을 취하고 있을 텐데요. 그때 몇 마디만 해 두시면 될 일이 아닙니까? ……고의로 감추고 계시는 겁니까?"

"설마요. 그렇지 않습니다. 아인즈 님께 그런 짓은――."

"그렇다면…… 이기적인 판단은 아니란…… 말씀이지요?"

긴박한 공기가 흘렀다.

세바스도 솔류션이 살짝 자세를 잡는 것을 알아차려, 자신의 처지가 얼마나 위험한지를 강하게 인식했다.

나자릭에 존재하는 모든 자는 '아인즈 울 고운' —— 나아가 지고의 존재에게 절대적인 충성을 맹세해야만 한다. 수호자를 필두로, 모두가 그렇게 생각한다고 단언해도 과언이 아니다.

나자릭 지하대분묘를 자신의 것으로 삼으려 하는 집사 조수 에클레어마저도 지고의 41인에게는 거짓 없는 충성과 외경심을 품고 있다.

세바스도 당연히 그중 한 사람이다.

다만, 그렇다고 해서 가능성만으로 가엾은 존재를 내치는 것은 역시 잘못이라고 생각했다. 그러나 나자릭에 속한 자들의 대부분이 그 생각에 찬동하지 않으리라는 사실 또한 잘 안다.

아니, 잘 안다고 생각했다. 그 인식이 얼마나 얄팍했는지가 몇 초 전 솔류션의 대응으로 뚜렷이 드러났다.

솔류션은 진심이었다. 집사—— 다시 말해 나자릭 내부관리의 상급자이자 접근전의 극대전력 일각을 차지한 세바스와, 대답 여하에 따라서는 무력으로 대치할 심산이었던 것이다. 솔류션이 그렇게까지 해서 문제를 말소하려 했을 줄은 생각도 못했다.

——세바스는 미소를 지었다.

그 미소를 보고 솔류션의 눈동자에 의아한 빛이 깃들었다.

"……물론입니다. 아인즈 님께 보고를 드리지 않는 것은 이기적인 이유에서가 아닙니다."

"근거를 제시해 주실 수 있겠습니까?"

"저는 그녀의 요리에 관한 능력을 매우 높이 평가하고 있습니다."

"요리? 라고요?"

솔류션의 머리 위에 물음표가 떠오르는 것 같았다.

"그렇습니다. 게다가 이 커다란 저택에 살고 있는 것이 겨우 두 사람뿐이라면 사람들에겐 다소 기이하게 비치지 않을까요?"

"……그럴지도요."

여기에는 솔류션도 찬동할 수밖에 없으리라. 큰 저택에서 부자 행세를 하는데 하인이 적다면 분명 이상하게 여길 테니까.

"최소한도의 인원은 있어야 한다고 생각합니다. 만일 저택에 누군가를 초대한다 했을 때, 요리 하나 대접하지 못하는 상황은 위험하지 않겠습니까?"

"……다시 말해 위장공작의 일환으로 저 인간을 이용한다는 말씀입니까?"

"그렇습니다."

"하지만 저 인간일 필요성은……."

"트알레는 제게 은혜를 느끼고 있습니다. 그렇다면 위화감이 있더라도 절대 외부에는 누설하지 않을 겁니다. 제 말이 틀렸습니까?"

솔류션은 아주 잠깐 생각에 잠기더니, 이내 고개를 끄덕였다.

"옳은 말씀입니다."

"그런 거지요. 위장의 일환까지 아인즈 님께 허가를 받아야 할 필요는 없을 겁니다. 그뿐이 아니라 그 정도는 스스로 생각하라고 화를 내실 수도 있지요."

말없는 솔류션에게 세바스가 조용히 물었다.

"이해하시겠습니까?"

"……알겠습니다."

"그러면 우선은 이 정도로도 괜찮겠지요——."

여기까지 말하려다가 세바스는 말을 끊었다. 무언가 딱딱한 것끼리 부딪치는 소리가 들렸던 것이다.

매우 작아, 세바스의 귀가 아니면 놓쳤을 정도였다.

불규칙적으로 되풀이되는 그것은 누군가가 고의로 일으키는 소리가 분명했다.

세바스는 방문을 열고 복도 끝으로 신경을 집중했다.

그리고 그 소리가 현관 노커 소리임을 깨닫자 두 사람은 움직임을 멈추었다. 왕도에 온 후로 이 저택의 문을 두드린 사람은 없었다. 거래 같은 것을 할 때는 항상 밖으로 나가, 결코 그 누구도 저택에 불러들이려 하지 않았다. 이 넓은 저택에 두 사람밖에 없다는 사실을 남들에게 들키지 않으려는 고육지책이었다.

그런 저택에 오늘 갑자기 방문객이 찾아온 것이다. 성가신 일이 일어나기에는 충분하다.

세바스는 솔류션을 방에 남겨둔 채 현관으로 나가 문에 붙은 작은 들창의 뚜껑을 열었다.

들창 구멍으로 보인 것은 어깨 폭이 넓은 사내와 그의 좌우 후방에 서 있는 왕국 병사였다.

어깨 폭이 넓은 사내는 그럭저럭 몸단장을 잘했으며 품질 좋은 옷을 입었다. 가슴에는 구리색으로 빛나는 무거운 문장을 차고 있다. 혈색이 좋은 얼굴에도 살집이 두둑했고, 섭식탓인지 지방이 낀 광택이 두드러졌다.

그리고 마지막으로── 이질적인 사내가 있었다.

빛을 전혀 받지 못한 것처럼 창백한 피부. 눈매는 날카로웠으며 수척한 뺨과 맞물려 맹금류 ── 그것도 썩은 시체를 뒤지는 종류 ── 같았다. 그가 입은 까만 옷은 헐렁헐렁해 안에 무기를 숨겼음이 분명했다.

세바스의 육감을 자극한 것은 사내에게서 떠도는 피와 원념의 느낌이었다.

참으로 균형이 맞지 않는 조합이었다. 세바스는 이 일행의 정체와 목적을 판단할 수 없었다.

"……뉘신지요."

"나는 순회사 스타판 헤비쉬라고 한다."

맨 앞에 선 통통한 사내가, 다소 억양이 엇나간 높은 목소리로 자신의 이름을 밝혔다.

순회사(巡廻使)란 왕도의 치안을 지키는 공무원이다. 도시를 순찰하는 위사의 상사라고도 할 수 있는 직책이며 업무의 범주는 넓다. 그렇기에 세바스는 스타판이라는 사내가 온 이유를 짐작할 수 없어 난감했다.

세바스를 무시하듯 스타판이 말을 이었다.

"왕국에는 알다시피 노예매매를 금지하는 법률이 있지. ……라나 왕녀님께서 솔선해 입안하셔서 가결된 것인데. 우리는 이 저택 사람이 그 법률을 위반한 것 아니냐는 신고를 받아 확인하고자 이렇게 와 보았다."

그리고 들어갈 수 있겠냐는 말로 스타판은 이야기를 마무리했다.

거절할 문구는 이것저것 떠올랐지만 쫓아낼 경우 더 큰 문제로 커질 가능성이 있다. 스타판이 정말로 공무원인지 아닌지도 확실하지 않다. 왕국 공무원은 스타판이 가슴에 건 문장을 차고는 있지만, 그렇다고 해서 정말 공무원이라는 보증은 되지 않는다. 어쩌면——큰 죄가 되기는 하지만——위조했을 가능성도 없지는 않다.

그렇다고는 하나 인간 몇 명을 저택 안에 들인다고 무슨 문제가 되겠는가. 폭력행위가 벌어진다면 세바스는 손쉽게 해결할 수 있다. 오히려 세바스에게는 위조인 편이 더 낫다.

세바스가 생각하는 동안 발생한 침묵을 어떻게 받아들였는지 스타판은 다시 입을 열었다.

"우선 미안하지만 이 저택의 주인을 만날 수 있을까? 물론 안 계시다면 어쩔 수 없으나, 조사하러 온 자들이 맨손으로 돌아가는 것도 그다지 바람직한 일은 되지 못하리라 생각하는데."

미안함 따위 전혀 느껴지지 않는 표정으로 스타판이 웃었다. 그 이면에 감추어진 것은 권력이라는 힘을 구사한 공갈이었다.

"그 전에 여쭙고 싶습니다만, 뒤에 계신 남자분은 누구입니까?"

"음? 이 친구는 서큘런트라는 사람이지. 이번 건을 우리에게 알린 가게의 대표나 마찬가지랄까."

"서큘런트입니다. 처음 뵙겠습니다."

희미하게 웃는 서큘런트의 얼굴을 보며 세바스는 패배를 직감했다.

웃음에 떠오른 것은 함정에 걸린 사냥감을 조롱하는 잔인한 사냥꾼의 것이었다. 완전히 사전공작을 마치고 왔을 것이다. 그렇게 생각하면 스타판도 진짜 공무원일 가능성이 크다. 그리고 여기서 거절했을 경우의 대응도 이미 정해두었을 터. 그렇다면 조금이라도 상대의 속셈을 떠봐야 한다.

"……알겠습니다. 아가씨께 전하겠습니다. 잠시만 그곳에서 기다려 주십시오."

"예, 기다리죠. 기다리고말고요."

"다만 신속하게 부탁하네. 우리도 그리 한가한 몸이 아니라서."

서큘런트가 웃고, 스타판은 어깨를 으쓱했다.

"알겠습니다. 그럼 잠시."

세바스는 들창 뚜껑을 닫고 솔류션의 방을 향해 몸을 돌렸다. 다만 그 전에, 트알레에게 안쪽에 숨어 있으라고 해야 할 것이다――.

병사들은 방문 밖에 대기시켜놓고 안으로 안내를 받은 두 사람── 스타판과 서큘런트는 솔류션을 보고 경악한 표정을 지었다.

이런 미인과 만나게 될 줄은 생각도 못했다는 표정이었다.

스타판의 표정이 서서히 흐물흐물 풀어지고 시선은 얼굴과 가슴 사이를 왕복했다. 눈에는 육욕 같은 것이 떠올랐으며 연신 침을 삼켰다. 그에 반해 서큘런트의 표정은 서서히 굳어졌다.

경계해야 할 상대는 누구인가. 뻔한 대답을 얻은 세바스는 두 사람에게 솔류션의 맞은편 소파에 앉도록 권했다.

자리에 앉아 있던 솔류션과 자리에 앉은 스타판, 서큘런트는 서로 통성명을 했다.

"그래서 대체 무슨 일이 있었다는 거죠?"

솔류션의 질문에 스타판이 짐짓 헛기침을 하며 입을 열었다.

"어떤 가게의 보고에 따르면, 어떤 인물이 가게의 종업원을 끌고 갔다 하오. 그때 다른 종업원에게 부당하게 금전을 건넸다고 들었소. 우리나라는 법률로 노예매매를 금지하고 있는데…… 마치 이를 위반하는 것 같지 않소?"

서서히 흥분한 듯 어조에 힘이 들어가기 시작한 스타판에게 솔류션은 재미없다는 투로 대답했다.

"그래요?"

그 말투에 두 사람은 눈을 껌뻑거렸다. 위협을 가하고 있음에도 이런 태도를 보일 줄은 생각도 못했던 모양이다.

"번잡한 일은 모두 세바스에게 맡겨놓고 있어서요. 세바스, 뒷일 부탁해."

"이, 이래도 되는 거요? 경우에 따라선 당신은 범죄자가 될 수도 있는데."

"어머나, 무서워라. 세바스, 내가 범죄자가 될 것 같으면 알려줘. 그러면 여러분, 평안하시길."

솔류션은 인사와 함께 환한 미소를 남기고 일어났다. 방을 나가는 그녀에게 아무도 말을 건네지 못했다. 미녀의 웃음에 얼마나 큰 힘이 있는지 입증된 순간이었다.

문 닫히는 소리가 들리기 전에, 밖에 있던 병사가 솔류션의 미모를 보고 놀랐는지 경악하는 목소리가 들렸다.

"──그러면 아가씨를 대신해 제가 말씀을 들어드릴까 합니다."

세바스는 미소를 지으며 두 사람의 앞에 앉았다. 아직도 미소에 넋이 나간 스타판은 머쓱한 태도였다. 하지만 이를 감싸듯 서큘런트가 끼어들었다.

"그렇군요. 그러면 세바스 씨께 여쭤볼까요? 헤비쉬 님이 현관에서 말씀하셨듯 우리…… 뭐, 우리 종업원이 행방불명돼서 말이죠. 어떤 자에게 캐물었더니 돈을 받고 넘겨줬다고 하지 뭡니까. 이건 왕국에서는 불법인 노예매매란 걸 깨달아서 말이죠. 우리 가게에서 일하던 사람이 그런 짓을 했다고는 생각도 하고 싶지 않았지만, 어쩔 수 없이 신고를 했다 이겁니다."

"바로 그렇다. 노예매매 같은 지저분한 범죄는 용납할 수 없지!"

테이블을 세게 두드린다.

"그렇기에 가게의 악평이 퍼지는 것도 두려워하지 않고 신고를 한 서큘런트 군은 그야말로 시민의 귀감이고!"

"고맙습니다, 헤비쉬 님."

입에서 침을 튀길 기세로 떠들어대는 스타판에게 서큘런트가 꾸벅 고개를 숙였다.

뭡니까, 이 촌극은.

세바스는 그렇게 생각하며 머리를 굴렸다. 눈앞의 두 사람은 분명히 한패일 테고, 그렇다면 철저한 준비를 갖춰 쳐들어왔음은 의심할 여지가 없으며, 따라서 패배는 확실하다.

그러나 어떻게 해야 적은 손실로 끝낼 수 있을까.

반대로 세바스의 승리조건은 무엇일까.

나자릭의 집사인 세바스의 승리조건은, 이 이상 소란이 확대되지 않도록 문제를 해결하는 것이다. 결코 트알레를 지키는 것이 아니다.

그러나——

"돈을 받았다는 그 사내가 위증했을 가능성을 의심할 수 있겠군요. 그자는 지금 어디 있습니까?"

"그는 노예매매 혐의로 체포되어 구치소에 있다. 그리고 그의 이야기를 듣고 자세히 조사한 결과——"

"——우리 종업원을 산 인물이 당신, 세바스 씨인 것 같다는 조사결과가 나온 겁니다."

사내는 체포되어 모든 것을 자백했다는 뜻이리라. 그때 상대에게 유리하도록 진술을 강요당했을 가능성이 높다.

세바스는 시치미를 떼야 할지, 거짓말을 해야 할지, 아니면 확실하게 반론해야 할지를 망설였다.

저택에 없다고 한다면 어떨까. 죽어버렸다고 하면 어떨까. 무수한 생각이 떠올랐지만 무사히 넘어갈 가능성은 낮았으며, 쉽사리 물러나지도 않을 것이다. 그보다 먼저 알아야 할 것을 물어보았다.

"하지만 어떻게 저라고 판단하신 겁니까? 증거가 될 만한 것은?"

세바스는 그 점을 알 수 없었다. 자신의 이름이나 정체를 드러낼 만한 단서를 남겨두고 오지 않은 이상 증거 따위 전혀 없을 텐데. 그런데 어떻게 이곳까지 알아냈단 말인가. 외출 중에는 늘 미행이 없는지 경계했는데. 세바스에게 들키지 않고 뒤를 밟을 만한 자가 이 도시에 있으리라고는 생각할 수 없었다.

"스크롤입니다."

섬광이 세바스의 뇌리를 가로질렀다.

──마술사 조합에서 샀던 스크롤.

그건 분명 보통 스크롤과는 달리 뛰어난 완성도를 가졌다.

외견을 아는 사람이라면 세바스가 들고 있던 스크롤이 마술사 조합에서 구입한 물건임을 알아봤을 것이다. 그다음에는 발로 뛰면 어느 정도는 조사가 가능하다. 특히 집사 차림을 한 사람이 스크롤을 가졌다면 더욱 눈에 뜨인다.

그렇다 해도 트알레가 이곳에 있다는 증거까지 되지는 않는다. 우연히 닮은 다른 사람을 본 것 아니냐고 밀어붙일 수도 있다. 그러나 만일 저택을 뒤진다면 일이 꼬인다. 그렇다. 이렇게 넓은 저택에 트알레를 포함해 겨우 셋밖에 없다는 사실을 인정할 수밖에 없게 된다.

세바스는 체념했다.

"……제가 그녀를 데려온 것은 사실입니다. 그러나 그때 그녀는 육체적으로 매우 심각한 부상을 입었으며, 생명의 위기에 직면했기에 그런 수단을 취할 수밖에 없었습니다."

"다시 말해 금전으로 그녀의 신병을 인도했다는 사실을 인정하나?"

"그 전에 그 남자분과 이야기를 나눌 수 있겠습니까?"

"유감이지만 그건 안 된다. 말을 맞추기라도 했다가는 곤란하거든."

"그때는――."

――옆에서 이야기를 들으셔도 상관없습니다.

그렇게 말하려던 세바스는 입을 다물었다.

결국 이것은 미리 짜놓은 판이다. 사내가 있는 곳까지 간다 한들 상황을 유리하게 끌고 올 가능성은 낮다. 이 방향에서 공세를 가해봤자 시간낭비다.

"……그 전에 그녀가 온몸에 그만큼 심각한 부상을 입을 만한 일이 이루어졌음을 시인하는 겁니까? 그편이 국가기관에게는 더 좋지 못한 것 아닐지――."

"우리 가게 일이 꽤 힘들어서 말이죠. 부상을 입는 건 어쩔 수 없어요. 그 왜, 광산 같은 데서도 이런저런 일이 많잖습니까. 그것과 마찬가지죠."

"……그것이 그러한 부상은 아니었던 것 같습니다만."

"하하하, 접객업이지만 손님들 중에는 별별 사람이 다 있거든요. 주의는 하지만요. 뭐, 세바스 씨 말씀은 잘 알겠습니다. 다음부터는 조금은── 네, 조금은 주의하지요."

"……조금이라고요?"

"뭐, 그렇죠. 그 이상은 돈이 들거든요, 이래저래."

세바스의 물음에 서큘런트는 입술 끄트머리만 치켜올리는 비웃음을 띠었다.

그 웃음에 세바스도 웃음을 지었다.

"──그만."

스타판은 후우 하고 한숨을 한 차례 쉬었다. 어리석은 자를 상대하는 인간의 자세였다.

"내 업무는 노예매매가 이루어졌는지 아닌지를 확인하는 거지, 종업원의 처우를 확인하는 건 다른 자가 할 일이다. 이번 사건과는 무관하다고밖에 할 수 없겠군."

"……그러면 그러한 일을 전문으로 맡은 공무원을 가르쳐주실 수 없겠습니까?"

"……흠, 가르쳐주고 싶은 마음이야 굴뚝같지만 이래저래 어려운 면이 있어서 말이야. 유감이지만 다른 사람의 일에 간섭하는 사람은 미움을 받는 법이라."

"……그러면 그때까지 기다려 주시지요."

스타판이 싱글싱글 웃었다. 마치 그 말을 기다렸다는 듯.

"……나로서도 정말 기다려주고 싶지만, 가게에서 이미 서면으로 신고를 한 이상 강제로라도 당신들의 신병을 구속하고 조속히 조사해야만 해서."

다시 말해 시간도 없다는 뜻이다.

"지금 이대로도, 상황증거를 보면 당신이 죄를 범했다는 사실은 명백하지만, 가게 쪽에서는 선처를 바라거든. 물론 합의에 따른 위자료는 있을 거다. 게다가 노예매매 혐의를 기재한 서면을 파기하는 데에도 다소 돈이 들 테지."

"구체적으로는 어떤 내역인지."

"그게 말이죠. 우선 우리 종업원을 돌려주셔야겠습니다.그리고 종업원을 데려간 기간 동안 벌지 못한 금전 손실을 메워주셔야지요."

"그렇군요. 그 금액이란?"

"금화로…… 어디 보자. 뭐, 싸게 해드리죠. 100닢. 그리고 위자료로 300닢 추가해 합계 400닢이면 어떻겠습니까?"

"……매우 고액인데, 어떤 내역인지요? 하루에 어떤 항목으로 이루어진 일을 얼마나 했는지?"

그때 스타판이 말을 가로막듯 끼어들었다.

"아, 잠시 기다리게. 그걸로 끝나는 게 아니잖나, 서큘런트 군."

"어이쿠, 내 정신 좀 봐. 피해 청구를 낸 이상 내부 소행으로 처리하려 해도 문서 파기 비용이 든다고 했지요."

"그렇고말고, 서큘런트 군. 잊어서는 안 되지."

빙글빙글 웃는 스타판.

"……허나."

"응?"

"아니오, 아무것도 아닙니다."

세바스는 헛기침을 하고 미소를 지었다.

서큘런트는 짐짓 스타판에게 고개를 숙이더니 다시 말을 이었다.

"음, 죄송하게 됐습니다, 헤비쉬 님. 아무튼 서면 파기에는 위자료의 3분의 1이 타당하다고 하니 금화 100닢. 합계 500닢이 되겠군요."

"저는 그녀를 데려올 때 금전을 지불했습니다만, 그 내역까지 포함된 겁니까?"

"당신 무슨 소릴 하는 거야. 이봐, 잘 들어. 상대와 합의가 끝난 순간 당신은 노예를 사지 않았던 게 되잖아. 다시 말해 그때 발생한 금전도 없었던 거고. 당신이 어디다 흘렸겠지."

금화 100닢을 흘리고 온 셈 치란 말인가. 하긴, 이미 반씩 나눠 품에 챙겼겠지.

"……허나 그녀의 몸은 아직 완치되지 않았습니다. 지금 데려가시면 재발할 가능성이 있지요. 게다가 앞으로 치료 여하에 따라서는 목숨을 잃을지도 모릅니다. 저희에게 맡겨 주시는 편이 안전할 거라 생각합니다만."

서큘런트의 눈이 이상하게 번들거렸다. 그 변화를 알아차린 세바스는 자신의 실수를 강하게 실감했다. 트알레에 대한 집착을 드러내고 만 것이다.

"과연, 과연. 정말 그렇겠군요. 죽었을 때는 당연히 그녀에게 걸린 금액을 배상해 주셔야겠지만, 그럼 그녀의 치료가 끝날 때까지는 이 집 아가씨를 빌려주시는 건 어떻겠습니까?"

"오오! 그거 정말 명안이군. 구멍을 뚫었으니 구멍을 메워 주는 게 당연하지!"

스타판의 온 얼굴을 덮은 웃음에는 뚜렷한 육욕이 떠올랐다. 이미 머릿속으로는 솔류션을 벗기고 있을 것이다.

세바스는 웃음을 거두고 무표정해졌다.

서큘런트는 진심으로 한 말이 아닐 테지만, 자신에게 허점이 생기면 분명 그대로 강행할 것이다. 트알레에게 집착하는 것을 눈치챈 순간, 성가신 일이 앞으로 더 커질 수도 있다는 사실을 눈앞에 들이댔다.

"……욕심이 지나치면 화근이 되지 않겠습니까?"

"멍청한 소리!"

스타판이 얼굴을 시뻘겋게 물들이며 고함을 쳤다.

멱을 딴 돼지 같은 목소리로군요.

그런 생각을 하며 세바스는 아무 말 없이 스타판을 바라보았다.

　"욕심이라니 무슨 소리냐! 이건 라나 왕녀님의 존귀한 뜻에 따라 제정된 법률을 지키려는 마음에서 비롯된 행위다! 그것을 욕심이라니! 무례해도 분수가 있지!"

　"자자. 진정하시지요, 헤비쉬 님."

　노성을 지른 스타판은 서큘런트가 끼어들자 즉시 분노를 가라앉혔다. 그 급격한 변화는 조금 전의 분노가 진심이 아니라 위협의 일환임을 시사해 주었다.

　연기도 서툴군요.

　세바스는 마음속으로 중얼거렸다.

　"하지만 말일세, 서큘런트 군⋯⋯."

　"헤비쉬 님, 일단은 우리가 해야 할 말은 모두 했잖습니까. 내일모레 결과를 들으러 오면 어떻겠습니까? 그래도 되겠지요, 세바스 씨?"

　"알겠습니다."

　그 말에 따라 이야기가 끝나고, 세바스는 전원을 현관까지 배웅했다.

　나가려다 말고 마지막에 남은 서큘런트는 세바스에게 웃음을 지으며 한 마디 했다.

　"하지만 첩실 출신이었던 그녀에게 감사해야겠군요. 폐기 처분하려던 물건이 이렇게까지 황금알을 낳아줄 줄은 몰랐다고 어떤 분이 그러시던걸요."

그 말을 마지막으로 남기고 문이 텅 소리와 함께 닫혔다.

마치 문이 투명한 것처럼 세바스는 계속 시선을 보내고 있었다. 세바스의 얼굴에 특별한 감정은 전혀 없었다. 냉정한 표정 그대로였다. 그러나 눈동자 깊은 곳에는 뚜렷한 무언가가 드러나 있었다.

그는 화를 내고 있었다.

──아니, 화를 낸다느니 하는 어정쩡한 말로 그 감정을 표현할 수는 없다.

분노. 격노. 그런 말이 더 어울릴 것이다.

서큘런트가 떠나면서 진의를 내비쳤던 이유는 자신들이 세바스의 퇴로를 모조리 가로막아 그는 대처할 도리가 없으리라고── 승리를 확신했기 때문이다.

"솔류션. 그만 나오시지요."

세바스의 목소리에 반응해 구물텅 그림자에서 배어나오듯 솔류션이 모습을 드러냈다. 어새신 클래스의 능력으로 그림자에 녹아들었던 것이다.

"이야기는 다 들었겠지요."

세바스의 말은 확인일 뿐이었다. 그리고 솔류션은 당연하다며 고개를 끄덕였다.

"그래서 어떻게 하실 생각이십니까, 세바스 님."

그 물음에 세바스는 금방은 대답할 수 없었다. 그런 모습을 본 솔류션에게서 명백하게 싸늘한 시선이 날아들었다.

"……그 인간을 건네주고 끝내실 겁니까?"

"그래서는 문제가 해결될 거라고 보지 않습니다."

"…………그렇습니까?"

"약점을 보이면 골수까지 빨아먹으려 들 테지요. 그런 자들입니다, 놈들은. 트알레를 넘겨줘봤자 문제는 해결되지 않습니다. 더 큰 문제는 놈들이 우리를 조사하며 어느 정도의 정보를 얻었는가 하는 점이지요. 우리는 상인으로 가장해 왕도에 들어왔는데, 자세히 조사하면 허점이—— 위장공작이 판명될 겁니다."

"그러면 어떻게 하실 생각입니까?"

"모르겠습니다. 잠깐 밖을 돌아다니며 생각하고 싶군요."

세바스는 현관문을 열고 밖으로 나갔다.

솔류션은 서서히 작아져가는 세바스의 뒷모습을 침묵 속에서 그저 가만히 지켜보았다.

——같잖다.

그 인간을 주워오지 않았더라면 이번 일련의 사건은 없었을 것이다. 그렇다고는 해도 이제는 지난 일이다. 중요한 것은 앞으로 어떻게 하느냐다.

세바스의 부하로서 상사의 말을 무시하고 멋대로 행동해선 안 되겠지만, 이대로 아무 일도 하지 않고 방치하면 더욱 위험할 것 같았다.

'막내가 나와준다면…… 플레이아데스로서 움직인다면 문제가 없을 텐데…….'

망설였다.

이렇게까지 망설일 필요가 없지 않나 싶을 정도로 망설였다.

이윽고 결심하고, 왼손을 들어 벌렸다.

수면에 떠오르듯, 손에서 스크롤이 튀어나왔다. 이제까지 몸속에 보관했던 스크롤이다. 원래라면 긴급연락용——현재는 데미우르고스의 활약 덕에 저위계 스크롤 대량작성에 희망이 보이지만 솔류션이 출발했을 무렵에는 그런 이야기가 없었으므로 그녀에게 이 〈전언〉 스크롤은 긴급용이다——으로 받은 것이었는데, 솔류션은 지금이 바로 그런 상황이라 판단한 것이다.

스크롤을 펼치고 안에 담긴 마법을 해방했다. 사용이 끝난 스크롤은 덧없이 바스러져 재가 되고, 바닥에 떨어질 무렵에는 완전히 사라졌다.

마법 발동에 맞춰 무언가 실 같은 것이 상대와 이어지는 감각을 맛보며 솔류션은 목소리를 냈다.

"아인즈 님이시옵니까?"

『솔류션——이냐? 대체 무슨 일이냐? 네가 먼저 연락을 한 것을 보면 비상사태인가?』

"예."

솔류션은 한순간 말을 끊었다. 이것은 세바스에 대한 충성, 자신의 착각 등을 고려했기 때문에 생겨난 시간이었다.

그러나 아인즈에 대한 충성심은 무엇보다도 강했다.

그리고 나자릭, 무엇보다도 지고의 41인에 대한 이익을 최대한으로 생각하고 행동해야 하는데, 세바스의 현재 상황은 이를 무시한 것이라 할 수 있었다.

그렇기에 주인의 판단을 묻고자 입을 열었다.

"세바스 님이 배신하셨을 가능성이 있습니다."

『허어! ……으에?! ……아니, 설마…… 어흠. ……농담은 관두어라, 솔류션. 증거도 없는데 그러한 발언은 용서받을 수 없는 것이 아니냐……. 있나?』

"예. 증거라고 할 정도는 아니오나——."

4장 **모이는 사나이들**

Chapter 4 | Congregated men

1

　브레인은 쌓이고 쌓였던 피로가 단숨에 밀려들어, 가제프
의 집에 들어온 순간 거의 꼬박 하루를 곯아떨어졌다. 그리
고 눈을 뜨자 가볍게 식사를 한 다음 다시 잠에 빠져들었다.
　가제프의 집에서 이만큼 쉴 수 있었던 것은, 인정하고 싶
지는 않지만 안도감 덕이었다. 샤르티아에게 걸리면 가제프
라 해도 한 방에 끝난다는 사실은 잘 알지만, 그래도 옛 숙
적의 집이라는, 브레인이 이 세상에서 가장 안전하다고 여
기는 장소가 마음에 여유를 만들어주고 이만한 수면을 허락

했던 것이다.

덧문 틈으로 스며드는 빛이 브레인의 얼굴을 비추었다. 눈꺼풀 너머로 스며드는 햇살이 꿈조차 꾸지 못했던 깊은 수면의 세계로부터 의식을 일깨워주었다.

눈을 크게 떴다가, 눈부신 햇살에 다시 슬쩍 감는다. 손을 내밀어 한 줄기 빛을 가로막는다.

브레인은 자리에서 일어나 침대에 걸터앉아서는 생쥐처럼 잽싸게 주위를 둘러보았다. 소박한 방에 놓인 것은 최소한도의 세간뿐이다. 브레인이 착용했던 무구는 방 한구석에 가지런히 놓여 있다.

"왕국전사장의 손님을 대접할 방이야, 이게?"

휑뎅그렁한 방을 둘러본 브레인은 아무도 없다는 데 안도한 것과 함께 비아냥거리는 소리를 한마디 하고 기지개를 켰다. 뚜둑뚜둑, 몸속에서 뼈가 소리를 내며 굳었던 몸이 풀어지고 혈액순환이 좋아졌다.

큰 하품이 나왔다.

"……그 녀석도 가끔은 부하를 재워주기도 하고 그럴 거야. 집이 이 모양이면 실망하지 않을지."

귀족 놈들이 화려한 생활을 하는 것은 사치를 좋아해서만은 아니다. 허세이기도 하고, 체면을 유지하기 위해서이기도 하다.

마찬가지로 자신들의 대장이 멋진 세간에 묻혀 산다면 부하들도 출세욕을 자극받아 노력하지 않겠는가.

"……아니, 쓸데없는 참견이지."

브레인은 중얼거렸다. 그리고 코웃음을 치고 말았다. 가제프가 아니라 자신에게.

두 번의 정신적 충격에 쫓길 대로 쫓겼던 마음이 위로를 받은 것이리라. 이런 소소한 것을 생각할 여유가 생겼으니.

브레인은 그 강대한 괴물의 모습을 떠올리고── 떨리기 시작한 손을 멈출 수가 없었다.

"역시……."

마음에 달라붙은 공포는 벗겨지질 않았다.

샤르티아 블러드폴른.

브레인 앙글라우스라는, 검에 모든 것을 내던졌던 남자라 해도 발밑에조차 미치지 못할 절대강자. 이 세상의 모든 아름다움이 결집된 듯한 미모를 가진 몬스터 중의 몬스터. 진정한 힘을 가진 자.

생각만 해도 온몸을 꿰뚫는 공포가 치밀었다.

그런 괴물이 자신을 쫓아오진 않을까 하는 공포에 사로잡혀, 왕도까지 거의 자지도 쉬지도 않고 도망쳤다. 자고 있는 동안 눈앞에 샤르티아가 모습을 드러내진 않을지, 가도를 달리는 동안 어둠에서 배어나오듯 나타나는 것은 아닌지. 그런 불안에 지배당해 만족스럽게 잠도 못 자며 이동했다.

왕도로 도망친 이유는 사람이 많은 곳이라면 그 틈에 묻혀 발견되지 않을지도 모른다는 생각 때문이었으나, 도주라는 가혹한 환경 속에서 정신이 극단적으로 피폐해져 죽음을 바라기에 이르렀던 것은 스스로도 예상 밖이었다.

그리고 가제프와 만났던 것 또한 예상 밖이라 할 수 있다. 혹시나 가제프라면 어떻게든 해줄 수 있을지도 모른다는 희미한 기대가 브레인의 발을 무의식적으로 그에게 돌렸던 것일까. 그 답은 알 수 없다.

"나는 어떻게 해야 좋을까……."

아무것도 없다.

펼쳐 본 손 안에는 아무것도 없다.

방 한구석에 놓인 무구에 눈을 돌린다.

가제프 스트로노프에게서 승리를 쟁취하기 위해 손에 넣은 카타나. 그러나 그에게 이긴다 한들 그것이 어쨌단 말인가. 자신보다도 아득히 강한 존재를 알게 된 지금, 하위 다툼을 벌인다고 무슨 의미가 있을까.

"밭이라도 일구는 편이…… 그나마 의미가 있을지도 모르겠어."

자조하던 브레인은 방문 밖에 누군가가 서는 기척을 느꼈다.

"앙글라우스, 일어났……군."

이 집 주인의 목소리였다.

"그래, 스트로노프. 일어났어."

문이 열리고 가제프가 안으로 들어왔다. 단단히 무장을 갖춘 모습이었다.

"잘 자던걸. 정말 놀랄 정도로 잘 잤네."

"그래. 덕분에 푹 잤지. 미안해."

"마음에 두지 말게. 다만 나는 이제 왕성에 가야 해서. 돌아오면 자네에게 무슨 일이 있었는지 알려주게."

"……끔찍한 이야기야. 너도 나처럼 될지 몰라."

"그래도 듣지 않을 수는 없네. 술이라도 한잔하며 이야기하면 어느 정도 편하게 들을 수 있을지도 모르지……. 그때까지 자네 집이라 생각하고 편히 보내게. 식사나 필요한 시중은 집에 있는 하인들에게 말하면 준비해줄 거야. 그리고 시내에 나갈 생각이라면…… 돈은 있나?"

"……없지만…… 여차하면 수중의 아이템이라도 팔지."

브레인은 반지를 낀 손을 가제프에게 잘 보이도록 들었다.

"괜찮겠나? 상당히 값이 나가는 물건 같은데."

"뭐 어때."

원래는 이 아이템도 가제프를 쓰러뜨리기 위해 얻었던 물건이다. 그 행위가 헛수고였다는 사실을 깨달은 지금 소중히 간직해 봤자 무슨 의미가 있을까?

"값비싼 아이템은 쉽게 팔지 못할 때도 있고, 매입가를 마련하는 데 시간이 걸리기도 해. 이걸 가져가게."

가제프가 조그만 주머니를 휙 던졌다. 브레인의 손에 떨어진 주머니는 금속끼리 맞부딪치는 잘그락 소리를 냈다.

"……미안해. 그럼 잠시 빌리지."

2

저택을 나왔을 때부터 미행을 시작한 다섯 사람을 과연 어떻게 하면 좋을까 생각하면서 세바스는 걸음을 옮겼다. 목적은 딱히 없었다. 몸을 움직이면, 기분전환이 되면 좋은 아이디어가 떠오르리라 믿고 한 행동이었다.

이윽고 전방의 거리에 인파가 생긴 것을 발견했다.

그곳에서는 노성인 것 같기도 하고 웃음소리인 것 같기도 한 목소리와 무언가를 구타하는 소리가, 인파 틈에서는 저러다 죽겠다느니, 병사를 부르는 편이 좋겠다느니 하는 말소리가 들렸다.

인파 때문에 안쪽을 볼 수는 없었으나 모종의 폭력행위가 이루어지고 있음은 확실했다.

세바스는 다른 길로 갈까 생각해 방향을 바꾸려다가, 아주 잠깐 망설이고—— 나아갔다.

방향은 인파의 한복판이었다.

"실례."

그 한마디만을 남기고 인파를 누비듯 세바스는 안으로 들어갔다.

노인이 기이하다고도 할 수 있는 움직임으로 눈앞을 미끄러져 나아가는 모습은 놀라움과 경외를 낳기에 충분했는지, 세바스가 앞을 지나가면 다들 몸을 움츠렸다. 세바스 말고도 안으로 가려던 사람이 있었는지 지나가게 해 달라는 목소리가 들렸지만 그쪽은 인파를 뚫지 못해 갈팡질팡하는 것 같았다.

별 어려움 없이 인파 중앙에 도달한 세바스는 무슨 일이 일어났는지를 직접 확인했다.

그것은 남루한 옷을 입은 사내들이 일제히 무언가를 걷어차대는 모습이었다.

세바스는 말없이 더욱 나아갔다. 사내에게 손을 뻗으면 닿을 그런 거리까지 접근했다.

"뭐야, 이 늙은이는!"

그 자리에 있던 다섯 사내 중 하나가 세바스를 알아차리고 거칠게 물었다.

"조금 시끄럽지 않나 해서 말이지요."

"댁도 혼나고 싶어?"

사내들이 세바스를 에워싸듯 나섰다. 그 덕에 이제까지 걷어차였던 것의 정체가 드러났다. 사내아이일까. 축 늘어진 채, 코인지 입인지는 알 수 없지만 어디선가 피가 흘러나온다. 오랫동안 걷어차인 탓인지 의식을 잃기는 했지만 아직 숨은 붙어 있다.

세바스는 사내들을 바라보았다. 그의 주위를 에워싼 사내들의 몸과 입에서 풍기는 술 냄새. 그리고 운동과는 다른 의미로 붉게 달아오른 얼굴. 취기 탓에 폭력을 제어할 수 없었던 것일까.

세바스는 무표정하게 물었다.

"무슨 이유인지는 알 수 없으나, 그쯤 해두시는 것이 어떨는지요."

"아앙? 이 자식이 들고 있던 음식이 내 옷을 더럽혔단 말이야. 그걸 그냥 둬?"

사내 하나가 가리킨 곳. 정말로 살짝 무언가가 묻기는 했다. 하지만 애초에 사내들의 옷은 하나같이 지저분했다. 그렇게 보면 그리 눈에 뜨이는 얼룩도 아니었다.

세바스는 다섯 젊은이 중 리더로 보이는 인물에게 시선을 보냈다. 인간에게는 개미만큼이나 미묘한 차이지만 탁월한 전사의 감각을 가진 세바스라면 느낄 수 있다.

"거참…… 치안이 나쁜 도시로군요."

"아앙?"

마치 멀리 있는 무언가를 확인하는 듯한 세바스의 발언에,

자신들을 무시하고 있다고 생각한 사내 중 하나가 불쾌함이 묻어나는 목소리를 냈다.

"……꺼지십시오."

"뭐? 지금 뭐라고 그랬어, 이 늙은이가."

"다시 말씀드립니다. 꺼지십시오."

"이 자식이!"

리더로 보이는 사내는 얼굴을 시뻘겋게 물들이고 주먹을 치켜들더니——풀썩 쓰러졌다.

놀라는 목소리가 여기저기서 들렸다. 당연히 남은 네 명의 사내들에게서도.

세바스가 했던 일은 간단했다. 주먹을 쥐고 핀포인트로 턱을——인간이 눈으로 볼 수 있는 아슬아슬한 속도로——후려쳐 뇌를 빠르게 흔들어놓았을 뿐이다. 눈으로도 보지 못할 속도로 날려버리는 것도 가능했겠지만 그래서는 다른 자들에게 공포를 안겨줄 수 없다. 그러기 위해 힘을 가감한 것이다.

"더 해 보시겠습니까?"

조용히 묻는 세바스.

그 냉정함과 강함이 머리에서 취기를 싹 날려버렸는지, 사내들은 몇 걸음 물러나면서 입을 모아 사과했다. 세바스는 사과할 대상이 다르지 않느냐고 생각하면서도 굳이 말하지는 않았다.

사내들이 기절한 동료를 부축해 도망치는 모습에서 눈을 돌리고, 이번에는 소년 쪽으로 다가가려 했다. 그러나 도중에 발을 멈추었다.

자신이 지금 무슨 짓을 한 것인가.

지금은 당장 품은 문제부터 해결해야 한다. 그럴 때 다른 문제를 짊어지다니, 멍청이나 하는 짓이다. 따지고 보면 이렇게 정이 많으면서 또한 생각 없이 행동했기에 성가신 일에 말려들고 만 것 아니었던가.

소년은 일단 구했다. 그것으로 만족해야 한다.

세바스는 그렇게 생각하면서도 소년에게 다가갔다. 축 늘어진 채 움직이지 않는 소년의 등을 슬쩍 건드려 기를 불어넣는다. 온 힘을 다해 주입하면 완치도 쉽겠지만 그렇게까지 했다가는 역시 지나치게 눈에 뜨인다.

최소한도로 그치자고 생각한 세바스는 우연히 눈에 들어온 인물을 가리켰다.

"……이 아이를 신전에 데려다 주십시오. 가슴의 뼈가 부러졌을 가능성도 있습니다. 그 점에 주의해서, 널빤지 같은 것에 실어 너무 흔들리지 않도록 옮겨 주십시오."

명령을 받은 사내가 고개를 끄덕인 것을 보고 세바스는 다시 걸음을 옮겼다. 인파를 헤치고 나아갈 필요는 없었다. 걸어가면 사람들이 깨끗하게 양쪽으로 물러나주었으니까.

세바스는 다시 걸어가려다가 이내 자신을 미행하는 기척

이 늘어났음을 감지했다.

다만 한 가지 문제가 있었다. 미행하는 자의 정체였다.

저택에서부터 따라왔던 다섯 사람은 분명 서큘런트의 수하들일 것이다. 그렇다면 이 소년의 사건 다음에 따라온 두 사람은 누구란 말인가.

발소리나 보폭은 성인 남성의 것 같았지만 짐작 가는 바는 없다.

"생각해봤자 해답이 나오지는 않겠지요. 아무튼 일단은…… 붙잡아볼까요."

세바스는 길을 꺾어서 어두운 쪽으로, 어두운 쪽으로 나아갔다. 그래도 미행은 이어졌다.

"……정말 몸을 숨길 마음이 있기는 있는지."

발소리를 감추려는 기색이 없었다. 그만한 능력이 없어서인지, 아니면 다른 이유라도 있는지. 세바스는 고개를 갸웃하고, 그래도 확인하면 되리라 쉽게 생각했다. 슬슬 행인의 기척이 사라지기 시작했을 때, 세바스가 행동에 옮기려던 것과 똑같은 타이밍에 약간 쉰 듯한── 그러면서도 아직 젊은 사내의 목소리가 미행자 중 한 사람에게서 들려왔다.

"──실례합니다."

하화월(9월) **3일 10:27**

왕성으로 돌아가는 길에, 클라임은 생각하며 발을 놀렸다.

아침에 이루어졌던 가제프와의 일전을 떠올리며, 어떻게 하면 선전할 수 있을지 머릿속으로 몇 번이고 되풀이했다. 만일 다음 기회가 온다면 이러이러한 전법을 시도해 보자고 결론을 내렸을 때 어디선가 노성이 울려 퍼졌다. 사람들이 모여 있다. 그 곁에서는 병사 두 명이 난처한 듯 그 모습을 바라보고만 있었다.

인파의 중심에서는 소란스러운 목소리가 들렸다. 온건하다고는 할 수 없었다.

클라임은 표정을 딱딱하게 굳히고는 병사들에게 다가갔다.

"뭣들 하는 건가."

갑자기 등 뒤에서 목소리가 들리자 병사들은 놀라 클라임을 돌아보았다.

무장은 체인 셔츠에 스피어였다. 체인 셔츠 위에는 왕국 문장이 들어간 서코트 같은 것을 걸쳤다. 왕국의 일반적인 위사가 갖추는 차림이기는 했지만 훈련도가 높을 것 같지는 않았다.

우선 몸을 별로 단련하지 않았다. 다음으로 수염을 깔끔하게 밀지 않았으며, 체인 셔츠도 손질이 제대로 안 돼 지저분한 느낌이 들었고, 전체적으로 해이한 분위기가 풍겼다.

"넌 뭐야……."

위사는 자신보다도 어린 클라임이 느닷없이 말을 걸자, 곤혹스러움과 함께 약간의 분노가 묻어나는 목소리로 물었다.

"비번이다."

클라임이 잘라 말하자 위사의 목소리에 담겼던 곤혹감은 얼굴로 옮아갔다. 위사들보다도 훨씬 어린 소년이, 마치 자신이 더 지위가 높다는 분위기를 풍기고 있기 때문이리라. 일단은 저자세로 나가는 편이 현명하리라 판단했는지 위사들은 등을 쭉 폈다.

"무언가 소동이 일어난 것 같아서 말입니다."

그 정도는 보면 안다고 질책하고픈 마음을 꾹 억눌렀다.

왕성을 경호하는 병사들과는 달리 거리를 순찰하는 위사들은 평민들 사이에서 징발되며 훈련은 많이 받지 않는다. 말하자면 무기 휘두르는 법을 배운 평민밖에 안 된다.

쭈뼛거리는 위사들에게서 인파 쪽으로 시선을 돌렸다. 이두 사람에게 기대하느니 자신이 움직이는 편이 빠르다.

위사들의 일에 간섭하는, 직분을 넘어선 월권행위일지도 모르지만, 백성들이 어려움을 겪고 있는데도 묵인한다면 자비로운 주인에게 면목이 없다.

"너희는 기다리고 있어."

대답을 듣지도 않고, 결심한 클라임은 인파를 비집고 억지로 들어가려 했다. 다소 틈이 있기는 해도 빠져나갈 수는 없었다. 아니, 그럴 수 있는 인간이 있다면 더 이상하다.

도로 밀려날 뻔하면서도 필사적으로 헤치고 나아가는 도중에 안쪽에서 목소리가 들렸다.

"……꺼지십시오."

"뭐?"

"다시 한 번 말씀드립니다. 꺼지십시오."

"이 자식이!"

야단났다. 노인에게까지 폭력을 휘두르려 한다.

얼굴을 시뻘겋게 물들이며 필사적으로 사람들을 헤치고 나간 클라임의 시야에 들어온 것은 한 노인의 모습, 그리고 이를 에워싼 사내들이었다. 사내들의 발치에서는 넝마처럼 너덜너덜해진 한 아이가 보였다.

노인은 몸가짐이 단정했으며 귀족이거나 귀족을 섬기는 인물처럼 기품이 느껴졌다. 노인을 에워싼 사내들은 하나같이 우락부락했으며 술에 취한 것 같았다. 어느 쪽에 잘못이 있을지는 일목요연했다.

사내들 중에서 가장 덩치가 큰 자가 주먹을 꽉 쥐었다. 노인과 사내, 비교하자면 그 차이는 압도적이다. 몸의 굵기,

근육의 용기, 유혈을 주저하지 않는 폭력성. 사내가 후려치면 노인의 몸 정도는 쉽게 날아가버리고 만다. 그것을 예측한 주위 사람들은 앞으로 노인에게 일어날 비극을 생각하고 살짝 비명을 질렀다.

하지만 그들 틈에 있던 클라임만은 약간 위화감을 느꼈다.

분명 사내들 쪽이 튼튼해 보인다. 그러나 절대강자의 분위기는 오히려 노인 쪽에서 풍기는 듯했던 것이다.

한순간 넋을 놓은 바람에 사내의 폭력을 멈출 기회를 잃었다. 사내가 주먹을 치켜들고——

——쓰러져버렸다.

클라임의 주위에서 놀라움에 찬 목소리가 들렸다.

노인은 주먹을 쥐더니 지극히 정밀하게 사내의 턱만을 노리고 후려쳤다. 그것도 엄청난 속도로. 클라임처럼 동체시력을 훈련한 자가 겨우 따라잡을 만한 속도였다.

"더 해 보시겠습니까?"

냉정함, 그리고 겉보기로는 짐작할 수 없는 실력. 이 두 가지를 겸비하면 사내들의 머리에서 취기를 빼놓는 정도는 문제도 아니었다. 아니, 주위의 구경꾼들마저 노인의 기백에 사로잡힐 지경이었다. 이제 사내들은 완전히 전의를 상실했다.

"아, 아니. 우리가 잘못했어."

몇 걸음 뒤로 물러나면서 입을 모아 사과하더니, 그들은 땅바닥에 꼴사납게 쓰러진 리더를 부축해 도망쳤다. 클라임은 사내들을 쫓아갈 마음은 없었다. 등을 쭉 편 노인의 모습에 마음을 빼앗긴 것처럼 움직이지 못했던 것이다.

한 자루의 검과도 같은 자세. 전사라면 누구나가 동경하는 모습에.

소년의 등을 만져 촉진하는 것 같던 노인은 근처에 있던 사람에게 소년을 치료해줄 것을 부탁하고는 자리를 떴다. 인파는 일직선으로 갈라져 노인을 위한 길을 만들어준다. 모두가 그의 등에서 눈을 떼지 못했다. 그럴 수밖에 없는 모습이었다.

클라임은 황급히 쓰러진 소년에게 달려갔다. 그리고 훈련 때 가제프에게 받은 포션을 꺼냈다.

"마실 수 있니?"

대답은 없었다. 완전히 의식을 잃었다.

클라임은 뚜껑을 열고 내용물을 소년의 몸에 끼얹었다. 포션은 마시는 약으로 생각하기 쉽지만 몸에 뿌려도 문제는 없다. 마법이란 이렇게나 위대한 것이다.

마치 피부에 흡수되듯 용액은 소년의 몸 안으로 스며들었다. 그러자 소년의 안색에 불그레한 기운이 돌아왔다. 클라임은 안심하고 고개를 끄덕였다.

포션이라는 값비싼 아이템을 쓴 데 대해 주위 사람들이 조금 전 노인의 기술을 봤을 때와 비슷한 정도로 놀라움을 드러냈다. 그러나 물론 클라임은 후회하지 않았다. 백성에게서 세금을 걷는 이상, 백성을 지키고 안녕을 유지하는 것은 세금으로 살아가는 자들의 책무다. 그것을 행하지 않았으니 이 정도는 해야 한다는 생각이 들었기 때문이다.

포션을 썼으니 소년은 아마 문제가 없을 테지만, 만약을 위해 신전에 데려가는 편이 좋을 것이다. 대기시켜두었던 위사들에게 눈짓을 했다. 나중에 합류했는지 조금 전의 두 사람 외에도 세 사람 정도가 더 있었다.

이제야 겨우 다가온 위사들에게 주위 사람들이 비난의 시선을 보냈다. 클라임은 안절부절못하는 위사 중 한 사람에게 말했다.

"이 아이를 신전으로."

"대체 무슨 일이……."

"폭력행위가 있었다. 치료 포션을 사용했으니 문제는 없을 테지만, 만약을 위해 데려가주도록."

"예, 알겠습니다!"

위사들에게 뒤처리를 맡기고 나자, 클라임은 여기서 자신이 해야 할 일은 끝났다고 판단했다. 왕성에서 근무하는 병사가 이 이상 다른 직장에 간섭해서 좋을 일은 없을 것이다.

"이곳에서 무슨 일이 일어났는지, 처음부터 목격한 분에게 자세한 내용을 들을 수 있겠지?"

"그렇게 하겠습니다."

명령을 받자 자신감을 가지고 빠릿빠릿하게 움직이는 위

사들의 모습을 확인하며 클라임은 일어나 뛰어갔다. 어디로 가느냐는 위사들의 목소리가 들렸지만 무시했다.

노인이 구부러져 들어간 길까지 도달하자 클라임은 속도를 늦추었다.

그리고 노인을 따라 걸어갔다.

바로 앞에서 나아가는 노인의 등이 눈에 들어왔다.

얼른 말을 걸고 싶기는 했지만, 그럴 용기가 나오려다가 고개를 숙였다. 눈에는 보이지 않는 두꺼운 벽—— 위압당하는 듯한 중압을 느끼고 말았기 때문이다.

노인은 이리저리 길을 구부러져서는 점점 더 어두운 쪽으로 걸어갔다. 클라임은 그 뒤를 따랐다. 그러면서도 말 한마디 붙일 수 없었다.

이래선 미행이나 마찬가지잖아.

클라임은 자신이 하고 있는 일에 머리를 쥐어뜯고 싶은 심정이었다. 아무리 말을 걸기 어렵다고 해도 이건 아니다. 상황을 바꿔보고자 끙끙거리며 클라임은 뒤를 따랐다.

이윽고 인기척이 완전히 사라진 골목에 접어들었을 때, 몇 번 심호흡을 되풀이한 클라임은 마치 좋아하는 여자에게 고백하는 남자처럼 용기를 쥐어짜내 말을 걸었다.

"——실례합니다."

그 목소리에 반응해 휙 돌아보는 노인.

머리카락은 새하얗고 수염도 마찬가지다. 그러나 등은 곧

아서 강철로 이루어진 검을 방불케 했다. 뚜렷한 이목구비에는 주름이 눈에 뜨였으며, 그렇기에 온화하게도 보이지만 날카로운 눈은 사냥감을 노리는 매 같기도 했다.

어딘가 대귀족의 품격마저 풍겼다.

"무슨 일이십니까?"

노인의 목소리에선 다소 나이가 느껴졌지만 늠름하고 생기가 넘쳐났다. 눈에는 보이지 않는 압력이 밀려드는 것 같아 클라임은 꿀꺽 목을 울렸다.

"어, 어——."

노인의 박력에 밀려 클라임은 말을 하질 못했다. 그러자 노인은 몸에 팽팽하게 담았던 힘을 빼는 것 같았다.

"당신은 누구십니까?"

어조가 부드러워졌다. 그제야 겨우 중압에서 해방되어 클라임의 목이 평범하게 움직였다.

"……저는 클라임이라고 하며, 이 나라의 병사입니다. 원래는 제가 해야 할 일을 대신 해 주셔서, 진심으로 감사드립니다."

깊이 고개를 숙이는 클라임. 노인은 잠시 생각에 잠긴 듯 눈을 슬쩍 가늘게 뜨더니, 그제야 내용을 이해했는지 "아아."하고 살짝 중얼거렸다.

"……마음에 두실 것 없습니다. 그러면 저는 이만."

이야기를 끊고 걸어가려는 노인에게 고개를 든 클라임이

물었다.

"잠시만 기다려 주십시오. 사실은…… 부끄럽게도, 뒤를 밟았습니다. 사실, 이렇게 주제넘은 부탁을 입에 담는 저를 비웃는다 하셔도 상관없습니다만, 혹시 괜찮으시다면 조금 전의 기술을 전수해 주실 수 있으신지요?"

"……무슨 뜻입니까?"

"예. 저는 더 강해지기 위해 훈련을 하고 있습니다만, 노인장께서 조금 전에 보여주신 훌륭한 움직임과 기술을 조금이라도 배웠으면 하여 부탁드리는 것입니다."

노인은 클라임을 위에서 아래로 훑어보았다.

"흐음…… 두 손을 좀 보여주십시오."

클라임은 두 손을 내밀었고, 노인은 손바닥을 뚫어지게 보았다. 그것이 어쩐지 멋쩍었다. 손을 뒤집어 손톱을 훑어보더니 노인은 만족스럽게 고개를 끄덕였다.

"두껍고 단단한, 전사의 좋은 손이로군요."

웃음과 함께 들린 말에 클라임은 가슴이 뜨거워졌다. 가제프에게 칭찬을 받았을 때에 필적하는 기쁨이 느껴졌다.

"아뇨, 저 같은 건…… 전사 나부랭이 정도일 뿐이라."

"겸손을 보이실 필요는 없다고 생각합니다만…… 다음으로는 검을 보여주실 수 있겠습니까?"

노인은 건네받은 검을 손에 쥐고, 다음으로는 검신을 날카로운 눈으로 바라본다.

"아하…… 이건 예비 무기인가요?"

"어떻게 아셨습니까?!"

"역시 그랬군요. 여기에 홈이 생겼지요?"

손으로 가리킨 곳을 응시하니 정말로 검신 한쪽이 약간 찌그러진 것이 보였다. 무언가 훈련을 하다가 잘못 베었던 모양이다.

"부끄러운 모습을 보여드렸습니다!"

수치심 때문에 어디론가 사라지고 싶어졌다. 클라임은 자신의 미숙함을 알기 때문에 조금이라도 승산을 높이고자 무기에는 신경질적일 정도로 주의를 기울였다. 아니, 이 순간까지는 그랬다고 생각했다.

"그렇군요. 당신의 성격은 대충 파악했습니다. 전사에게 손과 무기는 그 인물을 드러내는 거울이지요. 당신은 매우 호감을 가질 만한 분이로군요."

귀까지 빨갛게 물들인 클라임은 위로 흘깃거리며 노인을 바라보았다.

기품 있는, 부드러운 웃음이었다.

"알겠습니다. 조금만 훈련을 시켜드리지요. 다만——"

감사를 입에 담으려는 클라임을 제지하고 말을 잇는 노인.

"한 가지 여쭙고 싶은 것이 있습니다. 분명 당신은 병사라고 하셨지요? 사실은 바로 며칠 전에 어떤 여자분을 도와드린 적이 있습니다만……."

그리고 자신을 세바스라 소개한 노인의 이야기를 다 들은 클라임은 격렬한 분노를 느꼈다.

라나가 포고한 노예해방을 그처럼 악용하는 자가 있다는, 그리고 아직까지 하나도 변한 것이 없다는 그런 현재의 상황에 불쾌감을 감추지 못했다.

아니, 그렇지 않다. 클라임은 고개를 가로저었다.

노예매매는 국법으로 금지되었다. 그러나 노예매매가 아니라도 빚 때문에 열악한 환경에서 일할 수밖에 없다는 이야기는 그리 드물지 않다. 그러한 샛길이 여기저기 얼마든지 있는 것이다. 아니, 샛길이 있기에 노예매매 금지라는 법률을 제정할 수 있었던 것이리라.

라나가 제정한 법은 거의 무의미한 것이나 다름없다. 그런 서글픈 생각이 한순간 뇌리를 가로질렀지만, 떨쳐냈다. 일단 지금 생각해야 할 것은 세바스의 상황이었다.

클라임은 미간을 찌푸렸다.

압도적으로 불리한 처지였다. 분명 여성의 계약 내용을 조사해 보면 반격에 나설 수도 있겠지만, 그런 사전공작에 허점을 남겨두었으리라고는 생각하기 힘들었다. 법률에 호소한다면 세바스는 분명 패배할 것이다.

상대가 그러지 않는 이유는, 그 편이 더 돈을 많이 뜯어낼 수 있으리라 판단했기 때문이리라.

"비리를 저지르지 않는 인물이나, 힘을 빌려주실 만한 분을 혹시 모르십니까?"

클라임은 단 한 사람밖에 모른다. 그의 주인뿐이다. 라나보다 청렴결백하며 신뢰할 만한 귀족은 없다고 자신 있게 말할 수 있다.

하지만 소개해 줄 수는 없다.

그런 짓을 한 자들인 만큼 나름대로 다양한 권력기관에 연줄을 가졌을 것이다. 당연히 친하게 지내는 귀족은 상당한 권력자일 터. 국왕파인 왕녀가 강권을 발동해 조사와 구출을 지시해 그 결과 귀족파가 손해를 입는다면 자칫 파벌 사이의 전면항쟁으로 이어질 수도 있다.

권력행사란 그리 쉽지 않다. 특히 왕국처럼 양대 파벌이 대립하는 경우에는 내전이 일어나지 말라는 보장도 없다.

라나의 손으로 왕국붕괴를 일으킬 수는 없다.

그렇기에 그때 라퀴스 일행과의 대화에서 그러한 이야기가 나왔던 것이다. 그렇기에 클라임은 아무 말도 하지 않았다. 아니, 할 수 없었다.

고민 속의 침묵을 어떻게 받아들였는지, 세바스는 그러냐고 중얼거리더니 클라임에게는 충격적인 사실을 말했다.

"……그녀의 이야기에 따르면, 그곳에는 그녀 말고도 여러 사람이 있었다고 합니다. 남녀를 불문하고."

'이럴 수가. 노예매매 조직이 경영하는 것 말고도 그런 창관이 있다고? 아니면…… 혹시 예전에 이야기를 들었던 그

창관인가?'

클라임이 말했다.

"그분들을 도주시키는 정도라면…… 저의 주인께 여쭤봐야 하겠지만, 영토를 가지고 계시니 그쪽으로 피신을 시킨다면……."

"그것이 가능합니까? ……그녀도 은닉해 줄 수 있으신 겁니까?"

"……죄송합니다, 세바스 님. 그것도 주인께 여쭤보지 않고서는 확약을 드릴 수 없습니다. 하오나 저의 주인은 자비로우신 분입니다. 분명 괜찮다고 말해 주실 겁니다!"

"호오. 그렇게까지 믿을 수 있는 주인이라면…… 참으로 훌륭하신 분이겠군요."

세바스의 질문에 클라임은 깊이 고개를 끄덕였다. 더할 나위 없을 정도로 훌륭한 주인이라고.

"이건 다른 이야기입니다만, 그 창관에서 노예매매에 관한 행위가 벌어지고 있다는 등 불법을 저질렀다는 증거가 있을 때는 어떻게 됩니까? 그것마저도 무마되는 겁니까?"

"날조될 가능성은 있지만, 그 자료를 응당한 곳에 넘긴다면……. 왕국은 그렇게까지 부패하지는 않았다고 믿고 싶습니다."

"……알겠습니다. 그러면 다른 질문을 드리지요. 당신은 왜 강해지고 싶습니까?"

"엑?"

조금 전보다도 갑작스럽게 이야기가 바뀌어, 클라임은 자기도 모르게 괴상한 소리를 내고 말았다.

"조금 전 당신은 기술을 전수해달라고 말했습니다. 저는 당신을 신뢰할 만한 분이라 평가했지만, 힘을 추구하는 이유를 알고 싶은 것입니다."

세바스의 질문에 클라임은 눈을 가늘게 떴다.

왜 강해지고 싶은가.

클라임은 부모의 얼굴을 모르는 버림받은 자식이다. 왕국에서는 그리 드문 일도 아니다. 그리고 진흙탕 속에서 죽어가는 일 또한 드물지 않다.

클라임도 빗속에서 그렇게 죽을 운명이었다.

다만── 클라임은 그날 태양을 만났다. 지저분하고 어두컴컴한 곳을 기어다니기만 하던 존재는 그 광채에 매료되었다.

어렸을 적에는 동경했으며, 그리고 성장함에 따라 그 마음은 형태를 더욱 확고하게 바꿔나갔다.

──사랑이었다.

이 마음은 죽여야만 하는 것이다. 음유시인이 노래하는 영웅담 같은 기적은 현실세계에서는 결코 일어나지 않는다. 태양에 손이 닿는 인간이 없듯, 클라임의 연심은 결코 이루어지지 않는다. 아니, 이루어져서는 안 된다.

클라임이 사랑하는 여성은 다른 사람의 아내가 되어야 할 운명이다. 왕녀인 그녀가 클라임처럼 출생도 불분명한 평민 이하의 인간과 맺어질 수 있겠는가.

만일 왕이 죽어 제1왕자가 나라를 물려받는다면 라나는 즉시 다른 대귀족과 결혼해야만 할 것이다. 아마 그런 이야기 또한 이미 왕자와 대귀족들 사이에서 이루어졌으리라. 어쩌면 정치적인 목적을 위해 주변 국가 중 어딘가로 시집을 갈지도 모른다.

오히려 결혼 적령기인 라나가 결혼을 하지 않는 것이, 그리고 약혼자가 없는 것이 이상하다.

지금 이 순간은, 만일 시간을 멈출 수 있다면, 어떤 대가를 치러도 상관없다고 생각할 만한, 그런 황금 같은 시간이었다. 훈련에 시간을 쏟지 않는다면 그 시간을 조금이라도 오래 맛볼 수 있으리라.

클라임은 재능이 없는 단순한 범부다. 그래도 훈련 끝에 병사들 중에서는 상당한 능력을 얻기에 이르렀다. 그렇다면 여기서 만족하고 훈련을 중지한 채, 조금이라도 라나를 곁에서 모시는 편이 좋은 시간을 보내는 법이 아닐까?

하지만—— 정말 그 정도로 될까?

클라임은 태양처럼 찬란한 빛을 광채를 동경했다. 그것은 거짓말도 아니고 착각도 아니다. 클라임의 진심에서 우러난 생각이다.

다만——

"남자니까요."

클라임은 웃었다.

그렇다. 클라임은 라나의 곁에 서고 싶은 것이다. 태양은 천공에 찬란히 빛난다. 인간은 결코 그 옆에 설 수 없다. 그래도 더욱 높이 올라, 조금이라도 태양에 가까운 존재가 되고 싶은 것이다.

언제까지고 동경하며 올려다보기만 하는 존재로 있고 싶지는 않았다.

이것은 소년의 시시한, 그러나 소년에게 어울리는 마음이었다.

동경하는 여성에게 어울리는 남자가 되고 싶다. 결코 맺어지지 못한다 해도.

그런 마음을 품었기에 동료가 없는 생활에도, 가혹한 수행에도, 수면시간을 깎는 면학에도 견뎌낼 수 있었던 것이다.

어리석은 생각이라고 비웃고 싶으면 비웃으라지.

진심으로 누군가를 사랑하는 사람이 아니고선 결코 이해할 수 없는 마음이니까.

그의 진지한 모습을 관찰하던 세바스는 눈을 가늘게 떴다.

클라임의 짧은 대답에 담긴 무수한 의미를 이해하려는 듯. 그리고 만족스럽게 고개를 끄덕였다.

"지금 그 대답 덕에 어떤 훈련을 할지를 결정했습니다."

클라임은 감사의 뜻을 보이려 했지만 세바스는 손으로 만류했다.

"그러나 죄송한 말씀입니다만, 보아하니 당신에게는 재능이 없군요. 정말로 훈련을 하게 된다면 상당한 시간이 필요할 것입니다. 그러나 저에게는 그만한 시간이 없습니다. 단기간에 효과가 나올 법한 훈련을 하고 싶습니다만…… 매우 가혹할 것입니다."

클라임의 목이 꼴깍 소리를 냈다. 세바스의 눈에 깃든 빛에 등을 부르르 떨었다.

가제프의 진심을 넘어서는 듯한, 그런 있을 수 없는 힘이 담긴 안광이었던 것이다 즉시 대답하지 못했던 이유는 그 때문이었다.

"솔직히 말씀드리겠습니다. 죽을지도 모릅니다."

이건 농담이 아니구나.

클라임은 그 사실을 직감했다. 죽는 건 상관없다. 다만 그것은 라나를 위해서라면 그렇다는 이야기다. 결코 자신만을 위한 이유로 목숨을 잃고 싶지는 않았다.

겁이 나서가 아니다. 아니, 겁이 나서 그럴지도 모른다.

한 번 침을 삼킨 다음, 클라임은 망설였다. 잠시 먼 곳의 소음이 들릴 만한 정적이 주위를 지배했다.

"죽을지 어떨지는 당신의 마음에 달렸습니다. ……만일 당신에게 소중한 것이 있다면, 기어서라도 삶에 집착하고 싶은 이유가 있다면, 괜찮을 것입니다."

무술에 관해 가르침을 주려는 게 아니었나?

그런 의문이 뇌리에 떠올랐지만, 지금 문제가 되는 것은 그 부분이 아니다. 세바스의 말이 무슨 의미인지를 생각하고, 받아들이고, 답을 냈다.

"각오는 됐습니다. 부탁드립니다."

"죽지 않을 자신이 있다는 말씀인가요?"

클라임은 고개를 가로저었다. 그렇지 않다.

바닥을 기어서라도 삶에 매달리고 싶은. 그런 이유를 클라임은 언제나 가슴에 품고 있기 때문이다.

클라임의 눈을 들여다보고 마음을 읽어냈는지 세바스가 고개를 크게 끄덕였다.

"알겠습니다. 그럼 여기서 그 훈련을 하지요."

"여기서, 말씀이십니까?"

"예. 시간도 몇 분밖에 안 걸립니다. 무기를 드시지요."

대체 뭘 하려는 걸까. 미지에 대한 불안과 곤혹, 그리고 어렴풋한 기대와 호기심이 뒤섞인 마음으로 클라임은 검을 뽑았다.

좁은 길에 검이 칼집을 타고 흘러나오는 소리가 울려 퍼졌다.

세바스는 중단으로 자세를 잡은 클라임을 가만히 바라보았다.

"그럼 시작하겠습니다. 단단히 집중하십시오."

그리고 다음 순간──

──세바스를 중심으로 모든 방향에 얼음 칼날이 사출된 것 같았다.

클라임은 이제 아무 말도 하지 못했다.

세바스를 중심으로 소용돌이치는 것의 정체는 살기였다.

심장이 한순간에 터져버릴 정도로, 색마저 띤 듯 농후한 기운이 노도처럼 밀려들었다. 어디선가 영혼이 짓이겨지는 듯한 비명을 들은 기분이 들었다. 바로 옆인 것 같기도, 멀리 떨어진 곳인 것 같기도 했으며 자신의 입에서 터져나온 것같기도 했다.

살의의 시커먼 탁류에 휩쓸리며 클라임은 의식이 새하얗게 물드는 것을 느꼈다. 공포가 너무나 커, 의식을 손에서 놓아 이 상황을 흘려버리려 하는 것이다.

"······ '남자' 란 것이 이 정도입니까? 아직 사전준비일 뿐입니다만."

흐려져가는 클라임의 의식 속에 세바스의 실망한 목소리가 공연히 크게 들렸다.

그 말의 뜻이 어떤 칼날보다도 클라임의 마음에 깊이 박혔다. 겨우 한순간이라 해도 전방에서 밀려드는 공포를 잊게 할 만큼.

덜컥, 심장이 한 차례 크게 소리를 냈다.

"후우!!"

클라임은 크게 숨을 토해냈다.

너무나도 무서워서 도망치고 싶었지만, 그래도 눈물 맺힌 눈으로 열심히 견뎌냈다. 검을 쥔 손은 떨리고 칼끝은 미친 듯이 움직였다. 온몸이 일으키는 떨림이 체인 셔츠에서 요란한 소리를 냈다.

그래도 클라임은 따닥따닥 떨리는 이를 열심히 악다물며 세바스의 공포에 견디려 했다.

그런 꼴사나운 모습을 세바스는 코웃음으로 넘기더니, 눈앞까지 치켜든 오른손을 천천히 쥐었다. 눈을 몇 번 깜빡이는 사이에 마치 공처럼 동그란 주먹이 완성되었다.

그것이 시위에 화살을 재듯 천천히 아래로 내려간다.

무슨 일이 일어나려는지 깨달은 클라임은 떨면서도 고개

를 좌우로 흔들었다. 물론 그런 의사표시는 세바스에게 통하지 않았다.

"그러면…… 죽으십시오."

팽팽해진 시위에서 화살이 튀어나가듯, 바람을 가르는 소리를 내며 세바스의 주먹이 내달렸다.

──이건 즉사감이다.

한껏 늘어난 시간 속에서 클라임은 직감했다. 자신의 키를 아득히 넘어서는 거대한 철구(鐵球)가 맹렬한 속도로 짓쳐드는 완벽한 죽음의 이미지가 클라임의 뇌리를 지배했다. 검을 들어 방패로 삼는다 한들 주먹은 이를 손쉽게 분쇄할 것이다.

이제는 몸이 꼼작도 하지 않았다. 너무나 큰 긴장상태에 빠져 몸이 굳어버린 것이다.

──눈앞의 죽음으로부터 벗어날 방법이 없다.

클라임은 체념했고, 또한 그런 자신에게 화가 났다.

라나를 위해 죽을 수 없다면 왜 그때 죽지 않았던가. 빗속에서, 추위에 떨며, 그저 혼자 죽었더라면 좋았을 것을.

눈앞에 라나의 아름다운 얼굴이 떠올랐다.

사람은 죽음이 임박했을 때 주마등 같은 영상을 본다고 한다. 원래는 뇌에 새겨진 과거의 기억 속에서 그 상황을 벗어나기 위한 수단을 모색하려는 작용이라고 한다. 그럼에도 자신이 마지막으로 본 광경은 경애하는 주인의 웃음뿐이라는 사실이 조금 우스웠다.

그렇다. 클라임에게 보이는 라나는 '웃음' 이었다.

그녀가 목숨을 구해준 직후, 어린 라나는 웃음을 보이지 않았다. 언제 웃음을 보여주게 되었던가.

기억이 나지 않는다. 그러나 쭈뼛쭈뼛 웃음을 보여주었던 것은 기억한다.

클라임의 죽음을 알면 그 웃음이 흐려져버리진 않을까. 태양이 두꺼운 구름에 가려지듯.

——웃기지 마!

분노가 클라임의 마음속에서 솟아났다.

길바닥에 내버려졌던 목숨은 그녀가 거두어주었다. 그렇다면 이 목숨은 자신의 것이 아니다. 이 몸은 라나를 위해. 그녀를 조금이라도 행복하게 해 주기 위해——

어떻게든 벗어날 방법은 없을까——!

공포라는 사슬이 격렬한 감정의 발로로 부서져나갔다.
손이 움직였다.

발도 움직였다.

감기려던 눈은 똑똑히 활짝 뜨여, 초고속으로 밀려드는 주먹을 육안으로 포착하고자 필사적으로 일했다.

온몸의 감각은 극한까지 팽팽해져 어렴풋한 공기의 진동마저도 느껴질 정도였다.

화재 현장의 괴력이라는 것이 있다. 극한상황에 처했을 때, 뇌가 안전장치를 걸어두었던 근육이 해방되어 있을 수 없는 힘을 발휘하는 현상이다.

뇌내물질도 대량으로 분비되어 의식은 살아남는 데에 특화된다. 온갖 방대한 정보를 고속으로 처리해 최적의 행동을 검색한다.

이 순간만큼은 일류 전사의 영역에 발을 들인 클라임. 그러나 세바스의 공격속도는 그것마저 초월했다. 이제는 이미 늦었으리라. 세바스의 주먹을 피할 시간은 없을지도 모른다. 그래도 움직여야만 한다. 어떻게 체념하겠는가.

극도로 압축된 시간 속에서 인식하는 자신의 움직임은 마치 거북이 같았지만, 클라임의 몸은 뒤틀리듯 필사적으로 움직였다.

그리고——

콰아아. 세바스의 주먹은 굉음을 내며 클라임의 얼굴 옆을 지나갔다. 주먹이 일으킨 풍압에 머리카락이 몇 가닥이나 뽑혀 날아갔다.

조용한 목소리가 들렸다.

"축하드립니다. 죽음의 공포를 넘어선 감상은 어떻습니까?"

——.

——무슨 말인지 알아듣지 못해 클라임은 멍청한 표정을 지었다.

"어떠셨나요, 죽음을 눈앞에서 본 기분은? 그리고 이를 넘어선 기분은?"

클라임은 숨을 헐떡이며 무언가가 빠져나간 듯 멍한 표정으로 세바스를 보았다. 살의는 거짓말처럼 사라졌다. 세바스의 말이 머릿속으로 스며든 후에야 겨우 안도감이 생겨났다.

마치 그 격렬한 살의가 지탱해 주기라도 했던 양, 클라임의 몸은 실이 끊긴 꼭두각시 인형처럼 쓰러졌다.

길바닥에 팔을 짚고 엎드려 신선한 공기를 탐닉하듯 폐에 빨아들였다.

"……쇼크사하지 않아 다행이군요. 때로는 있지요. 죽음을 확신하고 말았기에 생명의 유지마저도 체념해버리는 경우가."

클라임의 목 안에는 아직까지도 씁쓸한 것이 남아 있었다.

이것이 죽음의 맛이라는 확신이 들었다.

"몇 번만 반복하면 어지간한 공포는 넘어설 수 있을 겁니다. 그러나 주의하십시오. 공포란 생존본능을 자극하는 감정입니다. 그것이 완전히 마비되면 명백한 위험도 위험으로 인식하지 못하게 됩니다. 이를 확실히 분간할 줄 알아야 합니다."

"……시, 실례지만, 세바스 님은 대체 어떤 분이십니까?"

신음하듯 클라임은 땅바닥에서 물었다.

"그게 무슨 뜻인지요?"

"그, 그 살기는 평범한 사람이 낼 수 있는 것이 아니었습니다. 당신은 대체……."

"그저 실력에 자신이 있는 노인일 뿐입니다. 지금은요."

클라임은 미소를 짓는 세바스의 얼굴에서 눈을 뗄 수 없었다. 온후하게 웃고 있는 것 같지만 가제프를 아득히 능가하는 절대강자의 무시무시한 웃음처럼 보이기도 했다.

가제프라는, 인근 국가 최강의 전사를 아득히 능가할지도 모르는 존재.

──클라임은 자신의 호기심을 그곳에서 만족시켰다. 더 파고들면 좋을 것이 없다고 생각하고.

그래도 세바스라는 노인은 과연 누구인가 하는 의문만은 강하게 마음에 남았다. 어쩌면 과거의 십삼영웅이 아닐까.

그런 생각마저 들었다.

"그러면 슬슬 다시 한 번 시작——."

"——자, 잠깐만! 묻고 싶은 게 있어!"

세바스의 말을 가로막으며 뒤에서 잔뜩 겁먹은 남자의 목소리가 울려 퍼졌다.

4

하화월(9월) 3일 9:42

브레인은 가제프의 집을 나왔다.

등 뒤를 보고, 돌아올 때를 생각해 외관을 단단히 머릿속에 새겨넣었다. 가제프에게 이끌려 왔을 때는 저체온증 탓에 의식이 약간 몽롱해서 별로 기억에 남지 않았던 것이다.

가제프의 집이 어디 있는지는 장래에 싸움을 청하러 오고자 정보를 수집했기 때문에 알기는 했다. 다만 이야기로 들었을 뿐이라 미묘한 오차가 있었다.

"지붕에 검이 박혀 있기는 개뿔이."

이 자리에 없는 정보꾼에게, 되도 않는 정보를 주었다는 욕설을 퍼부으며 단단히 가옥을 관찰했다.

귀족들이 사는 저택에 비교하면 훨씬 작다. 굳이 비교하자면 그럭저럭 금전에 여유가 있는 시민이 살 만한 수준이었다. 그래도 가제프와 입주 하인 노부부 셋이 거주하기에는 충분하다.

기억에 새겨놓고, 브레인은 다시 걸어나갔다.

어디로 갈지, 목적은 없다.

무기며 방어구, 매직 아이템 같은 것을 찾으러 가고 싶다는 생각도 이제는 하지 않는다.

"어떻게 할까……."

중얼거림은 허공으로 사라졌다.

이대로 어디론가 사라져버려도 상관이 없겠다는 생각이 들었다. 실제로 지금도 강하게 마음이 끌렸다.

무엇을 바라는지 자신의 마음속을 찾아보아도 그곳에 있는 것은 공허한 구멍. 목적이 완전히 박살나 잔해마저 남지 않았다.

그렇다면 왜——.

오른손을 내려다보면 카타나가 있다. 옷 안에는 체인 셔츠를 입었다.

왕도에 오기 전까지 이 카타나를 꽉 움켜쥐었던 것은 공포 탓이었다. 샤르티아라는 괴물, 브레인의 온 힘을 담은 공격을 새끼손가락 손톱으로 튕겨내는 괴물에게는 효과가 없음을 알았지만, 그래도 없으면 불안해 견딜 수가 없었다.

그러면 지금 들고 있는 이유는 무엇인가. 놓고 와도 상관

없었을 텐데. 역시 불안했기 때문일까.

생각하던 브레인은 고개를 가로저었다.

아니다.

그러나 어떤 감정이 카타나를 들고 오게 했는지 결국 해답은 나오지 않았다.

브레인은 과거에 처음 왔던 무렵의 왕도를 기억 속에서 더듬으며 걸었다. 마술사 조합이나 왕성처럼 변함없는 건물도 있는가 하면 기억에 없는 새로운 건물도 다수 눈에 뜨였다.

브레인이 기억의 괴리를 즐기고 있으려니, 길 앞쪽에서 소란이 일어나고 있었다.

소란에 눈살을 찡그렸다. 전방에서 들려오는 기척은 폭력의 뾰족한 느낌이었다.

길을 바꿀까 싶어 발을 돌리려 했을 때 한 노인에게 눈길이 끌렸다. 노인은 마치 미끄러지는 듯한 움직임으로 인파 속을 향해 들어갔다.

"……뭐, 뭐지? 뭐야, 저 움직임은?"

눈을 몇 번이나 깜빡거렸다. 동시에 무의식중에 말이 흘러나왔다. 너무나도 믿을 수 없는 움직임이었다. 지금 자신이 본 것은 백일몽이라 불리는 현상이 아닐까. 혹은 마법에 의한 모종의 작용이 아닐까 하는 생각마저 들었다.

노인의 움직임은 브레인조차 따라갈 수 없을 것 같았다.

저것은 상대의 의식이나 인파 전체의 밀고 밀리는 정도에 따라 생겨나는 힘의 파도를 파악해야만 가능한 기술이다.

──저건 몸놀림에서 일종의 높은 경지를 이룩한 거다.

발은 망설임 없이 인파를 향해 움직였다.

사람들을 헤치고 중앙으로 나온 브레인이 본 것은, 노인이 사내의 턱을 고속으로 뒤흔들어놓는 순간이었다.

'이럴 수가? 지금 그 일격은…… 나 같으면 피할 수 있었을까? 어려울지도. 사내의 의식과 시선을 유도했던 건가? 내 지나친 생각일까? 그건 그렇다 쳐도 저 일격은 교본으로 삼을 만한, 허세라곤 전혀 없는 깔끔한 움직임이었어…….'

조금 전에 보았던 일격을 반추하며, 감탄의 신음이 입에서 흘러나오는 것을 느꼈다.

똑똑히 보지는 못했다. 또한 검사와 권사를 같은 선상에서 비교하기도 매우 어렵다. 그래도 상당한 강자라는 사실은 그 짧은 시간 동안에도 충분히 이해할 수 있었다.

어쩌면 자신보다 강할지도 모른다.

입술을 꽉 깨물며, 브레인은 노인의 옆얼굴과 자신이 기억하는 강자의 데이터를 대조해 보았다. 그러나 어떤 인물과도 달랐다.

'대체 누구란 말인가?'

노인은 눈 깜짝할 사이에 인파 속에서 밖으로 빠져나갔다.

그 뒤를 따라가듯 소년이 걸어간다. 이에 이끌린 것처럼 브레인도 충동적으로 소년의 뒤를 밟기 시작했다.

마치 노인의 등에 눈이 달린 것 같다는 기분이 들어 바짝 따라가지는 못했지만, 소년이라면 그럴 불안은 없다. 또한 소년이 들키더라도 자신은 안전하리라는 얄팍한 노림수도 있었다.

미행하고 얼마 지나지 않아 노인인지 소년을 미행하는 여러 명의 기척을 느꼈다. 그러나 브레인에게는 아무래도 상관없는 일이었다.

이윽고 두 사람은 모퉁이를 돌아 어두운 쪽으로, 어두운 쪽으로 계속해서 걸어갔다. 마치 자신을 유인하는 듯한 움직임에 브레인은 불안을 느꼈다.

소년은 의문을 품지 않는 걸까. 그렇게 의아하게 생각하기 시작했을 때, 소년이 노인에게 말을 걸었다.

마침 모퉁이 바로 너머에서 대화가 시작되었으므로 브레인은 골목 안쪽에 숨어서 들을 수 있었다.

이야기를 요약하자면, 소년은 노인에게 사사를 부탁했다.

'말도 안 되지. 그 노인이 저런 애송이를 제자로 받아줄 리가 있나.'

두 사람의 재능을 비교했을 때, 소년이 돌멩이라면 노인은 거대한 보석이었다. 살아가는 세상이 완전히 달랐다.

'……가엾구만. 자신과 남의 실력 차이를 모른다는 게 이렇게 가엾을 줄이야. 그쯤 해두렴, 꼬마야.'

브레인은 입 밖으로 내지 않고 속으로 중얼거렸다.

소년에게 들려준 말인 것과 동시에, 최강이라고 자만하던 어리석은 과거의 자신에게 토로하는 자조이기도 했다.

그대로 훔쳐듣고 있으려니 —— 창관 이야기 같은 건 별로 신경도 쓰지 않았다 —— 아마 한 번쯤 훈련을 시켜주는 것으로 결론이 난 모양이었다. 저런 소년에게, 저만한 노인이 가르쳐 줄 만한 무언가가 있으리라고는 생각할 수 없었다.

'어떻게 된 거야? 또 내 눈이 흐려졌나? 아니, 그렇진 않아. 저 꼬맹이가 무인으로서 익힌 수준은 별것 아니었고, 재능도 전혀 없는 거나 마찬가지일 텐데!'

어떤 연습을 시켜주려는 걸까. 하지만 여기서는 소리는 들려도 눈으로 볼 수는 없다. 호기심에 못 이긴 브레인은 모퉁이에서 엿보고자 기척을 죽이면서 천천히 움직였다. 그 순간——

끔찍한 기운이 온몸을 관통했다.

말로 형언할 수 없는 절규를 질렀다.

온몸이 얼어붙었다.

거대한 육식짐승이 코앞에서 숨을 토해낸 것 같은 감각.

너무나도 압도적인 살의가 세상을 온통 물들여 몸을 움직이기는커녕 눈조차 깜빡할 수 없었다. 심장 고동마저 멎어버린것이 아닐까 하는 기분.

브레인이 이 세계에서 최강이리라 생각했던 샤르티아 블러드폴른. 그것과 호각이 아닐까 싶은 기척.

마음 약한 자였다면 착각이 아니라 실제로 심장이 멎어버렸을 것이다. 부들부들 다리를 떨며 털썩 주저앉았다.

'나도 이 정도인데, 저 꼬맹이는 숨이 끊어진 거 아냐?'

운이 좋아야 기절이다.

브레인은 팔을 짚고 엎드려 벌벌 떨면서도 두 사람의 기척을 살피고, 있을 수 없는 광경을 목격했다. 그 충격에 한순간이나마 공포를 완전히 잊어버렸다.

소년은 서 있었다.

브레인과 마찬가지로 공포에 두 다리를 떨고 있다. 그래도 서 있는 것이다.

'어, 어떻게 된 거야? 어떻게 저런 꼬마가 서 있을 수 있지?!'

자신은 꼴사납게 손을 땅에 짚었는데 소년이 서 있다는 사실을 이해할 수 없었다.

소년은 공포를 막아내는 매직 아이템을 지녔거나 그런 무투기를 익힌 것일까? 아니면 특별한 탤런트라도 보유한 걸까?

절대 그렇지 않다고는 못 할 것이다. 그러나 소년의 미덥지 못한 뒷모습을 보며 그것도 아닐 거라고 직감했다. 있을 수 없는 대답이지만, 그것밖에 생각할 수 없었다.

소년은 브레인보다 강한 것이다.

'말도 안 돼! 어떻게 그럴 수가!'

몸을 좀 단련한 것 같기는 해도 아직 볼륨은 부족하다. 미행하면서 봤던 발놀림이나 몸놀림으로 추측컨대 재능도 별로 없을 것 같았다. 그런 소년인데, 결과는 달랐다.

'어, 어떻게 된 거야. 내가 그렇게까지 약한가?'

시야가 뿌옇게 흐려졌다.

브레인은 자신이 눈물을 흘리고 있다는 사실을 깨달았지만, 그래도 닦을 기력은 솟아나지 않았다.

"으, 윽…… 으흑……."

오열을 열심히 참았다. 그래도 눈물은 하염없이 솟아났다.

"어째, 서……. 어째서."

브레인은 지면의 흙을 움켜쥐면서 일어나고자 힘을 주었다. 그래도 온몸을 후려치는 듯한 살기에 꼼짝도 하지 못했다. 마치 남의 지배를 받고 있는 듯 다리가 움직이지 않았다.

고개를 들고 두 사람의 모습을 살피는 것이 고작이었다.

뒷모습이 보였다.

소년은 아직도 서 있었다.

소년은 아직도 살기를 뿜어내는 노인과 대치하고 있다. 약하다고 생각했던 뒷모습이 너무나도 멀었다.

"내가……."

이렇게나 약했단 말인가.

살기가 사방으로 흩어진 후에도 일어나는 것이 고작인 자신에게 화가 났다.

소년과 노인의 연습은 아직도 더 이어지려는 모양이었으나, 참을 수가 없었던 브레인은 용기를 쥐어짜내 모퉁이에서 뛰어나가 소리를 질렀다.

"——자, 잠깐만! 잠깐만 기다려줘!"

두 사람의 수행을 방해해서는 안 된다든가, 타이밍을 재서 나가야겠다는 생각을 할 여유는 이미 사라졌다.

필사적인 마음이 강하게 배어나오는 목소리에 돌아본 소년은 어깨를 흠칫 떨면서 놀란 표정을 지었다. 반대 입장이었다면 브레인도 같은 반응을 보였으리라.

"우선, 두 사람을 방해해서 진심으로 미안합니다. 사과드리죠. 도저히 기다리고 있을 수가 없어서."

"……아시는 분입니까, 세바스 님?"

"아니오, 그렇지 않습니다. 그랬군요. 당신이 아는 분도 아니었군요……."

수상쩍다는 표정으로 쳐다본다. 하지만 그건 이미 예상했던 일이다.

"우선 내 이름은 브레인 앙글라우스라고 합니다. 두 분을 방해하고 말았던 점 거듭 사과드립니다. 정말 죄송합니다."

조금 전보다도 깊이 고개를 숙였다. 두 사람이 미묘하게 몸을 움직이는 것이 느껴졌다.

충분히 성의가 전해졌다고 생각될 만한 시간이 지나간 후 고개를 들어보니 조금 전보다도 경계심은 누그러진 것 같았다.

"그래서, 무슨 용건이신지요?"

노인의 질문에 브레인은 소년을 흘끔 보았다.

"왜 그러십니까?"

의아해하는 소년에게 브레인은 피를 토하는 심정으로 물었다.

"왜…… 어떻게, 자네는 그 살기를 받고도 서 있을 수 있지?!"

소년은 살짝 눈을 크게 떴다. 얼굴이 무표정하다 보니 그런 조그만 움직임도 커다란 감정 변화로 느껴졌다.

"듣고 싶네. 그 살기는 보통 사람이 견딜 수 있는 영역을 넘어선 것이었어. 이 몸도…… 실례, 나도 견디지 못할 정도였네. 그런데도 자네는 달랐지. 견뎌냈어. 서 있었어. 어떻게 그럴 수 있었나?! 어떻게 그런 일이 가능하지?!"

흥분한 나머지 평소 말투가 나오질 않았다. 그래도 억제하기가 힘들었다. 샤르티아 블러드폴른의 압도적인 힘을 앞에 두고 공포에 질려 도망쳤던 자신. 그녀와 동격으로 여겨지는 살기를 받고도 서 있었던 소년. 이 차이는 어디에서 나왔단 말인가.

꼭 알고 싶었다.

그런 마음이 전해졌는지, 소년은 곤혹스러워하면서도 진지하게 생각하는 기색을 보이더니 대답했다.

"……모르겠습니다. 그만한 살기의 폭풍 속에서, 어떻게 견딜 수 있었는지, 전혀 알 수 없습니다. 하지만 어쩌면……
주인을 생각했기 때문일지도 모르겠습니다."

"……주인?"

"예. 제가 섬기는 분을 생각했더니…… 힘이 났습니다."

그것 가지고 그걸 견뎌낸다는 게 말이나 돼?

브레인은 그렇게 소리를 지르고 싶었지만, 그 전에 노인이
조용히 말했다.

"공포를 넘어설 만한 충성심이 있었다는 뜻이로군요. 앙
글라우스 님, 인간은 소중한 것을 위해서라면 믿을 수 없는
힘을 발휘할 수 있습니다. 무너진 가옥 안에 있는 자식을 구
하기 위해 어머니가 기둥을 들어 올리듯, 남편이 넘어지려
는 아내를 한 손으로 받쳐주듯. 그것이 인간의 강함이라고
저는 생각합니다. 이분도 그것을 발휘했지요. 그리고 그것
은 남의 일이 아닙니다. 무엇과도 바꿀 수 없는 것이 있다
면, 앙글라우스 님께서 생각하시는 자신을 넘어서는 힘을
발휘할 수 있을 것입니다."

브레인은 믿을 수 없었다. 무엇과도 바꿀 수 없다고 생각
했던 '강함에 대한 갈망'은 아무런 의미도 없지 않았던가. 너
무나도 허무하게 박살이 나, 겁을 먹고, 도망치게 되지 않았
던가.

서서히 어두워지며 아래를 향하던 얼굴은 이어지는 노인
의 말에 벌떡 튀어올랐다.

"······자기 혼자서만 길러낸 것은 약한 법입니다. 자신이 꺾여버리면 끝나니까요. 그렇지 않고 누군가와 함께 쌓아올린다면, 누군가를 위해 진력을 다할 수 있다면 꺾이더라도 쓰러지지 않습니다."

브레인은 생각했다. 그 무언가가 자신에게 있을까 하고.

그러나 아무것도 없었다. 쓸데없다고 생각해서 버렸던 것이었으니까. 강함을 갈망하는 데는 불필요하다고 버렸던 무언가가 사실은 더 중요했단 말인가.

브레인은 웃음을 터뜨리고 말았다. 자신의 인생은 잘못밖에 없었다고. 그렇기에 자신도 모르게 푸념처럼 말을 흘려놓았다.

"버려버렸던 것들뿐이군요. 지금부터라도 어떻게 해 볼 수없는 겁니까?"

"괜찮습니다. 재능이 없는 저도 해냈는걸요. 앙글라우스 님이라면 분명 어떻게든 해내실 수 있습니다! 절대 늦지 않았을 겁니다."

근거도 없는 소년의 말. 그럼에도 이상할 정도로 브레인의 마음에 따뜻한 것이 퍼져나갔다.

"자네는 착하고 강하군. ······미안하네."

갑작스러운 사과에 어리둥절하는 소년. 이만큼 용기가 있는 인물을 자신은 꼬마라고 비하했던 것이다.

'어리석었구나. 정말로 나는 어리석었어······.'

"헌데 브레인 앙글라우스 님이라고 하시면…… 혹시, 과거에 스트로노프 님과 자웅을 다투셨던?"

"……용케도 기억하는군……. 혹시 그 싸움을 봤나?"

"아, 저는 보지 못했습니다. 보셨던 분의 이야기를 들었을 뿐입니다. 그분은 앙글라우스 님을 엄청난 검사였으며 왕국에서도 손꼽히는 수준임이 분명하다고 하셨는데, 무게중심이 흐트러지지 않는 움직임이나 자세를 보고 그 말이 사실임을 느꼈습니다!"

순수한 호의에 떠밀리면서도 브레인은 더듬더듬 대답했다.

"……어, 고, 고맙네. 나, 나는 별거 없다고 생각하네만, 자네가 그렇게 칭찬해 주니…… 어째 좀 기쁜걸."

"흐음…… 앙글라우스 님."

"그냥 앙글라우스라고 부르십시오, 어르신. 어르신 같은 분께서 경칭을 붙이실 만한 놈이 아닙니다!"

"그럼 저는 세바스 찬이라고 하니, 세바스라고 불러주십시오. ……그러면 앙글라우스 군."

'군'이라는 호칭에 아주 살짝 멋쩍음도 느꼈지만, 나이 차이를 생각하면 그렇게 불려도 이상할 것이 없었다.

"여기 있는 클라임 군에게 검술을 가르쳐주면 어떻겠습니까? 앙글라우스 군에게도 결코 헛된 일이 되지는 않을 거라 생각합니다만."

"아, 이거 실례했습니다! 제 이름은 클라임이라고 합니다, 앙글라우스 님."

"그러면 어르신…… 실례했습니다. 세바스 님이 가르쳐주시지 않는 겁니까? 조금 전에 방해를 하기 전에는 그런 말씀을 하시는 것 같았습니다만."

"예. 그럴 생각이었습니다만, 그 전에 손님이 계신 것 같아서 그분들을 상대해 볼까 하고요── 아, 왔군요. 무장을 갖추는 데 시간이 걸렸던 모양이지요."

세바스가 쳐다본 방향으로 브레인도 뒤늦게 눈을 돌렸다.

천천히 모습을 드러낸 것은 남자 셋이었다. 체인 셔츠를 착용하고 두꺼운 가죽장갑을 낀 그들의 손에는 이미 칼집에서 뽑아든 날붙이가 들려 있었다.

적의를 넘어선 뚜렷한 살의가 풍겼다. 비록 노인만을 향한 살의였지만 목격자를 살려서 돌려보내겠다는 자비는 한 점도 없을 것 같았다.

그런 자들에게 브레인은 자신도 모르게 놀라 갈라진 목소리를 냈다.

"말도 안 돼! 그 살기를 받고도 이쪽으로 온다고?! 그만큼 실력이 있는 건가?!"

그렇다면 한 사람 한 사람이 브레인에 필적하는── 아니, 그 이상의 실력을 가졌으리라는 생각밖에 들지 않았다. 미행이 어수룩했던 것은 전사계 스킬을 연마해서 그쪽에 서툴

럽던 탓일까?

하지만 그런 브레인의 걱정을 세바스가 부정했다.

"조금 전의 살기는 두 분에게만 보낸 것이었습니다."

"……네?"

브레인이 스스로 생각하기에도 얼빠진 목소리였다.

"클라임 군에게는 훈련 때문에 살기를 보냈고, 당신 쪽에는 정체를 알 수 없는 데다 얼굴을 보이려 하질 않으니 끌어내기 위해, 혹은 전의나 적의를 깎아내기 위해 보냈던 것이지요. 저자들은 처음부터 적임을 인식했기에 그러지 않았습니다. 살기에 겁을 먹고 도망쳐도 곤란하거든요."

은근슬쩍 무시무시한 내용을 해설해 주는 세바스에게 브레인은 놀라는 것조차 포기했다. 그 정도 살기를 정밀하게 제어할 수 있다니, 상식의 범위에서 이해할 수 있는 수준이 아니었기 때문이다.

"그, 그러셨군요. 그러면 저자들의 정체를 아십니까?"

"예상은 하지만 확증은 없습니다. 그러므로 한두 사람 포획해 정보를 얻어볼까 했지요. 다만——."

세바스는 고개를 숙였다.

"저는 두 분이 말려들기를 원하지 않습니다. 즉시 이곳을 떠나줄 수 있겠습니까?"

그 말에 클라임이 물었다.

"그 전에 한 가지만 여쭙고 싶습니다. 저들은…… 범죄자인가요?"

"……분위기를 보면 그렇군. 제대로 된 인생을 살아온 놈들은 아닌 것 같네."

브레인의 말을 들은 클라임의 눈에 뜨거운 불꽃이 피어났다.

"방해가 될지도 모르겠지만 저도 싸우고 싶습니다. 왕도의 치안을 지키는 자로서 백성들을 지키는 행동은 당연한 일입니다."

딱히 세바스가 정의라고 단언할 수는 없잖냐고 브레인은 마음속으로 생각했다. 하기야 지금 나타난 자들하고 비교하면 누구나 청렴결백한 인상을 풍기는 세바스 쪽이 선할 거라고 생각하겠지. 하지만 정말로 그러리라는 보장은 없다.

'애송이군……'

하지만 소년의 마음도 이해는 한다. 취객들로부터 아이를 지키려 했던 인물과 이 사내들을 비교한다면, 브레인도 어느 쪽의 편을 들어줄지는 확실했다.

"딱히 도움이 필요할 것 같지는 않지만…… 세바스 님, 나도, 아니, 저도 거들어드리겠습니다."

브레인은 클라임의 옆에 섰다. 세바스에게 도움은 필요 없다…… 아니, 이 자리에 있을 의미조차 없을 것이다. 그러나 누군가를 위해 싸우는 클라임을 흉내 내봐야겠다고, 지금까지의 자신 같았으면 택하지 않았을 해답을 골라보았다. 마음은 강할지도 모르지만 검술 실력은 그렇게까지 뛰어나지 않을 소년을 지켜주겠노라고.

브레인은 사내들이 든 무기를 흘끔 보고 눈살을 찡그렸다.

"독을 발랐군…… 자신들을 해칠 가능성도 있는 무기를 쓰는 걸 보면 나름 경험이 있겠지만…… 암살자인가?"

메일 브레이커(Mail breaker)라고도 불리는 그 단검의 검신에는 홈이 새겨져 있었으며, 그곳에선 절대 온건해 보이지 않는 액체가 번들번들 빛났다. 게다가 검사들의 움직임과는 다른, 기동성을 중시한 가벼운 움직임이 브레인의 중얼거림을 언어 이상으로 긍정해 주었다.

"클라임 군, 주의하게. 독 저항에 유효한 매직 아이템을 가졌다면 모르지만 한 방이라도 맞았다간 끝장이라고 생각하게."

브레인만큼 육체능력이 뛰어나다면 어지간한 독은 효과가 없지만 클라임은 강력한 독에 저항하기 어려울 것이다.

"정면에서 모습을 드러내놓고 즉시 덤벼들지 않는다는 건, 협공하기로 짜고 두 사람을 대기시켜놓았기 때문이겠군요? 기왕이니 우선은 정면을 돌파해 볼까요?"

상대에게 들릴 만큼 일부러 크게 말한 세바스의 목소리에 사내들의 움직임이 한순간 멎었다. 포위해 공격하려던 계획이 간파되었기에 동요한 것이다.

"그게 제일 안전하겠군요. 앞쪽을 밟아놓은 다음에 뒤를 공략하는 편이 낫겠죠."

브레인은 세바스의 말에 수긍했다. 하지만 그 의견은 발안자가 부정해버렸다.

"아, 그랬다가는 놓칠 가능성이 있습니다. 앞쪽 세 사람은 제가 상대할 테니 두 분은 반대쪽으로 돌아 들어올 두 사람을 상대하면 어떻겠습니까?"

브레인은 알았다고 대답했으며 클라임도 동의하듯 고개를 끄덕였다. 이것은 세바스의 전투이며, 두 사람은 여기에 억지로 힘을 보태주는 입장이었다. 세바스가 치명적인 실수라도 저지르지 않는 이상 그의 지시에 따라 행동해야 할 것이다.

"좋아. 가세."

클라임에게 그렇게 말한 브레인은 사내들에게 등을 돌렸다. 적의가 넘쳐나는 자들에게 무방비한 모습을 드러냈지만 세바스가 있기에 걱정이 들지 않았다. 등을 맡기니 마치 두꺼운 성벽을 짊어진 것처럼 안도감이 솟았다.

"자, 그러면 유감이지만…… 여러분은 제가 상대해드리겠습니다. ──어허, 이분들에게 바람을 피우시면 못쓰지요."

브레인이 어깨 너머로 돌아보니 세바스의 오른손에는 손가락 끝에 끼운 세 자루의 단검이 있었다. 손가락이 휙 움직이고, 무방비한 모습을 드러낸 브레인 혹은 클라임을 노리고 사내들이 던진 단검은 모조리 지면에 떨어졌다.

사내들의 살의가 눈에 띄게 줄어들었다.

'당연하지. 던진 단검을 저런 식으로 막아내면 누구나 전의상실에 빠질걸. 이제야 세바스 님이 얼마나 강한지 느꼈겠구만. 그렇다 해도 이미 늦었어.'

저 노인에게서 도망칠 방법은 없다. 설령 셋이 뿔뿔이 흩어져 달아난다 해도.

"대단하네요."

클라임이 브레인의 옆으로 나왔다.

"그러게. 세바스 님이야말로 왕국 최강이라는 말을 들어도 나는 고개를 끄덕이겠어."

"전사장님보다도 말씀입니까?"

"스트로노프 말인가. 그래. 저 노인장은 나하고…… 저하고…… 에이, 미안해. 그냥 편하게 말할게. 나하고 스트로노프 둘이 덤벼도 승산이 없을 거야. ……아, 왔다."

골목을 빙 돌아 두 명의 사내가 나타났다. 역시 조금 전의 세 사람과 같은 차림이었다. 곁에서 검을 뽑는 소리가 들리고, 브레인도 뒤따라 발도했다.

"하나를 매복시켜놨다가 숨어서 단검을 던지지 않았던 건 노인장에게 간파당했기 때문이겠지."

복병은 숨겨놓아야 효과적인 법이며, 그렇지 못했다면 그저 전력분산일 뿐이다. 간파당한 이상 처음부터 함께 행동하는 편이 승산이 높다고 보았을 것이다.

"얄팍한 생각이지. ……클라임, 나는 오른쪽을 해치울 테니 넌 왼쪽을 맡아."

사내들의 움직임을 관찰하고 어느 쪽이 약한지를 가늠한 브레인은 소년에게 지시했다. 소년은 고개를 끄덕이더니 검을 들었다. 망설임 없는 태도는 목숨이 걸린 상황을 경험한 자 특유의 반응이었다. 결코 훈련밖에 하지 않았던 실전 숫총각이 아니라는 데에 브레인은 안도했다.

'저놈보단 클라임의 승산이 더 높겠지만…… 상대가 독을 쓴다는 점을 생각하면 아슬아슬한 싸움이 되겠어.'

클라임도 실전경험은 있겠지만, 그렇다고 독을 쓰는 놈들을 빈번하게 상대하는 피에 물든 길을 걸어왔을 것 같지는 않았다. 어쩌면 독은 첫 경험일 수도 있다. 브레인도 부식산이나 맹독 같은 것을 사용하는 몬스터와 싸웠을 때는 지나치게 신중해져서 실력을 최대한 발휘하기가 어려웠다.

'오른쪽 놈을 냉큼 죽이고…… 도와주는 게 나으려나? 그게 이 친구를 위하는 길일까? 스스로 돕겠다고 나선 마음을 꺾는 결과가 되진 않을까? 내가 대신 싸워? 아니…… 여차하면 세바스 님이 도와주실 생각일까? 만약 도와줄 기미가 안 보이면 끼어들어야 하나? 내가 이런 걸로 고민하다니…….'

브레인은 카타나를 쥐지 않은 손으로 머리를 긁적이고는 적을 정면으로 노려보았다.

"자, 미안하지만 내 공백기간을 메워줄 제물이 되어다오."

3격.

세바스는 파고들면서, 방어는 고사하고 반응조차 하지 못한 사내들에게 주먹을 한 차례씩 꽂았다. 그것으로 끝이 났다.

당연하다. 나자릭에서도 톱클래스의 전투능력을 가진 세바스라면 이 정도 암살자들은 새끼손가락만 가지고도 이길 수 있다.

기절해 문어처럼 축 늘어진 사내들에게서 눈을 돌리고 후방에서 벌어진 싸움을 보았다.

브레인의 전투는 시종 상대를 압도했으므로 안심하고 볼 수 있었다.

대치한 암살자 쪽은 허점을 보아 도망치려는 눈치였지만 그것을 용납하지 않고 가지고 놀듯 싸운다. 아니, 저것은 가지고 논다기보다는 다양한 공격을 펼쳐 자신의 몸에 낀 녹을 벗겨내려는 것처럼 보였다.

'그러고 보니 공백기간이라는 말을 했지요. 그리고 진심으로 공세에 나서지 않는 이유는 클라임 군을 걱정해서 즉시 대처하려는 자세를 유지하기 위해서겠군요. 생각보다 정이 많은 분인걸요.'

세바스는 브레인에게서 클라임 쪽으로 시선을 돌렸다.

'뭐, 이쪽도 괜찮겠군요.'

일진일퇴의 공방. 독 무기를 생각하면 불안하기는 하지만 즉시 도와주러 가야만 하는 정도도 아니다. 자신이 일으킨 문제에 친절한 타인이 말려들어 가슴이 아팠다. 하지만——

'강해지고 싶다는 말을 듣지 않았더라면 도와주러 갔을 텐데……. 목숨이 걸린 전투도 좋은 훈련이 되지요. 위험해지면 도와드리겠습니다.'

세바스는 수염을 매만지며 클라임의 싸움을 지켜보았다.

클라임은 상대의 찌르기를 검으로 흘려냈다.

식은땀이 등을 타고 흘러내렸다. 자칫 갑옷에 박힐 판이었다. 상대는 냉혹한 얼굴에 한순간 실망의 빛을 띠었다.

클라임은 검을 앞으로 내질러 간격을 쟀다. 반면 상대는 조금씩 앞뒤로 움직이며 거리를 재지 못하도록 했다.

원래 같으면 방패로 받아내며 검으로 공격하는 전법을 취하는 클라임의 입장에서는 검만으로 싸워야만 하는 상황이란 심신이 깎여나가는 경험이었다. 게다가 독을 바른 무기의 존재도 큰 부담을 주었다. 메일 브레이커는 찌르기에 특화된 무기이므로 찌르기에만 주의를 기울이면 된다는 점은 잘 안다. 그래도 역시 찰과상 하나 입어선 안 된다는 상황이 몸놀림을 위축시켰다.

육체만이 아니라 정신적 피로까지 쌓여 흐트러진 숨을 골랐다.

'상대도 마찬가지다. 나만 지친 게 아니야.'

상대의 이마도 마찬가지로 땀에 흠뻑 젖었다. 상대는 재빠른 움직임으로 적을 혼란에 빠뜨리는 암살자다운 전법을 보였다. 그렇기에 일격이라도 팔다리에 상처를 입히면 우세한 점이 깎여나가 피아간의 전투력 균형을 무너뜨릴 수 있다.

일격에 승패가 갈린다.

그것이 두 사람 사이에 흐르는 긴장감의 정체였다. 물론 비슷한 능력을 가진 자들 사이의 전투란 그런 법이다. 그러나 이 전투는 그런 경향이 보다 강했다.

"쉬익!"

클라임은 숨을 토해내며 공격을 가했다. 별로 힘이 실리지 않은, 휘두르는 폭이 작은 참격이었다. 크게 휘두르면 빗나갔을 때 큰 허점이 생길 우려가 있기 때문이다.

그 일격을 손쉽게 회피한 암살자는 품에 손을 집어넣었다. 다음 공격을 감지한 클라임은 암살자의 손에 주의를 기울였다.

눈앞으로 날아든 단검을 클라임이 검으로 쳐냈다.

다행이었다. 세심한 주의를 기울인 덕에 운 좋게 튕겨낼 수 있었다.

하지만 안도의 한숨을 토해낼 틈도 없이 암살자가 미끄러지듯 낮은 자세로 뛰어들었다.

'이런!'

오싹하는 느낌이 등줄기를 훑었다.

이 추가공격을 막을 방법이 없었다. 단검을 쳐낼 때 공포를 품는 바람에 검을 크게 휘두르고 말았다. 검이 허공으로 흘러나갔으므로 반격하고자 되돌려서는 타이밍을 맞출 수 없다. 회피에 전념하고 싶었지만 민첩성은 암살자 쪽이 뛰어나다.

궁지에 몰렸다. 하다못해 팔을 방패 삼아서——

각오를 다진 클라임 앞에 달려든 암살자는 갑자기 얼굴을 싸쥐면서 크게 뒤로 물러났다.

후방에서 날아온 콩알만한 조그만 돌이 암살자의 왼쪽 눈꺼풀 위에 명중한 것이다. 극한상태에 놓인 클라임의 정신 가속이 이를 확인했다.

돌아보지 않더라도 누가 던졌는지는 알 수 있었다. 그 증거로 뒤에서 세바스의 목소리가 들렸다.

"공포는 소중한 감정입니다. 그러나 여기에 얽매여서는 안 됩니다. 조금 전부터 보았습니다만, 너무 단조롭고 소극적인 싸움이군요. 상대에게 팔 하나를 내줄 각오가 있다면 당신은 확실하게 목숨을 잃었을 겁니다. 육체능력이 떨어진다면 마음으로 이기십시오. 때로는 정신이 육체를 능가할 때도 있으니까요."

예!

마음으로 대답하고, 여유가 생겨난 자신에게 놀랐다. 도와주는 사람이 있다는 데에 의존하는 안도감이 아니라, 지켜

봐주는 사람이 있다는 안도감이었다.

분명 죽을지도 모른다는 공포를 완전히 불식할 수는 없었다. 그래도——

"만약…… 제가 죽는다면, 라나 님께, 왕녀님께 저는 훌륭하게 싸웠다고 전해 주십시오."

후우. 긴 한숨을 내쉬고는 검을 조용히 들었다.

암살자의 눈동자에 이제까지와는 다른 빛이 깃든 것을 클라임은 알아차렸다. 짧은 시간이기는 하지만 목숨이 오가는 싸움을 펼치면서 암살자와 마음이 이어진 걸까.

클라임이 각오를 다졌음을 직감한 암살자도, 마찬가지로 각오를 다진 것 같았다.

암살자가 발을 내디뎠다. 당연하지만 아무 말 없이 단숨에 거리를 좁힌다.

간격으로 파고든 것을 확인하고 클라임은 검을 내리쳤다.

그 순간 암살자가 뒤로 뛰어 물러났다. 클라임의 검속을 간파했던 사내는 자신의 몸을 미끼 삼아 페인트를 걸었던 것이다.

하지만 암살자가 한 가지 놓친 것이 있었다.

분명 암살자는 클라임의 검격을 거의 대부분 간파했다. 단한 가지. 클라임이 자신 있게 날리는 상단 일격. 다른 어떤공격보다도 빠르고 무거운 공격을 제외하면.

암살자의 어깻죽지에 꽂힌 검은 체인 셔츠에 가로막혀 양

단까지는 가지 않았다. 그러나 쉽게 쇄골을 부러뜨리고 살점을 짓이기며 견갑골까지도 부쉈다.

암살자가 몸부림을 치며 지면에 나뒹굴었다. 너무나 고통이 심해 입에서 침을 흘리며, 목소리가 나지 않는 비명을 질러댔다.

"훌륭합니다."

뒤에서 나타난 세바스가 암살자의 복부에 아무렇게나 발차기를 날렸다.

그것만으로도 암살자는 실이 끊어진 인형처럼 움직이질 않았다. 정신을 잃은 것이다.

시야 한쪽에서는 이미 암살자를 쓰러뜨린 브레인이 슬쩍 손을 들어 승리를 축하해 주고 있었다.

"그러면 이제부터 심문을 시작하지요. 무언가 듣고 싶은 것이 있으시다면 사양 말고 물어 주십시오."

세바스는 한 사람을 데리고 오더니 숨통을 틔워주었다. 흠칫 몸을 떨더니 의식을 되찾은 사내의 이마에 손을 가져다댄다. 그 시간은 2초도 되지 않았다. 꽉 누르는 것도 아닌데 사내의 머리가 크게 뒤로 흔들리고는 진자처럼 다시 돌아왔다.

그때 이미 사내의 눈은 초점이 맞지 않는, 술에 취한 듯한 눈동자로 변했다.

세바스는 질문을 시작했다. 암살자이므로 입이 무거워야 할 사내가 감추지도 않고 나불나불 떠들어댔다. 그 기이한 광경에 클라임이 물었다.

"어떻게 하신 겁니까?"

"〈괴뢰장(傀儡掌)〉이라는 스킬입니다만…… 잘 발동된 것 같아 다행이군요."

들어본 적이 없는 기술이었으나, 클라임은 그보다도 사내가 흘려놓는 정보에 눈살을 찌푸렸다.

그들은 여덟손가락의 경비부문 최강자 '여섯팔' 중 한 사람에게 훈련을 받은 암살자이며, 세바스를 죽이기 위해 미행하던 참이었다고 한다. 브레인이 클라임에게 물었다.

"……자세히는 모르지만, 여덟손가락이란 건 꽤나 커다란 범죄결사라며? 용병 관계자들하고도 연줄이 있는 걸로 아는데……."

"맞습니다. 그중에서도 '여섯팔'은 조직의 최고전투력이라 불리는 강자 여섯 명의 별명입니다. 한 사람 한 사람이 아다만타이트 클래스 모험자에 필적한다고 들었습니다. 어떤 면면인지까지는 암흑가의 이야기다 보니 알 수 없지만요."

또한 세바스가 사는 저택에 나타난 서큘런트가 바로 '환마(幻魔)'라 불리는 별명을 가진 여섯팔 중 한 사람으로, 세바스를 죽여 미모의 주인을 자기 뜻대로 조종하려는 것이 계획이었다고 한다.

여기까지 들은 클라임은 어디선가 한기가 엄습하는 것을 느꼈다. 한기는 세바스에게서 뿜어져나왔다.

천천히 일어난 세바스에게 브레인이 물었다.

"그러면 세바스 님은 이제 어떻게 하실 생각이십니까?"

"결심했습니다. 일단은 문제가 된 장소를 박살 내고 오겠습니다. 이야기에 따르면 서큘런트도 그곳에 있는 모양이니까요. 불똥은 냉큼 털어내야겠지요."

스스럼없는 대답에는 클라임도 브레인도 흠칫 숨을 멈추었다.

쳐들어가는 이상 아다만타이트—— 다시 말해 인류 최고봉의 전투능력을 가진 자들에게 이길 자신이 있다는 뜻이리라.

그러나 그것도 수긍이 갔다.

'이만한 암살자를 셋이나 순식간에 쓰러뜨리고, 저 유명한 앙글라우스 님께서 경의를 표할 정도니까. 세바스 님은 대체 어떤 분일까? 과거의 아다만타이트 모험자일까?'

"……하지만 그 밖에도 사로잡힌 사람들이 있는 모양이니, 신속히 행동하는 편이 좋겠습니다."

"그렇겠군요. 암살자가 돌아오지 않으면, 무언가 잘못됐다는 걸 알고 사로잡힌 사람들을 이동시킬 수도 있으니까요. 그렇게 되면 구할 수 없겠죠."

시간을 두면 이쪽이 불리해지며 상대가 유리해진다. 세바스라는 인물은 그런 상황에 처한 것이다.

"그러면 저는 이제부터 쳐들어가고자 합니다. 매우 죄송합니다만 이 생각을 바꿀 마음은 없습니다. 두 분은 이 암살자들을 위사 대기소까지 연행해 주실 수 있겠습니까?"

"아아, 잠시만요, 세바스 님! 혹시 괜찮으시다면 나도, 아니, 저도 돕게 해 주십쇼! 물론 괜찮으시다면 말씀이지만요."

"저도 동감입니다, 세바스 님. 왕도의 치안을 지키는 것은 라나 님의 부하인 저에게는 당연한 일입니다. 만일 왕국 백성들이 고통을 받고 있다면 이 검으로 구하겠습니다."

"……앙글라우스 군은 괜찮겠지만, 클라임 군에게는 조금 위험할지도 모릅니다."

"위험하다는 것은 잘 압니다."

"이봐, 클라임…… 짐만 된다는 의미도 있을걸? 뭐, 세바스 님이 보시기엔 너나 나나 별로 다를 바 없겠지만."

"아뇨아뇨, 그런 뜻이 아니었습니다. 그저 클라임 군을 걱정했을 뿐이지요. 조금 전과 같이 지켜드릴 수는 없을 거라고 생각해 주십시오."

"각오했습니다."

"……이제부터 행할 일은 당신이나 당신의 주인의 명예를 해칠지도 모릅니다. 목숨을 걸기에 더욱 어울리는 곳이 있지 않겠습니까?"

"위험하다고 눈을 감는다면 주인을 모실 가치가 없는 남자임을 증명하는 꼴이 될 것입니다. 그분께서 남을 도우시듯, 저도 가능한 한 괴로움에 처한 사람들에게 손을 내밀고자 합니다."

그때 손을 내밀어준 그분처럼——.

굳은 각오를 확인했는지, 세바스와 브레인은 서로 얼굴을 마주했다.

"……각오는 됐겠지요?"

세바스의 물음에 클라임은 머리를 한 번 끄덕였다.

"알겠습니다. 그럼 이 이상 제가 두 분께 드릴 말씀은 없겠군요. 힘을 빌려 주십시오."

5장 진화, 피어오르는 불똥

Chapter 5 | Extinguished, soard sparks of fire

1

"점포는 이 문 안쪽. 암살자의 이야기에 따르면 저쪽 건물에도 입구가 있다고 합니다."

창관 입구, 트알레가 버려졌던 문 앞에서 세바스는 몇 집 옆에 떨어진 건물을 가리켰다. 브레인, 그리고 클라임도 암살자에게서 정보를 얻을 때 함께 있었지만 창관에 와본 적은 없었으므로 세바스의 설명에 순순히 수긍했다.

"저도 그렇게 들었습니다. 탈출용 비상구를 겸한 입구에 최소 두 사람이 지키고 있다던데, 그렇다면 우리도 둘로 갈라지는 편이 좋지 않을까 합니다. 전력으로 봤을 때는 정면 쪽은 세바스 님이 혼자서, 저쪽은 저와 클라임이 공격하는 것이 어떻겠습니까?"

"저는 반대하지 않겠습니다만, 클라임 군은 어떤가요?"

"저도 이견 없습니다. 다만 앙글라우스 님, 안에 들어간 다음에는 어떻게 할까요? 둘이 함께 수색할까요?"

"그냥 브레인이라고 하면 좋겠는데. 세바스 님도 그렇게 불러주시면 고맙겠습니다. 아무튼…… 사실은 안전을 기해 함께 행동해야겠지만, 암살자들이 몰랐던 비밀통로가 있을 수도 있지. 세바스 님이 정면으로 침입해 적의 주의를 끄는 동안 건물 안을 재빨리 돌아봐야 할 것 같아."

두목만이 아는 비밀통로를 만들어놓은 경우가 많다며, 브레인은 무언가 떠올리듯 중얼거리고 있었다.

"그렇다면 돌입한 다음 둘로 갈라지는 것이 어떨까요?"

"……위험을 무릅쓰고 들어간 이상, 최선의 결과가 나오도록 행동해야겠지."

브레인의 말에 세바스와 클라임은 고개를 끄덕였다.

"그러면 저보다 강한 앙글──브레인 님께 내부 탐색을 부탁드려도 좋을까요?"

"그게 낫겠군요. 클라임 군은 그쪽 출구를 확보해 주시기 바랍니다."

내부 수색은 당연히 적과 조우할 확률이 높기도 하니, 더 큰 위험이 있으리라 예상되는 이상 클라임보다 훨씬 강한 브레인이 맡아야 할 것이다.

"그럼 최종확인도 이것으로 마치겠습니다."

일단 창관에 도착하기 전까지 대체적으로 의논했지만, 장소를 직접 보기 전까지는 결정하지 못하는 것도 있다. 그것이 여기 와서 확정되었고, 이제 세바스의 말에 반론을 제기하는 사람은 없었다.

세바스가 한 걸음 앞으로 나오더니 두꺼운 금속문에 다가갔다. 클라임은 도저히 열 수 없을 것 같았던 문도 세바스와 나란히 보니 얇은 종잇장처럼 여겨졌다.

정면은 원래 가장 방어가 단단한 장소다. 그런 곳에 단신으로 쳐들어간다는데도 걱정되지 않는다. 인근 국가 최강의 전사 가제프 스트로노프와 호각의 승부를 벌였던 브레인 앙글라우스가 '둘이 함께 덤벼도 이기지 못할 것'이라고 평가한, 이제는 규격이 다르다고밖에는 형언할 수 없는 인물이 나서는 것이다.

"그러면 가시지요. 조금 전 암살자들의 이야기에 따르면 그쪽 출입구는 네 번 연속으로 노크하는 것이 아군을 나타내는 신호라고 합니다. 잊지는 않으셨겠지만 만약을 위해."

"고맙습니다."

잊지는 않았지만 클라임은 세바스에게 인사를 했다.

"그리고 되도록 생포하겠지만, 저항할 때는 가차 없이 죽일 것입니다. 그래도 문제는 없겠지요?"

부드럽게 웃으며 말하는 세바스에게 클라임도 브레인도 등골이 오싹해졌다.

지극히 당연한 대응이었으며 결코 틀린 말은 아니다. 자신도 같은 상황에 닥치면 그렇게 하리라고 두 사람 모두 생각했다. 그럼에도 등줄기가 오싹해지는 공포를 느낀 이유는 세바스가 마치 이중인격자 같은 얼굴을 보였기 때문이었다.

매우 온화한 신사와 냉철한 전사, 관용과 비정함이 극단적인 수준에서 함께 존재한다. 세바스를 이대로 보낸다면 안에 있는 자들은 모두 죽을 것 같은 예감이 들었다.

클라임은 쭈뼛쭈뼛 세바스에게 말했다.

"무익한 살생을 최대한 피할 수 있다면 어느 정도는 어쩔 수 없다고 생각합니다. 저희는 수가 적으니까요. 다만 여덟 손가락의 간부로 보이는 인물이 있을 때는 부디 생포해 주실 수 없겠습니까? 붙잡아 심문을 하는 편이 장래에 피해가 줄어들 것입니다."

"저는 살인귀가 아닙니다, 클라임 군. 딱히 학살을 하러 온 것은 아니니 안심하시길."

부드러운 미소에 클라임은 안심했다.

"실례했습니다. 그럼 잘 부탁드립니다."

"자, 그러면 이곳을 단숨에 궤멸시켜서 일단 시간을 끌어 보도록 할까요."

이 창관을 없애면 일시적으로나마 세바스에 대한 간섭을 막을 수는 있을 것이다. 운이 좋아 극비자료 같은 것을 얻는다면 그쪽의 대응에도 힘을 쏟아야 하니 트알레에 대해 완전히 잊어버릴 가능성도 없지는 않다.

최악의 경우, 시간이나 버는 정도의 결과로 그친다 해도 트알레를 도망치게 해줄 기회는 생기지 않겠는가. 어쩌면 더 좋은 방법을 발견할 수 있을지도 모른다.

"그러고 보니 에 란텔에서 친근하게 말을 걸어준 상인이 있었지요. 그의 힘을 빌려보면 어떨지."

트알레가 정신적으로 회복된다 해도 신뢰할 만한 사람의 지원이 있는 편이 더 행복할 것이다.

세바스는 두꺼운 문을 다시 돌아보았다. 그때 이곳에서 트알레가 버려졌던 광경을 떠올리면서 문을 건드린다. 문은 나무에 철판을 박아놓은 중후한 것이었다. 인간이 도구도 없이 파괴하기 힘들다는 사실은 한눈에 알 수 있다.

"클라임은 괜찮을지……."

브레인 앙글라우스라는 사내는 걱정하지 않아도 될 것이다. 서큘런트와 싸우더라도 승산이 높을 것 같다. 하지만 클라임은 다르다. 승산은 없는 거나 마찬가지다.

창관에 돌입하겠다고—— 스스로 협조하겠다고 나선 것을 보면 각오는 했겠지만, 그래도 자신을 도와주려던 젊은 목숨이, 그것도 선량한 목숨이 사라지는 것은 매우 아깝다.

"그런 소년이 오래 살아주었으면 하는데……."

오래 살아온 자들의 공통된 생각을 입에 담는다. 물론 세바스는 애초에 노인으로 창조되었으니 태어났을 때부터 이제까지 살아온 시간을 생각해본다면 클라임보다도 어리지만.

"서큘런트만은 제가 확실하게 쓰러뜨리는 편이 좋겠지요. 클라임 군이 그들과 맞닥뜨리지 않기를 빌 뿐……."

세바스는 지고의 41인에게 클라임이 무사하게 해 달라고 기도했다.

서큘런트가 이 시설의 최대 전력이라면 자신과 부딪칠 가능성이 높겠지만, 누군가의 보디가드라면 그를 보호해 도망칠 가능성도 있다. 미미한 조바심을 느끼며 세바스는 문손잡이를 잡고, 돌렸다.

도중에 걸리는 감촉이 느껴졌다. 이런 가게인 만큼 당연히 문을 잠갔을 것이다.

"자물쇠 따기는 익숙하지 않은데…… 어쩔 수 없군요. 제 나름대로 자물쇠 따기를 시도해 보는 수밖에."

세바스는 난처한 투로 중얼거리더니 몸을 낮추었다. 오른손을 끌어당겨 수도 형태로 바꾸고 왼손을 앞으로 내민다.

멋들어지게 뿌리를 내린 천년목처럼 든든한 자세였다.

"흡!"

다음으로 펼쳐진 것은 있을 수 없는 광경이었다.

철문, 그것도 경첩이 있는 언저리에 팔이 꽂힌 것이다. 아니, 그 정도로 끝나지 않았다. 더더욱 깊이 박힌다.

경첩이 비명을 지르며 벽과 작별을 고했다.

세바스는 저항을 잃은 문을 스스럼없이 열었다.

"뭐! ……지……?"

들어가자마자 통로가 나타났으며, 안쪽에 있던 반쯤 열린 문 바로 앞에 머리카락을 곤두세운 거한이 입과 눈을 크게 뜨고 얼빠진 표정을 짓고 있었다.

"녹이 슬었기에 좀 억지로 열어버렸습니다. 문에는 기름칠을 잘해야지요."

세바스는 사내에게 말하고는 문을 닫았다. 아니, 더 정확하게 표현하자면 비스듬히 세워두었다고 해야 하리라.

사내가 완전히 얼이 빠진 사이에 세바스는 가차 없이 집 안으로 나아갔다.

"──이봐, 무슨 일이야?"

"──그 소리 뭐였어?!"

사내의 뒤에서 다른 남자들의 목소리가 들렸다.

다만 세바스를 직시하고 있던 사내는 여기에 반응하지도 못한 채 세바스에게 말을 걸었다.

"……어…… 어, 어서옵쇼?"

완전히 혼란에 빠진 사내는 세바스가 눈앞에 오도록 멍하니 바라보고만 있었다. 원래 이런 곳에서 일하는 인간들이라면 폭력에는 익숙할 것이다. 하지만 눈앞에서 일어난 광경은 그가 이제까지 쌓았던 상식에서 너무나 어긋났다.

뒤에서 동료들이 묻는 것도 무시하고 사내는 아첨을 하듯 세바스에게 웃음을 지었다. 생존본능이 아첨을 최선책이라 호소했기 때문이다. 어쩌면 이곳에 있는 손님 중 한 사람을 섬기는 집사일 거라고 필사적으로 자신을 속인 결과일지도 모른다. 수염이 덥수룩한 남자가 뺨을 실룩거리면서도 열심히 사교성 웃음을 짓는 모습은 참으로 꼴불견이었다.

세바스도 미소를 지었다. 부드럽고 온화한 미소였다. 하지만 그 눈에 깃든 감정에서 호의적인 요소는 찾아볼 수 없었다. 날카로운 도검이 인간을 매료시키는 요사스러운 광채를 발하는 것과 비슷하다.

"비켜주시겠습니까?"

'쿠웅', 아니, '철퍽'이라고 해야 하려나. 구역질이 나는 그런 소리가 퍼졌다.

무장을 갖춘 우락부락한 성인 남성이라면 체중은 85킬로그램을 가볍게 넘어갈 것이다. 그런 사내가 무슨 장난처럼 허공에서 회전하며 눈에도 보이지 않을 속도로 옆을 향해 날아간 것이다. 사내의 몸은 그대로 바로 옆의 벽에 격돌해

물 끼얹는 듯한 소리를 요란하게 냈다.

거인의 주먹이 내리친 것처럼 집이 크게 흔들렸다.

"……이런. 좀 더 안쪽에서 죽였으면 좋은 심리적 바리케이드가 됐을 텐데……. 뭐, 아직 남아계신 것 같으니 이제부터 주의하면 되겠지요."

조금 더 힘을 빼야겠다고 자신을 타이르며 세바스는 시체를 옆에 둔 채 안으로 발을 옮겼다.

문을 활짝 열고 안쪽 방으로 들어가자 우아한 동작으로 실내를 둘러본다. 적진으로 침입하려는 사람이 아니라 아무도 없는 집을 산책하는 것 같은 분위기였다.

그곳에는 남자 둘이 있었다.

세바스의 후방 옆벽에 가득 펼쳐진 진홍색 꽃을 어이없다는 표정으로 바라보고 있다.

나자릭에서는 결코 찾아볼 수 없는 싸구려 술 냄새가 가득한 방에 피와 내장과 그 안에 들었던 것이 뿜어내는 기이한 냄새가 순식간에 뒤섞여 속이 울렁거리는 불쾌한 아로마를 이루었다.

세바스는 트알레와 암살자에게서 들었던 정보를 종합해 이 가옥의 내부 구조를 떠올려보려 했다. 트알레의 기억은 구멍투성이여서 별다른 것이 남아 있지 않았지만 지하에 진짜 가게가 있다는 말은 들었다. 암살자는 아래층 가게에 들어가보지 못했으므로 이제부터는 도움이 되지 않는다.

바닥을 보았지만 아래로 이어지는 계단은 교묘하게 감춰놓았는지 세바스는 발견할 수가 없었다.

스스로 발견할 수 없다면 아는 사람에게 물으면 된다.

"실례. 한 가지 여쭙고 싶은 것이 있습니다만……."

"흐아악!"

말을 걸자 사내 하나가 갈라진 비명을 질렀다. 이제는 싸우겠다는 선택 자체가 머릿속에서 사라진 모양이었다. 세바스는 그 점에 안도했다. 아무래도 트알레를 생각하다 보면 힘 조절이 잘 되지 않아 즉사성 주먹을 휘두르게 된다.

전의를 상실했다면 일단은 두 다리를 부러뜨리는 정도로 끝내두면 될 것이다.

겁에 질려 부들부들 떠는 사내들은 세바스에게서 조금이라도 떨어지고자 벽에 달라붙었다. 그런 모습을 무감정하게 바라보며 세바스는 입만 틀어 웃었다.

"히윽!"

더 겁을 먹는다. 암모니아 냄새가 실내에 퍼졌다.

이거 너무 공포를 주었나 싶어 세바스는 미간을 찡그렸다.

사내 하나가 눈을 까뒤집으며 기절했다. 극도의 긴장감 때문에 스스로 의식을 놓아버린 것이다. 또 다른 사내는 그런 동료에게 부러운 표정을 짓고 있었다.

"하아……. 조금 전에도 말씀드렸다시피 한 가지 여쭙고 싶은 것이 있는데, 사실 저는 아래에 볼일이 있습니다. 가는 방법을 알려주실 수 있으신지요?"

"……그, 그건."

세바스는 배신을 망설이는 사내의 눈에서 두려움의 빛을 읽었다. 암살자들도 그랬지만 이 사내도 조직의 숙청을 두려워하는 모양이었다. 처음에 만났던, 세바스에게서 돈을 받아 도망쳤던 사내의 태도를 생각해 보면 숙청은 곧 죽음이리라.

가르쳐 줘야 하나 말아야 하나. 세바스는 사내의 그러한 망설임을 일도양단할 말을 꺼냈다.

"입은 둘이 있군요. 딱히 당신이 아니어도 저는 상관이 없습니다."

사내의 이마에 비지땀이 왈칵 배나오더니 부르르 몸을 떨었다.

"저, 저, 저, 저기야! 저기, 비밀문이 있어!"

"저기군요."

그 말을 듣고 바라보니 정말로 주위의 바닥과는 다른 이음매 같은 것이 있었다.

"그랬군요. 고맙습니다. 그러면 역할도 다 마치셨으니."

세바스가 웃자, 그 말 속에 감추어진 의미를 직감한 사내는 새파랗게 질린 얼굴로 부들부들 떨었다. 그래도 아주 조금, 얄팍한 기대를 품고 말해 본다.

"제, 제발. 주, 죽이지만 말아줘!"

"안 됩니다."

즉답하여 방이 정적으로 얼어붙었다. 사내는 눈을 휘둥그렇게 떴다. 믿고 싶지 않은 말을 거절하려는 사람의 표정으로.

"그치만, 말해 줬잖아! 이봐, 뭐든 할 테니까 살려줘!"

"그거야 그렇습니다만……."

세바스는 한숨을 토해내며 머리를 가로저었다.

"안 됩니다."

"노……농담하시는 거죠?"

"농담이라고 생각하시는 건 그쪽 마음입니다만, 결과는 하나밖에 없습니다."

"……신이……시여."

트왈레를 주웠을 때를 떠올리고 세바스는 살짝 눈을 가늘게 떴다.

이런 일에 가담한 자가 신에게 무언가를 빌 권리가 있겠는가. 그리고 세바스에게 신이란 지고의 41인. 이를 모욕당한 기분이 들었다.

"자업자득입니다."

모든 것을 거부하는 강철 같은 말에 사내는 자신의 죽음을 직감한 모양이었다.

도망칠 것인가, 싸울 것인가. 그 선택을 눈앞에 들이댄 순간, 사내가 망설임 없이 선택한 것은——— 도주였다.

세바스와 싸워봤자 결과는 뻔하다. 그보다는 도망치는 편이 조금이라도 살아남을 가능성이 있다. 그렇게 계산한 행동은 옳았다.

몇 초, 아니, 0.1초 단위이기는 하지만 그의 수명은 연장되었으니까.

문을 향해 달려가던 사내를 순식간에 따라잡은 세바스는 휘릭 가볍게 몸을 돌렸다. 질풍이 사내의 머리 언저리를 지나가고, 몸은 실이 끊어진 것처럼 바닥에 널브러졌다. 둥그런 물체가 벽에 퉁 부딪쳐 핏자국을 남기고 바닥에 굴렀다.

뒤늦게, 머리를 잃은 사내의 목에서 요란한 피가 솟아 바닥에 쏟아졌다.

그야말로 신기(神技)였다. 돌려차기로 머리만을 날려버리는 행위 자체가 있을 수 없는 속도와 힘이지만, 가장 무서운 것은 세바스의 발을 감싼 구두에는 얼룩 한 점 묻지 않았다는 것이리라.

흰 눈을 까뒤집고 쓰러진 나머지 한 사내의 곁에 구두 소리를 내며 다가가 발을 내리쳤다. 고목이 부러지는 듯한 소리와 동시에 사내의 몸이 경련했다. 몇 차례 경련한 후 사내의 몸은 꼼짝도 하지 않았다.

"……여러분이 이제까지 저질렀던 행위를 돌아본다면 어떻게 될지는 자명한 이치가 아니겠습니까? 그러나 안심하십시오. 여러분의 몸으로 최소한의 속죄는 했으니까요."

세바스는 시체를 회수했다.

보기에도 끔찍할 정도로 철저히 파괴된 시체를 계단에 늘어놓아 도망치려는 자들에게 공포와 망설임을 준다. 출입구를 파괴하지 못했을 때 발을 묶는 수단으로 세바스가 생각한 방법이었다.

주워든 시체를 적당한 곳에 놓고 세바스는 바닥의 비밀문에 발을 내리찍었다.

금속구가 박살 나는 소리와 함께 바닥에 구멍이 뻥 뚫렸다. 잘 만들어진 계단 위로 파괴된 문이 덜그렁덜그렁, 의외로 커다란 소리를 내며 굴러 내려갔다.

"아하……. 그냥 이 계단을 파괴하면 이쪽으로 탈출하기 어려워지겠군요."

*

그곳은 그리 커다란 방이 아니었다.

휑뎅그렁한 방에는 의상을 담아두는 옷장이 하나. 그리고 침대 하나밖에 없었다.

침대는 짚에 시트를 깔아놓은 조악한 것이 아니라 솜을 채워넣은 매트리스였다. 귀족들이나 쓰는 훌륭한 물건이었다.

다만 기능성을 중시했는지 디자인은 수수했으며 장식은 일절 가미되지 않았다.

그리고 그 위에는 한 벌거벗은 남자가 앉아 있었다.

나이는 중년을 한참 넘어섰을 것이다. 폭식의 영향인지 몸은 매우 볼품이 없다.

용모는 원래가 평균에 간신히 도달할 만한 것이었는데, 얼굴에 군살이 덕지덕지 붙은 탓에 급속도로 점수를 잃어버렸다. 보는 이는 누구나 그를 돼지 같은 사내라고 느낄 것이다.

돼지는 원래 현명하며 깔끔한 것을 좋아하고 애교도 있는 동물이지만, 여기서 말하는 돼지란 우둔하고 품성이 저질스럽고 불결한, 모욕의 의미로 쓰이는 돼지이다.

그의 이름은 스타판 헤비쉬라고 한다.

그는 치켜든 주먹을 아래로—— 매트리스를 향해 휘둘렀다. 살을 후려치는 소리가 울려 퍼졌다.

스타판의 늘어진 얼굴에 희열의 표정이 떠올랐다. 손에 전해지는, 살점이 짓이겨지는 감촉과 함께 오싹오싹 기분 좋은 것이 등줄기를 타고 기어올랐기 때문이다. 그리고 부르르 몸을 떤다.

"오오⋯⋯."

천천히 쳐든 주먹에 끈적끈적한 붉은 피가 묻어나왔다.

스타판은 알몸의 여자를 깔아뭉개고 있었다.

얼굴은 퉁퉁 부었으며 곳곳에서 내출혈이 일어나 피부를 반점처럼 물들였다. 코는 뭉개졌고 흘러나온 피가 엉겨붙었다. 입술도 눈꺼풀도 크게 부어 원래의 곱던 얼굴은 이제 아무 데서도 찾아볼 수 없다. 몸에도 내출혈의 흔적은 보였지만 얼굴만큼은 아니다. 주위의 시트에도 흩어진 피가 변색된 채 달라붙어 있다.

조금 전까지 얼굴을 감싸느라 열심히 들어 올리던 손은 침대 옆으로 축 늘어졌으며 머리카락이 시트 위에 펼쳐진 모습은 물속을 떠도는 것 같았다.

"야, 뭐야. 벌써 끝난 거야? 앙?"

여자에게 의식이 있는 것 같지는 않았다.

스타판은 주먹을 들었다가 내리쳤다.

뻐억. 주먹과 뺨, 그리고 그 안의 광대뼈가 부딪쳐 스타판의 손에도 아픔이 느껴졌다.

스타판의 표정이 일그러졌다.

"쳇, 아프잖아!"

노기와 함께 다시 주먹을 내리친다.

뻑 소리와 함께 침대가 삐걱거렸다. 공처럼 퉁퉁 부었던 여자의 피부가 터지고 주먹에 피가 묻었다. 끈적끈적한 신선한 혈액이 시트에 튀어 진홍색 얼룩을 만들었다.

"…………으으."

얻어맞아도 여자는 이제 움직이지 않았으며, 육체의 반응도 거의 없었다.

이만큼 되풀이해 구타당하면 목숨도 위험하다. 그럼에도 목숨이 붙어 있는 이유는 딱히 스타판이 힘을 가감한 덕이 아니었다. 여자가 살아 있는 이유는 침대 매트가 충격을 흡수해 주는 덕이다. 만일 단단한 바닥 위에서 맞았다면 이미 숨이 끊어졌을 것이다.

스타판이 힘을 빼지 않는 이유는 그런 원리를 알아서가 아니다. 여자가 죽는다 해봤자 아무 문제도 없기 때문이다. 처분 비용으로 어느 정도 돈만 쥐어주면 모두 해결된다.

실제로 스타판은 이 가게에서 여자를 몇 명이나 때려죽였다.

어쩌면 그때 처분 비용을 지불한 탓에 다소나마 주머니에서 여유가 사라져, 무의식중에 손에서 힘을 뺐을지도 모른다.

꿈쩍도 안 하는 여자의 얼굴을 바라보며 스타판은 낼름 자신의 입술을 혀로 핥았다.

이 창관은 특별한 성벽을 만족하기에는 최적의 장소였다.

보통 창관에서 이런 행위는 절대로 불가능하다. 아니, 가능할지도 모르지만 스타판은 모른다.

노예가 있던 시절은 좋았다.

노예는 재산이었으므로 거칠게 부리는 사람은 경멸당하는 경향이 있었다. 재산을 낭비하고 함부로 다루는 사람이 백안시되는 것과 같은 이유다. 하지만 스타판처럼 특수한 성적 욕구를 가진 사람에게 노예는 가장 쉽게 자신의 욕망을 만족시킬 수 있는 유일한 수단이었다. 그것을 빼앗기고 만 이상 스타판은 욕구를 이런 곳에서 발산할 수밖에 없었다.

만일 이곳을 몰랐다면 어떻게 했을까.

분명 참지 못하고 죄를 저질러 체포되었을 것이다.

그런 스타판에게 이 창관을 소개해 준 —— 대신 그들에게 유리하도록 권력을 구사해 주는 뒷거래를 하게 됐지만—— 그의 주인 되는 귀족에게는 그야말로 황송할 지경이었다.

"고맙습니다—— 주인님."

스타판의 눈동자에 조용한 감정이 떠올랐다. 스타판의 성욕과 성격으로 보자면 믿을 수 없는 일이지만, 그는 자신의 주인에게만은 큰 고마움을 느꼈다.

다만——

스멀스멀 뱃속에서 치미는 불꽃—— 분노.

노예라는 욕망의 분출구를 잃은 원인이 된 여자에 대한 감정.

"——그 계집!"

분노로 얼굴을 붉게 물들이고, 눈에는 핏발이 섰다.

자신이 깔아뭉개고 있던 여자에게, 자신이 섬겨야 할 왕가 ——왕녀의 얼굴이 겹쳐졌다. 스타판은 내면에서 치솟은 분노를 주먹에 모아 내리쳤다.

뻐억 소리와 함께 다시 신선한 피가 튀었다.

"그 얼굴을, 엉망으로, 만들면, 얼마나, 속이, 시원할까!"

몇 번이고 몇 번이고 여자의 얼굴을 후려친다.

주먹에 맞아 입안이 치아에 찢겼는지 놀랄 만큼 많은 피가 부은 입술 틈으로 흘러나왔다.

이제 여자는 맞을 때마다 꿈틀 반응할 뿐이었다.

"——후욱, 후욱."

몇 번 주먹을 날리고 스타판은 어깨를 씨근덕거렸다. 이마와 몸에는 기름을 연상케 하는 번들거리는 땀이 흘러내렸다.

스타판은 몸 밑에 깔린 여자를 보았다. 이제는 끔찍한 몰골이라는 말을 넘어서 반쯤 죽은, 아니, 죽음의 늪에 몇 걸음 몸을 담근 상태였다. 그야말로 실이 끊어진 꼭두각시 인형이다.

꼴깍, 스타판이 목 울리는 소리를 냈다.

너덜너덜해진 여자를 안는 것만큼 흥분될 때가 없었다. 특히 원래 아름다우면 아름다울수록 좋다. 아름다운 것이 망가질 때만큼 가학심을 만족시켜주는 것은 없으니까.

"그 여자도 이렇게 만들 수 있다면 얼마나 기분이 좋을까."

스타판의 뇌리에 얼마 전 찾아갔던 저택의 여주인이 떠올랐다. 그 거만한 얼굴. 이 나라의 왕녀, 가장 아름답다고 일컬어지는 여성에 필적할 미모를 가진 여자.

물론 그런 여자를 어떻게 할 수 없다는 것쯤은 스타판도 잘 안다. 스타판의 성벽을 만족시켜주는 것은 이 창관에 굴러 떨어지는 폐기처분 일보 직전의 존재들이다.

그렇게 아름다운 여자라면 상당한 귀족이 거금을 지불하고 사들여 자신의 영지에서 매매가 탄로 나지 않도록 감금

할 것이다.

"그런 여자를 한 번쯤 때려봤으면—— 때려죽여봤으면."

만일 그런 일이 가능하다면 얼마나 즐겁고 얼마나 만족스러울까.

당연히 불가능한 꿈이다.

스타판은 자신의 몸 밑에 깔린 여자를 보았다. 드러난 가슴이 살짝 위아래로 오르내린다. 그것을 확인하고 입술이 음흉하게 일그러졌다.

스타판은 여자의 가슴을 와락 움켜쥐었다. 손 안에서 크게 일그러졌다.

여자는 반응이 전혀 없었다. 이제는 이 정도 아픔에 반응할 수 있는 상황이 아닌 것이다. 스타판의 밑에 깔린 여자가 현재 인형과 다른 점은 오로지 부드럽다는 점밖에 없을 테니까.

다만 스타판은 이렇게 저항이 없는 모습에 약간 불만을 느꼈다.

살려줘요.

용서하세요.

잘못했어요.

이제 그만.

여자의 비명이 스타판의 뇌리에 되살아났다.

그렇게 말할 수 있을 때 덮쳤어야 했나?

아주 조금 유감을 느끼며, 스타판은 여자의 가슴을 주물러 댔다.

이 창관에 떨어지는 여자의 태반은 정신적으로 망가지고 마음은 다른 곳으로 도망친 상태였다. 그렇게 본다면 오늘 스타판을 상대하고 있는 이 여자는 그나마 나은 편이라 할 수 있었다.

"그 여자도 그랬던가?"

스타판의 뇌리에 떠오른 것은 트알레였다. 그녀를 놓아준 것으로 보이는, 이 창관에서 일했던 사내가 어떤 운명을 걸었는지는 듣고 싶지도 않았다.

다만 오늘 찾아간 저택에서 만난 노인 집사를 떠올리기만 해도 스타판은 얼굴에 떠오르는 조소를 참을 수 없었다.

수많은 남자에게, 경우에 따라서는 여자나 인간 이외의 것에게도 안기는 여자 따위 값쌀 가치가 어디 있겠는가. 집사가 금화 수백 닢이나 되는 거금을 내도 상관없다는 마음을 드러냈을 때는 웃음을 참기 힘들었다.

"그러고 보니 도망친 그 계집도 목소리가 참 좋았지."

기억을 더듬어, 그녀가 지르던 비명을 떠올려보았다. 이 창관에 굴러 떨어진 것치고는 그나마 괜찮았던 여자를.

스타판은 싱글싱글 웃으며 자신의 육욕을 채우기 위해 움직였다. 몸 밑에 깔렸던 여자의 다리를 한 손으로 움켜쥐고는 크게 벌린다. 앙상하게 뼈가 드러난 다리는 스타판의 한 손에 들어올 정도로 가늘었다.

크게 벌어진 가랑이 사이로 스타판은 몸을 얹었다.

스타판이 자신의 욕망으로 단단해진 것을 움켜쥐고——

찰칵 소리와 함께 문이 천천히 열렸다.

"아니?!"

황급히 문 쪽을 본 스타판의 시야에 어디선가 본 적이 있는 노인의 모습이 들어왔다. 그리고 즉시 노인의 정체를 떠올렸다.

그 저택에서 만난 집사다.

노인—— 세바스는 뚜벅뚜벅 구두굽을 울리며 스스럼없이 방으로 들어왔다. 스타판은 너무나도 자연스러운 그의 동작에 아무 말도 하지 못했다.

왜 그 저택의 집사가 여기 있단 말인가. 어째서 이 방에 들어왔단 말인가. 이해할 수 없는 사태와 맞닥뜨려 머릿속이 새하얗게 물들고 말았다.

세바스는 스타판의 곁에 섰다. 그리고 그의 몸 밑에 깔린 여성을 본 다음, 싸늘해진 시선을 스타판에게 돌렸다.

"때리는 것이 좋습니까?"

"뭐!"

기이한 분위기에 스타판은 벌떡 일어나 옷을 집기 위해 움직였다.

그러나 그보다도 먼저 세바스의 행동이 시작되었다.

짜악. 그런 소리가 스타판의 바로 옆에서 울렸다. 그와 동시에 시야가 크게 흔들렸다.

뒤늦게 오른쪽 뺨이 뜨거워지고 아픔이 시큰시큰 퍼졌다.

주먹질을 당했다── 아니, 따귀를 맞았다. 스타판은 그 사실을 겨우 깨달았다.

"이 자식이, 이딴 짓을──"

짜악. 다시 스타판의 뺨이 울부짖었다. 그리고 그대로 멈추지 않았다.

왼쪽, 오른쪽, 왼쪽, 오른쪽, 왼쪽, 오른쪽, 왼쪽, 오른쪽──.

"그마아아안!"

때린 적은 있어도 맞은 적은 없었던 스타판은 아픔 때문에 눈가에 눈물을 글썽였다.

두 손으로 뺨을 감싸듯 치켜올리며 뒷걸음질을 쳤다.

두 뺨에서는 달궈진 듯한 아픔이 스멀스멀 퍼져갔다.

"네, 네 히놈! 이딴 징흘 하고도 무사할 즐 아흐냐!"

시뻘겋게 부은 뺨이 말을 할 때마다 시큰거렸다.

"안 됩니까?"

"당현하이! 멍헝한 놈! 냉아 누궁줄 알고!"

"어리석은 자이지요."

스타판이 물러났던 거리를 쉽게 따라잡더니, 짜악! 다시 스타판의 뺨에 불이 붙었다.

"그마항! 제발 그망해!"

부모에게 얻어맞은 아이처럼 스타판은 뺨을 감쌌다.

폭력을 좋아하기는 해도 때리는 상대는 언제나 무력한 존재였다. 설령 외견이 노인인 세바스라 해도 스타판은 두려워서 때리지 못한다. 상대는 절대로 저항할 수 없다는 확신이 없는 한.

그런 스타판의 내심을 이해했는지, 세바스의 시선은 흥미를 잃은 것처럼 움직여 여성에게 향했다.

"정말로 끔찍한 짓을 했군요……."

여자의 곁에 선 세바스의 곁을 스타판은 뛰어서 지나갔다.

"멍청한 놈!"

스타판의 머리가 열기로 달궈졌다. 이 얼마나 어리석은 노인인가.

이 저택에 있는 자들을 불러모아 혼쭐을 내 줄 테다. 자신에게 이딴 짓을 했으니 절대 쉽게는 용서해 주지 않을 것이다. 끔찍한 고통과 공포를 맛보게 해 주마.

뇌리에 떠오른 것은 집사의 주인인 그 미모의 여자.

종자의 잘못은 주인의 책임이다. 주종 한꺼번에 이 아픔을 책임지게 해 주마. 누구를 때렸는지 톡톡히 깨닫게 해 주마.

그렇게 생각하며 늘어진 배를 위아래로 출렁거리며 스타판은 밖으로 뛰어나갔다.

"여봐라! 게 뇽우 엄느냐!"

큰 소리로 외친다. 외치면 금방 종업원 중 누군가가 달려올 것이다.

하지만 그 생각은 배신당했다. 통로에 나온 후에 그 사실을 깨달았다.

조용했던 것이다.

마치 사람이 없는 것처럼 느껴질 정도로.

스타판은 알몸으로 겁먹은 듯 두리번두리번 주위를 살폈다.

통로에 맴도는 그 정적—— 기이한 분위기가 스타판에게 공포를 주었다.

좌우를 둘러보면 많은 문이 있다. 그곳에서 아무도 나오지 않는 것은 당연하다. 특별한 성적 욕구—— 그것도 위험한 욕구를 가진 자들이 많이 오는 이 가게는 방음이 완벽하다.

하지만 종업원에게까지 들리지 않을 리가 없다.

스타판이 조금 전 방에 안내를 받았을 때는 몇 명이나 되는 종업원이 보였다. 모두 우락부락한 남자들이었고 세바스 같은 노인과는 비교도 되지 않을 만큼 체격이 좋았다.

"왜 앙무도 앙 오능 거햐!"

"——죽었거나 의식을 잃었기 때문이지요."

나직한 목소리가 스타판의 외침에 대답했다. 황급히 돌아보니 세바스가 조용히 서 있었다.

"안쪽에 몇 명이 있는 것 같습니다만…… 대부분 잠들었습니다."

"그, 그헐 링아 엄서! 몇 명이나 되는 줄 알고?!"

"……종업원으로 보이는 분은 위에 셋, 아래에 열. 그리고 당신 같은 분이 일곱 있더군요."

이 노인이 무슨 소리를 하고 있단 말인가.

스타판은 그런 표정으로 세바스를 보았다.

"일단 이 근처에는 당신을 도와주러 달려올 인물은 없습니다. 종업원이 의식을 되찾는다 해봤자 다리를 부수고 팔을 꺾어놓았으니까요. 애벌레처럼 기어올 수밖에 없지요."

스타판은 놀라움을 금치 못했다. 그럴 리가 없다고 생각하지만 창관 내의 기이한 분위기가 세바스의 말이 진실임을 알려주었다.

"헌데, 당신은 살려둘 필요성을 느낄 수가 없는걸요. 이곳에서 죽어주셔야겠습니다."

날붙이를 뽑는다거나 무기를 들려는 동작은 없었다. 그저 묵묵히, 아무렇게나 걸어서 다가올 뿐이었다. 지극히 평범한 그 움직임에 스타판은 두려워했다. 세바스가 자신을 진심으로 죽일 생각임을 깨닫고.

"장깐! 장깐! 너…… 앙이, 당싱항헤 송에응 앙 댈 이야깅아 이허!"

"······영 알아듣기 힘들군요. 손해는 안 될 이야기가 있다고 말씀하신 겁니까? 글쎄요······ 관심 없습니다."

"그험 왜 이렁 지슬 하능 거햐!"

이런 꼴을 당할 이유가 없다. 대체 무슨 이유가 있어서 자신이 죽어야만 한단 말인가. 그런 생각을 세바스는 처음으로 이해할 수 있었다.

"······당신이 그동안 저질렀던 일을 생각해도 모르겠단 말입니까?"

스타판은 떠올려 보았다. 무언가 해선 안 될 짓이라도 했던가.

세바스는 한숨을 쉬었다.

"······그렇군요."

세바스가 내뱉은 말과 똑같은 속도로 세바스의 앞차기가 날아들어 스타판의 복부에 강하게 꽂혔다.

"살 가치가 없다는 표현은 바로 이럴 때 쓰는 것이군요."

내장이 몇 군데나 터져나가며 있을 수 없는 통증이 스타판을 엄습했다. 혼절해 죽어도 이상하지 않을 것 같은 아픔인데 몽롱해지기만 할 뿐 의식은 있었다.

아파!

아파!

아파!

소리를 지르며 발버둥을 치고 싶었지만 격심한 통증 때문에 움직일 수조차 없었다.

"그대로 죽어가십시오."

싸늘한 목소리가 스타판에게 들려왔다. 살려달라고 소리를 내고 싶었지만 목이 움직이질 않았다.

땀이 눈에 들어가 시야가 뿌옇게 흐려졌다. 그 속에서 세바스가 떠나가는 뒷모습이 보였다.

살려줘!

살려줘!

돈은 얼마든지 줄 테니 살려줘!

도움을 청하는 소리 없는 목소리에 대답할 자는 이미 사라졌다.

이윽고 스타판은 복부에서 치미는 격통 속에서 천천히 죽어갔다.

2

하화월(9월) 3일 12:12

"클라임, 위에 있는 놈들은 다 죽일 거다. 포박할 도구도 없고, 잘못해서 소리를 지르기라도 했다간 성가신 일이 될 테니까. 기절시켜 봤자 의식을 되찾을지도 모르는 상황에서 정보가 부족한 곳을 제압하기란 위험…… 뭐야, 왜 그래?"

"아, 아니, 아무것도 아닙니다."

클라임은 머리를 설레설레 흔들어 불안을 떨쳐냈다. 심장은 온 힘을 다해 뛰었을 때처럼 소리를 내고 있지만 열심히 무시했다.

"실례했습니다. 저는 이제 괜찮습니다. 언제든 시작할 수 있습니다."

"그래? ……흠, 의식을 전환한 모양이군. 여기 도착한 후로 이상했는데, 너 지금 딱 전사의 얼굴이 됐어. 불안한 건 알아. 여긴 지금 네가 싸워도 못 이길 강적이 있으니까. 그래도 안심해. 내가 있고, 세바스 님도 계셔. 넌 살아남는 것만 생각하라고. 네 마음을 지탱해 주는 사람을 위해서."

클라임의 어깨를 턱 두드리고, 이미 뽑아놓은 카타나를 든 브레인이 문을 네 차례 노크했다.

클라임도 검을 꽉 쥐었다.

문 너머에서 저벅저벅 걸어오는 소리가 들리고, 이어서 잠겼던 것이 풀리는 소리가 들렸다. 그것도 세 번이나.

문이 열린 순간 작전대로 클라임이 문을 있는 힘껏 열어젖혔다.

당황하는 목소리가 들리기도 전에 브레인이 돌입했다. 즉시 고기를 써는 듯한 소리가 들리고, 털썩 바닥에 쓰러지는 소리가 이어졌다.

클라임도 뒤늦게 뛰어들었다.

먼저 들어간 브레인이 두 번째 남자를 베어 쓰러뜨리는 참이었다. 그 외에 실내에 있는 것은 쇼트 소드와 가죽갑옷을 장비한 사내. 그놈을 향해 클라임은 단숨에 거리를 좁혔다.

"뭐! 뭐야 넌!"

사내는 당황하며 쇼트 소드를 클라임에게 내리치려 했지만, 클라임은 가차 없이 검으로 튕겨냈다.

그리고 상단에서 단숨에 검을 내리쳤다.

쇼트 소드로 막으려 하지만 클라임의 온 체중이 실린 무거운 일격을 막아내기에는 너무나도 미덥지 못했다. 상대의 검을 튕겨낸 클라임의 검은 그대로 사내의 어깻죽지에 파고들어 목덜미로 빠져나왔다.

쓰러진 사내의 고통 어린 신음과 함께 어디에 들어있었는가 싶을 정도로 엄청난 양의 피가 바닥에 퍼져갔다. 몸은 죽음을 꿈틀꿈틀 앞두고 경련했다.

치명상이라고 판단한 클라임은 경계하면서도 자세를 무너뜨리지 않고 방 한쪽 구석으로 뛰어 물러났다. 실내에 숨어 있던 적이 위에서 검을 내리치는 그런 일은 없었다. 뒤에서는 브레인이 2층으로 이어지는 계단을 뛰어오르는 소리가 들렸다.

실내에는 흔해 빠진 가구가 놓여 있을 뿐이었다. 클라임은 이를 확인하자 다음 방으로 뛰어갔다.

그로부터 1분.

각자 자기가 맡은 층을 돌아보고, 달리 적이 없음을 확인하자 클라임과 브레인은 입구에서 합류했다.

"1층을 둘러봤는데, 누가 있는 기척은 없었습니다."

"2층도 그랬어. 침대 하나 없는 걸 보면 여기선 잠을 자거나 하진 않는 모양이야⋯⋯. 역시 비밀통로가 있고 그쪽에서 생활하는 게 확실해."

"그 비밀통로 말인데요, 혹시 발견하셨습니까? 아무리 그래도 2층에는 없을 것 같습니다만."

"아니, 그런 건 못 찾았어. 클라임 네 말대로 1층이겠지."

클라임과 브레인은 얼굴을 마주본 다음 실내를 살폈다.

클라임은 도적계 스킬을 수련하지 않았으므로 실내를 둘러보는 정도로는 찾을 수 있는 것이 없었다. 만일 이 자리에 밀가루처럼 입자가 고운 가루가 있고 시간을 들인다면 이를 뿌리고 후후 불어 찾는 수단을 취했을 것이다. 가루가 비밀통로의 틈에 들어가 발견하기 쉬워지기 때문이다. 하지만 손에는 밀가루도 없거니와 이를 뿌릴 시간도 없다. 그렇기에 클라임은 포셰트에서 매직 아이템을 꺼냈다.

전에 청장미의 가가란에게서 받았던 조그만 핸드벨이다.

『도적이 없는 상태에서 모험을 하는 건 위험하지만, 꼭 그렇게 할 수밖에 없을 때가 올 거야. 그럴 때 이게 있는 것하고 없는 건 천지 차이라고.」

그렇게 말하며 준 아이템이었다. 클라임은 핸드벨의 옆부분에 그려진 그림을 비교하며, 세 개 중에서 원하던 것을 골랐다.

그가 꺼낸 매직 아이템의 이름은 비밀문 감지 종Bell of Detect Secret Doors. 곁에서 브레인이 흥미진진하게 지켜보는 것을 느끼며, 이를 한 번 휘둘렀다. 주인만이 들을 수 있는 시원한 음색이 퍼져나간다.

종소리에 반응해 바닥 일부에 창백한 빛이 맺히더니 잇달아 깜빡거리며 이곳에 비밀문이 있음을 강조해 주었다.

"호오, 편리한 아이템인걸. 내가 가진 아이템은 전부 나를 강화하는, 전투에만 도움이 되는 것뿐인데."

"하지만 전사에게는 그게 당연하지 않습니까?"

"전사라……."

쓴웃음을 지은 브레인에게서 떨어져, 클라임은 그 장소를 기억해두고 1층을 한 바퀴 돌았다. 이 아이템의 마법 효과는 일정 시간 동안 이어진다. 그사이에 최대한 많은 곳을 조사해둘 필요가 있다. 한 바퀴 돌았지만 처음 장소 외에 마법에 반응한 곳은 없었다.

이제는 이 문을 열고 안으로 잠입하기만 하면 되는데, 클라임은 눈을 가늘게 뜨고 비밀문을 바라보았다. 그리고 한 숨을 한 번 내쉬더니 다시 세 개의 핸드벨을 꺼냈다.

이번에 선택한 것은 조금 전과는 다른 그림이 그려진 것이었다. 그리고 아까와 똑같이 흔들었다.

조금 전의 것과 비슷한, 그러나 다른 종소리가 퍼졌다.

함정해제 종Bell of Remove Trap.

주의에 주의를 기울인다. 전사인 클라임에게 함정을 발견하고 해제할 능력은 없으며, 게다가 함정에 걸렸을 때의 대처법 또한 없다. 매직 캐스터 같은 사람이 있으면 마비독에 당해도 치료해 줄 수 있겠지만 이곳에 있는 것은 전사 둘 뿐. 무투기 중에는 독을 일정 시간 무효화해 주는 작용을 가진 것도 있다고 하나, 클라임은 그런 기술을 익히지 못했으며 해독 포션도 없다. 당했다간 끝장이라고 생각해야 하리라.

그렇게 되느니 하루 사용 횟수 제한이 있는 아이템이라도 망설임 없이 써야 한다.

짤깍 하는 무거운 소리가 비밀문에서 울려 퍼졌다.

클라임은 비밀문의 틈에 검을 꽂고 억지로 비틀어 열었다.

나무 바닥 한 모퉁이가 번쩍 들려 올라가며 반대쪽으로 쓰러졌다. 비밀문 안쪽에는 세팅된 크로스보우가 달려 있었다. 크로스보우에 달린 쿼럴 끄트머리는 불빛을 받아 금속과는 다른 기묘한 반사광을 드러냈다.

클라임은 장소를 바꾸어 크로스보우를 바라보았다.

끄트머리에는 점성이 높은 액체 같은 것이 묻어 있었다.

십중팔구 독이다. 만일 아무렇게나 열려 했다간 독을 바른 쿼럴이 사출되었을 것이다.

살짝 안도의 숨을 내쉬고, 크로스보우를 제거할 수는 없을지 조사해 보았다. 유감이지만 단단히 세팅되어 있어서 도구가 없으면 풀지 못할 것 같았다.

포기한 클라임은 비밀문 안쪽을 엿보았다.

제법 경사가 급한 계단이 아래를 향해 이어졌으며 그 너머는 각도 때문에 보이질 않았다. 계단도 그 주변도 돌로 다져 놓아 매우 견실했다.

"그래서, 어떡할래? 여기서 기다릴 거야?"

"실내전투는 저에겐 좀 벅찹니다. 가능하다면 안에 들어가서 넓고 싸우기 쉬운 곳을 찾아 그곳에서 진을 치고 싶군요."

"1대 1을 고려하면 계단 위에서 기다리는 편이 승산이 높겠지만, 여기서 전투가 벌어지면 앞서 나갔던 나한테까지 소리가 안 들릴 가능성이 있으니……. 게다가 증원군이 달려올 때도 고려하면 그건 역시 관두는 게 좋겠어. 그럼 같이 가자."

"예. 부탁드립니다."

"내가 앞장서지. 조금 떨어져서 따라와."

"알겠습니다. 그리고 조금 전에 썼던 함정 해제 아이템은 하루에 세 번까지는 쓸 수 있지만 연속사용이 불가능해 30분은 간격을 두어야 합니다. 아이템에는 기대할 수 없습니다."

"알았어. 최대한 주의하면서 가지. 뭐 알아차린 거 있으면 나한테도 알려주고."

그렇게 말하더니 브레인은 앞장서서 계단을 내려갔다. 만약을 위해 카타나로 바닥을 찌르면서 한 걸음, 두 걸음 나아간다. 클라임이 그 뒤를 따랐다.

계단을 내려온 곳은 단단한 돌 블록을 깔아놓고 벽까지도 돌로 덮은 곳이었다. 몇 미터 전방에는 가장자리를 쇠로 보강해놓은 목제 문이 보였다.

비상구가 있는 통로에 크로스보우 이상의 함정을 설치해놓았으리라고는 생각하기 힘들지만, 중무장한 전사가 바닥 함정 하나에 무력화되는 것도 흔한 이야기다. 그것만은 피해야만 한다.

얼마 안 되는 거리이기는 해도 충분한 시간을 들여 신중하게 나아가, 브레인은 문 앞까지 도달했다. 클라임은 계단 아래에서 대기했다. 모종의 사고가 일어났을 때 말려들지 않도록 한 것이다.

브레인이 우선 문을 칼로 찔러보았다. 이를 몇 번 반복하고, 각오를 다진 듯 문손잡이를 쥐더니—— 뒤틀었다. 그리고 움직임이 멈추었다.

무슨 일인가 걱정했을 때, 브레인이 돌아보고 처량한 목소리로 말했다.

"……잠겼어."

당연하다. 문 정도는 잠가놓을 것이다.

"뭔가 열 방법은 있나? 없으면 부수겠지만."

"아, 있습니다. 잠시만요."

세 개의 핸드벨 중에서 마지막 것을 문에 대로 흔들었다.

자물쇠 제거 종Bell of Open Lock의 힘으로 열쇠가 열리는 미미한 소리가 들렸다.

브레인은 손잡이를 돌린 다음 조금만 문을 열고 안의 기척을 살폈다.

"아무도 없군. 먼저 들어갈게."

브레인의 뒤를 따라 클라임도 안으로 침입했다.

홀이었다.

방 한쪽 구석에는 사람이 들어갈 만큼 커다란 우리며 나무 궤짝 같은 것이 벽에 바짝 붙어 수없이 놓여 있었다. 짐을 놓는 곳일까? 그렇다 쳐도 조금 넓다는 기분이 들었다.

맞은편에는 열쇠가 없는 문이 있다. 클라임이 귀를 기울여 보니 멀리서 소란이 일어났는지 조금 시끄러웠다.

브레인이 돌아보고 클라임에게 물었다.

"여기라면 어떨까? 넓이는 안성맞춤이긴 한데…… 동시에 여러 명을 상대할 수밖에 없는 상황이 벌어질걸."

"상대가 여럿일 경우에는 출구 쪽 문을 열고 계단 언저리에서 싸우겠습니다."

"알았어. 얼른 탐색하고 금방 돌아오지. 그러니까 죽지 말라고, 클라임."

"잘 부탁드립니다. 브레인 님도 조심하십시오."

"아까 그 아이템 말인데…… 괜찮으면 좀 빌려주겠어?"

"물론입니다. 생각을 못해 죄송합니다."

클라임은 벨을 세 개 모두 브레인에게 건네주었다. 브레인은 이를 벨트 파우치에 넣었다. 그다음 전사에게 어울리는 씩씩한 표정을 지었다.

"그럼 다녀오지."

그 말만을 남기고 브레인은 열쇠가 없는 문을 통해 창관 안쪽으로 진입했다.

혼자 남은 클라임은 조용한 실내를 둘러보았다.

우선 궤짝 뒤에 아무도 없는지, 다른 통로는 없는지 알아보았다. 그래 봤자 전사의 수색이기는 하지만 숨겨진 문은 없는 것 같았다. 다음으로 조사한 것은 무수한 나무궤짝이었다.

가능하다면 이곳 말고 다른 여덟손가락의 시설에 대한 정보를 얻고 싶었다. 밀수품이나 위법 물품이 있다면 만만세다. 물론 확실한 수색은 이곳을 점거한 다음 해야 되겠지만, 그 전에 스스로 할 수 있는 범위 내에서 조사해봐야 할 것이다.

커다란 것에서 작은 것까지 수많은 궤짝 중에서도 가장 큰 것에 다가갔다. 크기는 가로세로 높이 모두 2미터는 될 것 같았다.

그런 커다란 궤짝에 함정이 없는지를 조사했다. 물론 조금 전과 마찬가지로 클라임에게는 탐색능력이 없으므로 도적의 흉내만도 못한 것이었지만.

귀를 대고 안쪽의 소리를 들었다.

무언가가 갇혀 있을 것 같지는 않지만 암흑가 같은 곳에서는 무슨 일이 있을지 모른다. 위법한 생물을 밀수할 가능성도 있다.

당연하다고 해야 할지, 소리는 들리지 않았다. 클라임은 다음으로 위 뚜껑을 벗겨내려고 손을 대보았다.

──안 열리네.

꼼짝도 하지 않았다.

지레나 부지깽이 같은 것을 찾아보았지만 언뜻 봐서는 실내에 그런 것은 없었다.

"……할 수 없지."

그다음으로 큰, 사방이 1미터 정도 되는 궤짝을 열러 가보았다.

이쪽은 쉽게 열렸다. 안을 엿보니 다양한 의상이 있었다. 허름한 원피스를 비롯해 귀족의 영애들이 입을 법한 것까지 다양했다.

"뭐지? 이 옷 밑에 뭔가 숨겨놓은…… 건 아닌 모양이고……. 예비 옷인가? 작업복 같은 것도 있고. 이건 메이드복? 대체 뭐지?"

클라임은 이 수많은 의복의 의미를 이해하지 못해 고개를 갸우뚱했다. 한 벌을 손에 들어보았지만 평범한 옷이었다. 가령 범죄와 관련이 있다면 장물일 텐데, 이 창관을 무너뜨릴 만큼 확실한 증거는 되지 않는다.

모르는 것은 모르는 대로 내버려두고, 클라임은 조금 전과 비슷한 크기의 궤짝으로 향했다. 그때 덜컹 하는 커다란 소리가 방에 울려 퍼졌다.

그럴 리가 없다. 실내는 모두 둘러보았으며, 아무도 없다는 것을 확인했다. 그 순간 뇌리에 번뜩인 것이 있었다. 〈투명화Invisibility〉로 눈에 보이지 않게 위장한 자가 처음부터 실내에 있었던 것은 아닐까 하고.

자신의 생각에 흠칫하며 클라임은 소리가 난 방향을 황급히 돌아보았다. 조금 전 열리지 않았던 2미터 정도의 커다란 궤짝. 그것은 한 면이 벽에 밀착된 형태로 놓여 있었는데, 그 반대쪽에 해당하는 측면이 열려 있었다.

드러난 내부에 짐은 없었으나 그 대신 두 남자가 있었다. 안쪽은 통로였으며 원래 있어야 할 벽에는 구멍이 뚫려 있었다. 비밀통로가 궤짝 안에 이어져 있었던 것이다.

클라임이 눈을 깜빡이고 있으려니 사내들이 잇달아 궤짝 밖으로 나왔다.

등에서 식은땀이 흘렀다.

사내 중 한 사람의 외견이 세바스에게 들었던 인물과 흡사했다. 이름은 서큘런트. 이번 돌입에서 최대의 장애가 되리라 여겨졌던, 그와 동시에 가장 생포하고 싶은 인물이었다.

아다만타이트 클래스 모험자에 필적한다는 '여섯팔' 의 일원. 클라임에게는 승산이 전혀 없는 적은 칼집에서 뽑아든 날붙이를 손에 들고 눈을 가늘게 뜨며 물었다.

"〈경보Alarm〉로 침입자가 있다는 건 알았으니 일부러 맞닥뜨리지 않도록 비밀통로를 따라서 와 봤는데……. …… 역시 길을 더 만들어놓아야 했던 것 아닙니까?"

새된 목소리로 뒤에 있던 사내가 대답했다.

"새삼스레 그런 소리 해봤자 어쩔 수 없잖아."

그러더니 클라임을 보고 고개를 갸웃하며 말을 이었다.

"어머? 나 저 꼬마 어디서 본 적 있는데."

"당신을 상대했던 소년이라느니, 이런 상황에서 그런 말씀 하시면 아무리 저라 해도 화낼 겁니다."

"이거 왜 이래 정말, 서큘런트. 그럴 리가 없잖아. 분명, 내가 이 세상에서 가장 싫어하는 암컷의 부하였을걸."

"아니, 그럼 그 공주님의 부하란 말입니까?"

서큘런트가 클라임을 위에서 아래로 핥듯이 훑어보았다.

뒤에 있던 사내의 시선은 끔찍하게도 욕정의 빛을 머금고 있지만 이쪽은 전사로서 역량을 가늠하려 하는, 혹은 사냥감이 자신의 입에 들어갈지 판단하려는 뱀 같은 눈빛이었다.

뒤에 있던 사내가 입술을 혀로 핥으며 서큘런트에게 물었다.

"나 쟤도 데려가고 싶은데, 안 될까?"

오싹한 것이 클라임의 등을 내달리며 엉덩이가 근질거렸다.

'저 자식, 그쪽 취향이구나!'

"추가 요금 부탁드립니다."

클라임의 마음속 절규를 무시하고 서큘런트가 클라임을 돌아보았다. 원래부터 허점이란 것이 보이지 않았지만, 마치 견고한 성새를 상대하는 듯한 기분에 사로잡혔다.

서큘런트가 불쑥 한 걸음을 내디뎠다.

밀려드는 압력에 클라임은 한 걸음 물러났다.

힘의 차이가 엄연한 싸움에서, 당연하지만 시간이 걸리는 일은 별로 없다. 그러나 클라임은 그 어려운 고비를 넘어서야만 한다.

'방어태세를 유지하고 받아내는 데 전념하면 세바스 님이나 브레인 님 어느 한 분이 오실 때까지 시간을 끌 수 있을 거다.'

그러나 그 전에 해야 할 일이 있다.

클라임은 크게 숨을 들이마셨다.

"도와주십시오—!!"

큰 소리로 외쳤다. 폐에 가득 찬 숨을 전부 토해낼 기세로.

개인의 전투에서 이긴다고 승리가 아니다. 여기 있는 자들을 도망치지 못하게 해 포박하면 승리하는 것이다. 반대로 말하자면 이 사내와 같은 실력자—— 나아가서는 정보를 많이 쥐었을 것 같은 상대를 놓친다면 그것은 결국 패배를 뜻한다. 그렇다면 큰 소리로 도움을 청하는 데 무슨 망설임이 있겠는가.

실제로 서큘런트의 얼굴이 험악해졌다.

이제 저쪽은 단시간에 승부를 낼 필요성에 사로잡혔다. 다시 말해 큰 기술을 주로 사용할 가능성이 현저히 높아졌다.

클라임은 방심하지 않고 계속 관찰했다.

"코코돌 씨, 이놈을 데려가기가 좀 어려워졌습니다. 원군이 오기 전에 결판을 내야겠어요."

"아이, 뭐람! 자기는 여섯팔의 일원이라며? 이런 꼬마 하나 못 기절시켜? 환마란 이름이 울겠네!"

"그렇게 말씀하시면 저도 난처합니다. 뭐, 하는 데까지 한번 해 보겠습니다만, 코코돌 씨가 잘 도망치는 게 우리의 승리라는 걸 잊지 마십시오."

클라임은 방심하지 않고 서큘런트를 노려보며 환마라 불렸던 까닭을 캐보려 했다. 능력과 완전히 동떨어진 별명을 붙이지는 않았을 것이다. 따라서 유래를 알아내면 상대의 능력을 일말이나마 파악할 수 있다. 다만 유감스럽게도 외견이나 장비에서는 알아낼 만한 것이 없었다.

불리하다는 것을 알면서도 클라임은 자신을 고무시키기

위해 소리를 질렀다.

"이 문은 내가 사수한다. 내가 무사한 한 너희가 이곳에서 도망치게 놔두지는 않겠다!"

"그게 가능할지 어떨지는 금방 알 수 있겠지. 꼴사납게 땅바닥에 쓰러졌을 때 말이다."

서큘런트가 천천히 검을 들었다.

'음?!'

클라임은 눈을 의심했다.

검이 일렁거렸던 것이다. 눈의 착각이 아니다. 그 이상한 현상은 금세 잦아들었지만 절대로 잘못 본 것이 아니었다.

모종의 무투기──?

환마라는 이름의 유래가 된 무언가겠지. 그렇다면 상대는 이미 어떤 힘을 발동했다는 뜻이다. 방심했던 것은 아니지만 경계 수준을 올려두어야 한다.

서큘런트가 다가오며 검을 쳐들었다.

아다만타이트 클래스 모험자에 필적하는 사람의 움직임이라고는 생각할 수 없었다. 오히려 움직임만 보면 클라임보다도 약간 떨어진다. 내리친 검의 궤적에 맞춰 방어하기 위해 검을 쳐들고── 오싹하는 기분을 느낀 클라임은 황급히 뒤로 물러났다.

그 순간 옆구리에 격통을 느끼며 날아갈 뻔했다.

"커, 헉!"

그대로 뒤로 비척비척 물러나 벽에 부딪쳤다. 무슨 일이 일어났는지 생각할 여유는 없었다. 서큘런트가 이미 눈앞에 있었다.

아까와 마찬가지로 검을 쳐들고 있다. 클라임은 머리를 지키기 위해 검을 들며 머리부터 구르듯이 왼쪽 옆으로 뛰었다.

오른쪽 위팔에 격통이 내달렸다.

기세를 타고 구르면서 그대로 일어나자마자 보지도 않고 뒤로 검을 휘두른다.

검은 허공을 갈랐다.

상대에게 추격타를 가할 마음이 없음을 알고 오른팔을 누르면서 돌아보니, 서큘런트가 이쪽에 주의를 기울이면서 계단으로 이어지는 문으로 달려가는 모습이 눈에 들어왔다.

클라임은 문을 열려 하는 서큘런트를 무시하고 코코돌에게 시선을 보냈다. 서큘런트가 코코돌을 경호한다면 이것만으로도 충분한 견제가 되리라는 예감은 맞아떨어졌다.

서큘런트는 우뚝 손을 멈추더니, 클라임과 코코돌을 잇는 직선을 가로막는 위치에 자리를 잡고 혀를 찼다. 그리고 문과 클라임, 코코돌을 순서대로 바라보며 얼굴을 한껏 일그러뜨렸다.

"한 방 먹었군! 죄송합니다. 이 꼬마는 여기서 죽여야겠어요."

"뭐라구우~? 얘를 살려두면 그 계집애한테 좋은 카드가 될 텐데?"

"이놈 때문에 착각했습니다. 이 꼬마가 문을 지키는 위치를 점했던 바람에……. 문을 사수하겠네 마네 지껄였던 것도 그것 때문이었어요. 이 자식…… 나를 가지고 놀다니."

'……좋았어, 걸려들었다! 역시 바깥에 대해선 정보가 없는 모양이야. 이제는 도망치지 못할 테지.'

호위가 서큘런트 혼자인 상황에, 클라임이 살아서 전투를 속행할 수 있는 상태로 두고 도망치는 것은 어리석은 생각이다. 왜냐하면 계단 위에 클라임의 동료가 있다면 협공을 당하고 말지도 모르니까. 같은 이유로 클라임과의 승부에 결판이 나기 전에 코코돌 혼자만 도망치게 놔둘 수도 없다.

클라임이 사수하겠다고 선언해놓고는 문에서 냉큼 떨어져 코코돌을 노리는 기척을 보이자 서큘런트는 블러프에 걸려든 것이다. 이제 그는 문 너머에도 누군가가 대기하고 있으며 협공으로 코코돌을 생포하려 든다는 자신의 생각에 묶여버렸다. 안전하게 도망치려면 우선 여기서 클라임을 쓰러뜨려야만 한다고 판단했을 것이다.

물론 이것은 그가 바깥 상황을 모르기 때문이다. 만약 알았다면 그대로 문을 열고 도망쳤을 테니까.

부풀어오른 살의를 받으며, 도박에서 승리한 클라임은 검을 쳐들었다.

"흡!"

클라임은 옆구리와 오른쪽 위팔에서 전해지는 아픔을 꾹 참았다. 뼈가 몇 개쯤 부러졌을지도 모르지만 아직 움직이는 것은 행운이었다. 아니, 저 변태가 클라임에게 이상한 욕정을 품지만 않았으면 단칼에 죽었을지도 모른다. 설령 체인 셔츠를 입었더라도 참격을 완벽하게 막아낼 수는 없었을 테니까.

'하지만 그 공격의 정체는 뭐지? 무시무시한 속도로 검을 한 번 더 휘둘렀던 걸까? 그렇지는 않았던 것 같은데…….'

클라임의 뇌리를 가로지른 것은 가제프의 얼굴이었다.

가제프 스트로노프의 오리지널 무투기 〈육광극참(六光極斬)〉은 여섯 번의 연격을 날린다고 한다. 그렇다면 그것보다는 좀 못한, 비유하자면 '이광극참' 정도는 되는 기술일까.

하지만 그렇다면 서큘런트의 기술은 첫 번째 공격이 평균속도이고 두 번째 공격만 빠른 기묘한 기술이라는 뜻이 된다.

'앞뒤가 맞지 않아. 기술의 정체를 알면 어느 정도 대처할 수 있겠지만…… 아무튼 방어전으로 들어가면 위험하다. 공격할까?'

꼴깍 침을 삼키며 클라임은 뛰어나갔다. 시선은 서큘런트에게서 코코돌에게로. 서큘런트의 얼굴이 잔뜩 일그러졌다.

'경호를 하는 이상 경호대상자를 노리면 그게 설령 위협이라 해도 싫겠지. 내가 그렇다 보니 잘 알거든.'

자신이 당하면 싫어하는 일을 하며 접근한다.

'환마. 환영을 쓰는 마……. 어쩌면 별명 자체가 속임수일 수도 있지만…… 확인해 볼 만하겠어.'

간격을 좁히면서 검을 내리친다. 하지만 예상했던 대로 쉽게 튕겨나갔다. 전해지는 충격을 억누르며 다시 내리친다.

높이 들었다 휘두른 공격이 아니라서 힘은 실리지 않았지만 그 정도로도 충분했다.

브로드소드가 서큘런트의 검에 다시 튕겨나자, 만족스럽게 고개를 끄덕인 클라임은 거리를 벌렸다.

"환술이군! 무투기가 아니고!"

검에 튕겨난 순간 위화감이 들었다. 눈에 보이는 검보다도 약간 앞에서 튕겨난 감촉이 들었던 것이다.

"오른손 자체가 환술이었구나. 진짜 팔과 검은 투명해졌고!"

막아냈다고 생각했던 검은 환술이었으며, 투명해진 검이 몸을 베었던 것이다.

서큘런트는 얼굴 표정을 모조리 지우더니 밋밋한 목소리로 말하기 시작했다.

"……그렇다. 이건 신체 일부를 투명하게 만드는 마법과 환각마법을 조합했을 뿐이지. 나는 일루저니스트(Illusionist)와 펜서(Fencer) 클래스를 취득했거든. 알고 보니 시시한 트릭이지? 웃어도 좋아."

어떻게 웃겠는가. 분명 말로 해놓고 보면 매우 간단해 어째서 알아차리지 못했을까 하는 생각마저 들 것이다. 그러나 일격에 목숨이 오가는 전투에서 보이지 않는 검만큼 무서운 것도 없다. 게다가 환영까지 보이는 만큼 현혹되기 쉽다.

"능력이 분산돼서 전사 단품으로만 판단하면 너보다 떨어질지도 모른다만……."

휘릭, 서큘런트가 검을 든 손을 돌렸다. 그러나 그것이 정말로 그의 팔일까? 지금 보이는 것은 환영의 팔이고, 진짜 손은 단검을 뽑아들어 던질 기회를 엿볼 가능성도 있다.

환술의 무서움을 실감하고 클라임은 식은땀을 흘렸다.

"마력계 매직 캐스터 중에서 일루저니스트는 환영에 속한 마법밖에 쓸 수 없지. 고위계 마법이 되면 환술 공격을 가해 뇌에 착각을 일으켜 죽게 만드는 대미지 마법도 있다만…… 나는 아직 그 영역에 미치지 못했거든."

"거짓말 같은데. 진실이라는 증거가 어디 있지?"

"그건 그래."

서큘런트가 웃으며 말했다.

"뭐, 하지만 믿을 필요는 없어. 그래서, 음, 내가 무슨 말을 하려고 했더라…… 그래. 그런고로 나는 자신에게 강화 마법도 걸 수 없지. 너를 약화시킬 수도 없고. 하지만…… 환영과 현실을 분간할 수 있을까?"

말이 끊어지자 서큘런트의 몸이 분열하더니 여러 명의 서큘런트가 겹쳐지듯 모습을 나타냈다.

"〈다중잔영Multiple Vision〉."

한가운데가 본체일 것 같다고는 생각했지만 그러리라는 보장은 아무 데도 없다.

'왜 매직 캐스터에게 시간을 주고 있었던 거야!'

시간을 끄는 것이 클라임의 목적이기도 했지만, 매직 캐스터에게 보조마법을 쓸 시간을 주면 지나치게 위험하다.

클라임은 포효를 올리며 〈능력향상〉과 〈지각강화〉 무투기를 사용해 서큘런트를 향해 단숨에 거리를 좁혔다.

"〈섬휘암점Scintillating Scotoma〉."

"으윽!"

클라임의 시야 일부가 깎여나갔다. 그러나 그 효과는 즉시 사라졌다. 마법 저항Resist에 성공한 모양이었다.

발을 디뎌 버틴 클라임은 모든 분신을 휩쓸어버릴 듯이 검을 휘둘렀다. 그러나 그중 하나만이 간격에 들어왔다. 역시 전체를 간격에 넣으려면 초근접전을 벌여야만 한다. 그래서는 검에 힘이 실리지 않는다.

검에 맞은 서큘런트 중 한 명은 가로로 두 쪽이 났다. 그러나 피는 솟지 않고 저항 없이 검이 빠져나갔다.

"──틀렸어."

싸늘한 것이 내장 속에서 치밀어오르는 느낌이었다. 목 언저리가 뜨거워졌다. 클라임은 그 열기를 느낀 부분을 왼손으로 감쌌다.

목을 덮은 손에서 격통이 느껴지고 선혈이 퍼져 옷을 적셔 나가는 불길한 감촉이 전해졌다. 살기를 느끼지 않았더라면, 손을 희생하기를 주저했더라면 목이 갈라졌으리라. 목숨을 건진 데 안도하며 이를 악물어 고통을 참고는 수평으로 검을 휘둘렀다.

다시 검은 아무런 저항도 없이 공기만을 갈랐다.

이 이상은 위험하다.

그렇게 인식한 클라임은 동시에 무투기를 전환해 〈회피〉를 사용하며 뒤로 물러났다. 시야 속에서 두 명 남은 서큘런트가 동시에 검을 쳐드는 모습이 비쳤다. 그 검이 모두 환영이란 사실을 아는 클라임은 신경을 귀에 집중시켰다.

자신이 입은 체인 셔츠며 몸속에서 들리는 심장 고동이 시끄러웠다. 지금 들어야 할 것은 눈앞의 사내에게서 들리는 소리뿐이다.

'——아니야. ——아니야. ——이거다!'

결코 내리치는 검에서 들려오는 것이 아니었다. 눈앞의 아무것도 없는 공간에서 들리는 미미한 바람 가르는 소리는 클라임의 얼굴, 그것도 한복판을 향하고 있었다.

클라임은 황급히 고개를 돌렸고—— 뺨을 스치는 열기와 함께 살점이 갈라져나가는 아픔이 느껴졌다. 뜨거운 액체가 뺨에서 솟아나 목덜미를 타고 흘러내렸다.

"2분의 1!"

입속에 들어오는 피를 내뱉으며 클라임은 이 일격에 모든 것을 걸었다.

조금 전 방패로 삼았기 때문에 왼팔 손목 아래쪽은 아픔밖에 느껴지지 않았다. 손가락이 제대로 움직일지 어떨지 자신은 없었다. 신경까지 끊어졌을 가능성이 있다. 하지만 거들 수만 있다 해도 클라임은 칼자루를 쥐었다.

마치 폭발하는 듯한 아픔이 내달려 이를 악물었다. 그러나 왼손은 제대로 움직였고 칼자루를 쥘 수도 있었다. 손이 크게 부푼 것처럼 느껴지는 이유는 그저 격통 때문이리라.

두 손으로 단단히 쥐고, 더할 나위 없을 정도로 힘을 실어 상단에서 검을 내리친다.

피가―― 솟아났다. 단단한 것을 베는 감촉과 함께 피가 분수처럼 치솟았다. 이번에는 본체에 명중한 것 같았다.

급소에 꽂혔는지 서큘런트가 바닥에 털썩 쓰러졌다. 아다만타이트 클래스 모험자에 필적한다는 사내에게 이겼다는 것이 믿기지 않았지만, 그가 쓰러진 것은 틀림없는 사실이었다. 솟구치는 환희를 억누르며 클라임은 가만히 이쪽을 바라보는 코코돌에게 시선을 돌렸다. 도망칠 뜻은 없는 것 같았다.

조금 긴장이 풀렸는지 뺨, 그리고 왼팔에서 치밀어오르는 아픔에 구역질마저 느껴졌다.

"승리……라고는 단언할 수 없겠는걸."

서큘런트도 생포할 수 있다면 최고였겠지만 클라임에게는 무리였다. 그래도 여섯팔이 경호해 도주시키려 했던 사내를 생포한다면 충분한 정보를 얻을 수 있으리라.

생포하고자 한 발을 내디뎠다가 클라임은 코코돌의 표정에서 위화감을 느꼈다. 너무나도 여유만만했다.

저 여유의 근거는 무엇이란 말인가?

그때, 뜨거운 감촉이 복부를 꿰뚫었다.

실이 끊긴 것처럼 몸에서 힘이 훅 빠져나간다. 한순간 시야가 새까맣게 물들고, 정신을 차려보니 바닥에 쓰러져 있었다. 무슨 일이 일어났는지 이해할 수가 없었다. 복부에 뜨겁게 달군 철봉이라도 꽂힌 것 같은 아픔이 퍼져나가 숨을 거칠게 토해냈다. 바닥만이 비치던 시야에 발이 들어왔다.

"유감이지만 승리라고도 할 수 없겠어."

필사적으로 고개를 들어보니, 그곳에 있던 것은 거의 멀쩡한 서큘런트였다.

"〈거짓죽음Fox Sleep〉. 부상을 입은 다음에 발동할 수 있는 환술이지. 아팠다고. 숨통을 끊은 줄 알았겠지?"

손가락을 움직여 스윽 자신의 가슴께를 일직선으로 훑는다. 클라임의 검이 지나갔던 자국이리라.

"후욱. 후욱. 후욱. 후욱."

짧은 숨을 거칠게 되풀이하는 클라임은 복부에서 피가 솟아 체인 셔츠며 옷을 적시는 것을 느꼈다.

　　──죽는다.

　클라임은 격통에 찢겨나가 사라질 것만 같은 의식을 열심히 붙들어맸다.

　　──의식을 잃으면 확실하게 죽는다.

　그러나 의식을 유지한다 해도 시간문제다. 놈은 아마 다가와 직접 숨통을 끊으려 할 것이다.

　아다만타이트 클래스 모험자에 필적한다는 사내와 싸웠으니 이 정도면 선전한 편이다. 이렇게 된 이상 체념할 수밖에 없다. 힘의 차이는 엄연했다.

　그러나── 포기할 수 없었다.

　어떻게 포기하겠는가.

　클라임은 부서져라 이를 악물었다.

　죽음을 허용하는 것도, 라나의 명령 없이 멋대로 죽는 것도 용인할 수 없었다.

　"크, 그윽! 끄으, 끄극."

　이 가는 소리와 함께 신음처럼 들리는 기합성을 지르며, 격통에 굴하려는 마음을 분기시켰다.

　아직 죽을 수 없다. 죽을 수는 없다.

　클라임은 필사적으로 라나를 떠올렸다. 오늘도 그녀의 곁에 돌아가고 싶다──.

"시간도 없으니 슬슬 숨통을 끊어주지. 잘 가라."

신음을 내는 소년에게 서큘런트는 검을 겨누었다.

치명상이었으며, 죽음은 시간문제다. 그러나 여기서 숨통을 끊어두는 편이 좋겠다는 예감을 느낀 것이다.

"……저기, 가지고 가면 안 될까?"

"코코돌 씨, 제발 이러지 마십시오. 저 문 너머에 꼬마의 동료가 있을 확률이 높아요. 게다가 데려간다고 해봤자 어차피 안전한 곳까지 도망치기 전에 죽을걸요? 포기하세요."

"그럼 최소한 목이라도 가져가자. 그 계집애한테 꽃이랑 같이 보내주게."

"네, 네. 그 정도라면…… 어, 어라?!"

서큘런트는 펄쩍 뛰어 물러났다.

소년이 검을 휘두른 것이다.

빈사상태의 소년치고는 날카로웠으며 흔들리지도 않는 참격이었다. 필사의 저항을 보인 가엾은 사냥감에게 모멸의 시선을 돌리려던 서큘런트는 눈을 크게 떴다.

소년은 검을 지팡이 삼아 일어나고 있었다.

있을 수 없다.

이제까지 백 명 단위로는 셀 수 없을 정도로 사람을 죽였던 서큘런트가 보기에 조금 전의 일격은 치명상이었다. 결코 일어서지 못할 만한 부상이었다.

하지만 눈앞의 광경은 서큘런트의 경험에서 오는 지식을

참으로 쉽게 배신해버렸다.

"어, 어떻게, 일어날 수 있지?"

소름이 끼쳤다. 그야말로 언데드 같았다.

입에서 침을 길게 흘리고 있는 소년의 허연 얼굴은, 인간을 그만두었다고 생각할 수밖에 없었다.

"아직…… 죽… 수 없어. …나 님께…… 받… 은혜… 갚을……는."

기이한 빛을 발하는 눈이 자신에게 향했을 때는 한순간 숨이 멎었다. 그것은 공포. 말도 안 되는 일을 저지른 소년에 대한 두려움이었다.

소년이 비틀거리는 모습에 서큘런트는 제정신을 차렸다.

그 순간 엄습한 것은 수치심이었다. 한참 격이 떨어지는 상대에게, 여섯팔의 일원인 자신이 두려움을 품다니. 인정할 수 없었다.

"뒈지다 만 자식이! 냉큼 죽어!"

서큘런트는 한 걸음 파고들었다. 찌르면 죽을 거라는 확신이 있었다.

그러나 그것은 지나친 오만이었다.

전체적으로 보면 클라임과 서큘런트의 차이는 압도적일 정도였다. 그러나 일루저니스트와 펜서를 겸업한 서큘런트와 전사 클래스만을 수행했던 클라임. 전사라는 면에서 비교하자면 차이는 없는 정도가 아니라 클라임이 위일 것이다. 마법이라는 존재가 있기에 클라임은 서큘런트보다도 열세였을 뿐. 마법강화가 없어진 상황에서는 서큘런트가 약하다.

쾌악! 공기 가르는 소리를 내며 검이 수직으로 꽂히고 드높은 금속성을 냈다.

상단에서 날아든 소년의 일격을 받아낼 수 있었던 이유는 어디까지나 소년이 거의 죽어가는 몸이라 움직임이 둔중해진 덕분이었다.

식은땀이 서큘런트의 얼굴을 타고 흘러내렸다. 상대가 빈사상태라는 사실에 정신이 팔렸던 서큘런트의 선입견이 싹 날아갔다.

펜서로서 적의 공격을 회피하는 수련을 쌓았던 서큘런트가 검으로 방어했다. 그만큼 소년의 일격이 보통 수준을 넘어섰기 때문이다.

——빈사의 인간이 낼 수 있는 일격이 아니야.

조바심을 느낀 서큘런트의 뇌리에 그런 말이 스치고 지나갔다.

아니, 그 정도가 아니라 부상을 입기 전보다도 검속이 빨라졌다.

"대체 뭐야! 이 자식!"

전투 중에 한 단계 높은 영역으로 오른다. 있을 수 없는 일은 아니지만 현실에서 서큘런트는 그런 자를 본 적이 없었다.

그보다도 마치 무언가 한 꺼풀 벗은 듯한 느낌이 들었다.

"뭐가 어떻게 된 거야! 매직 아이템이냐? 무투기냐?"

여유 없는 목소리는 어느 쪽이 우위인지를 알 수 없을 만큼 절박했다.

클라임에게 무슨 일이 일어났단 말인가. 그것은 간단했다.

세바스가 훈련을 시켜준 덕에 뇌가 육체를 보호하는 기능에 혼란이 발생했다.

삶에 대한 집념이 세바스에게 훈련을 받을 때 경험한 눈앞의 죽음과 겹쳐져, 그때와 똑같이 뇌의 리미터가 풀리고 화재 현장의 괴력이 해방된 것이다.

겨우 일격만을 보인 훈련이기는 했지만, 그것이 없었더라면 클라임은 여기서 속수무책으로 죽었을 것이다.

강격을 받아낸 서큘런트는 갑자기 뒤로 크게 날아가버렸다.

바닥에 내동댕이쳐진 충격은 등으로 빠져나가면서 복부를 흔들었다. 오리하르콘으로 만든 체인 셔츠가 충격을 막아주었지만 그래도 한순간 폐에서 공기가 빠져나가 숨을 쉴 수가 없었다.

무슨 일이 일어났단 말인가. 충격을 받은 본인, 서큘런트는 도저히 이해할 수 없었으나 옆에서 보고 있던 코코돌에게는 일목요연했다.

발로 걷어차인 것이다. 상단에서 날린 검이 가로막히자 소년은 즉시 서큘런트에게 발차기를 날렸다.

이해하지 못하면서도 서큘런트는 황급히 일어났다. 가벼운 몸놀림이 신조인 펜서에게 땅에 드러눕는 것은 사지(死地)에 있는 것과 마찬가지다.

"빌어먹을! 이 자식, 병사답지 않아! 발까지 쓰다니! 넌 교본 검술이나 쓰면 된다고!"

바닥을 구르며 황급히 몸을 일으킨 서큘런트는 혀 차는 소리와 함께 비난을 퍼부었다.

병사들이 훈련으로 함양한 기술과는 다른, 마치 모험가라도 상대하는 듯한 흉내 나는 전법이었다. 그렇기에 방심할 수 없었다.

서큘런트의 등줄기에 조바심이 흘렀다.

처음에는 쉽게 이기리라 생각했다. 이런 꼬마 정도는 금방 해치울 수 있으리라고. 그러나 지금 그 여유가 사라지기 시작하는 것을 느꼈다.

몸을 일으킨 서큘런트는 위험하게 여겼던 소년이 천천히 허물어지는 것을 보고 숨을 흠칫 들이마셨다.

조금 전 일련의 공방이 목숨의 불꽃을 단숨에 꺼뜨려버린 것 같은 그런 안색이었다. 아니, 실제로도 그럴 것이다. 양초가 마지막 순간 크게 불타는 것처럼 발동한 힘이었을 것이다.

이제는 정말 슬쩍 건드리기만 해도 확실하게 죽는다.

서큘런트는 그 모습에 아주 약간 안도감을 느끼고, 망설인 다음, 분노에 지배당했다.

여덟손가락 최강의 여섯팔인 자신이 이딴 병사 하나에게 이렇게까지 혼이 났다는 사실에. 그리고 마음속으로 위험하다고 생각했던 자신에게. 그렇지만 이제 승패는 갈렸다.

죽이고 도망치면 그만이다.

그러나——

"——그쯤 해두시지."

겨우 때를 맞춰 도착했다.

바닥에 쓰러진 클라임의 얼굴은 비지땀투성이였으며, 새파란 정도를 넘어서 새하얗게 물들었다. 그래도 아직 살아 있다. 그러나 복부를 꿰뚫린 것은 치명상이어서 즉시 치료하지 않는다면 몇 분 만에 죽을 것이다.

안도는 하지 못한 채 브레인은 방으로 들어섰다.

실내에는 두 명의 남자가 있었다. 하나는 전투능력을 가진 것 같지 않다.

"저딴 수상한 녀석은 신경 쓰지 말고 애부터 냉큼 죽여버리면 되잖아."

"그렇게 되면 저자가 순식간에 달려들어선 저를 단칼에 날릴걸요. 이 꼬마하고는 차원이 다른 놈입니다. 제가 전력을 다해, 집중해서 싸우지 않으면 이기지 못할 상대예요. 조금이라도 방심하거나 다른 데 신경을 썼다간 그 순간 끝날 겁니다."

――그렇다면 지금 대답한 자가 서큘런트겠군.

브레인은 그렇게 이해했다. 분명 외견은 들었던 것과 매우 흡사했다. 사실 피에 물든 날붙이를 들고 분신을 하나 만들어놓은 모습을 보며 그렇지 않을까 생각했지만, 확인은 끝났다.

브레인은 아무 말도 없이 저벅저벅 다가와서는 아무렇게나 발도베기를 날렸다. 서큘런트는 펄쩍 뛰어 물러났으며 카타나는 허공을 갈랐다. 그러나 브레인도 클라임에게서 적을 떼어놓을 작정으로 공격했을 뿐이었다. 쓰러진 클라임을 타고 넘어가, 그를 감싸는 위치에서 발을 멈추었다.

"클라임, 괜찮으냐? 뭔가 상처 치료할 아이템은 있고?"

여유가 없어 빠른 말투로 물었다. 만약 치료수단이 없다면 얼른 다른 방법을 찾아야만 한다.

"헉. 헉. 헉. 헉. 있……습…다."

흘끔 시선을 돌려보니 검을 내려놓은 클라임의 손이 움직이는 것이 보였다.

"그렇구나."

깊은 안도와 함께 대답하고, 브레인은 서큘런트에게 냉철한 시선을 보냈다.

"이제부터 너는 내가 상대해 주마. 이 녀석의 원수를 갚아야겠어."

"……자신감을 보이는 것도 당연하겠군. 카타나라는, 어지간해서는 남방에서 흘러나오지 않는 값비싼 무기를 가졌다니……. 왕국에 그런 전사가 있다는 말은 들어본 적이 없는데. ……이름을 물어도 될까?"

대답할 마음은 없었다.

클라임은 같은 목적을 가진── 동료다. 그런 동료가 죽을 뻔한 상황에 태연하게 문답이나 나눌 만큼……

그리고 브레인은 문득 의문을 품었다.

'내가 이런 놈이었나?'

검술 실력을 함양하는 것 외에는 모든 것을 버리지 않았던가. 브레인은 가볍게 고개를 꼬려다 슬쩍 웃음소리를 냈다.

'……아아, 그렇구나.'

마음이, 꿈이, 목표가, 자신의 인생이, 삶의 보람이란 것이, 그 괴물, 샤르티아 블러드폴른에게 무너지고 그 틈바구니에 클라임이라는 인물이 끼어든 것이리라. 세바스라는 수수께끼의 존재가 토해내는 흉악한 살기를 앞에 두고 자신은 꺾여버렸는데, 하수이면서도 견뎌내던 모습에 존경심과 함께 감복했다. 자신에게는 없는 것을 가진 사나이의 광채를 보았다.

클라임의 앞에 서서 서큘런트와 눈싸움을 했다. 그 모습에서 클라임은 브레인이 그의 등에서 보았던 것과 같은 광채를 볼 수 있을까?

옛날의 자신이 이 상황을 봤다면 분명 깔깔 웃어젖혔을 테지. 약해졌다고.

무언가를 짊어지면 전사는 약해진다고 생각했다. 날카로움이야말로 전사에게 필요한 것이라고 생각했다.

그러나── 지금이라면 이해할 수 있다.

"이런 삶도 있었구나……. 그랬군. 가제프…… 나는 여전히 네게 미치지 못할지도 모르겠어."

"내 말이 들리지 않았나? 다시 한 번 물어봐도 될지? 이름은?"

"미안하군. 네게 가르쳐 줘 봤자 아무 의미도 없을 거라 생각하지만 대답해 주지……. 브레인 앙글라우스다."

서큘런트의 눈이 커졌다.

"뭐야! 네가?!"

"어머머! 본인이야?! 사칭하는 거 아니고?!"

"아닙니다. 틀림없을 겁니다, 코코돌 씨. 값비싼 무기는 전사의 격을 나타내죠. 제가 아는 브레인 앙글라우스라면 카타나는 분명 수긍이 가는 무기입니다."

브레인은 쓴웃음을 지었다.

"오늘 처음 만난 자들이 대부분 날 알다니…… 옛날 같으면 기뻐했겠지만, 지금은 어째 좀 애매한 심정인걸."

서큘런트가 갑자기 호의적인 웃음을 보였다. 브레인은 당혹스러웠다. 하지만 의문은 즉시 풀렸다.

"이봐, 앙글라우스! 싸움은 그만두지 않겠나? 당신 같은 자라면 우리 동료가 되기 충분하지. 어때, 손을 잡는 건? 당신이라면 분명 여섯팔의 일원이 될 수 있을 거야. 그만한 능력을 가졌다는 것쯤은 보면 알지. 당신은 우리하고 같아. 힘을 추구하잖아? 그런 남자의 눈이거든."

"……틀린 말은 아니야."

"그럼 꽤 괜찮을 거라고, 여덟손가락은. 힘을 가진 자에게는 최고의 조직이니까! 강한 능력을 가진 매직 아이템도 얻을 수 있어. 보라고, 이 오리하르콘 체인 셔츠를! 이 미스릴 검을! 반지! 옷! 부츠! 모두 매직 아이템이지! 자, 브레인 앙글라우스. 우리의 동료가, 나와 같은 여섯팔의 일원이 되는 거야."

"……시시한데. 겨우 그 정도 패거리였어?"

믿을 수 없을 정도로 싸늘한, 모멸을 드러낸 태도에 서큘런트의 얼굴이 얼어붙었다.

"뭐야?"

"못 들었나? 그 정도 힘밖에 없는 놈들의 패거리였다니, 별거 아니라고 했다."

"이, 이 자식! ……흐, 흥. 그렇게 따지면 당신도 별 힘은 없다는 뜻이 되겠는데?!"

"그렇고말고. 나 같은 건 별 볼 일 없지. 정말로 강한 괴물을 만났던 내가 보기에는."

자신은 강하다고 생각하던, 조그만 물구덩이 속의 개구리를 브레인은 가엾게 여기며 진심 어린 친절을 담아 경고해 주었다.

"네가 말하는 강하다는 것도 마찬가지야. 우리는 고만고만한 수준일지도 몰라. 그러니 경고해 주지. 우리가 강하다고 해 봤자 별거 아니라고."

브레인은 고개를 돌려 포션을 다 마신 클라임의 모습을 어깨 너머로 확인했다.

"그리고 한 가지 알게 된 게 있거든. 남을 위한 강함은 혼자만을 위한 강함을 능가하지."

브레인은 웃었다. 호의적인, 선드러진 웃음이었다.

"차이는 아주 미미할지도 몰라. 그래도 알게 됐어, 나는."

"당신이 무슨 소리를 하는지 전혀 이해하지 못하겠는걸. ……유감이야, 앙글라우스. 그 스트로노프와 호각이었던 천재 검사를 여기서 죽여야만 하다니."

"네가? 자신을 위해서만 검을 휘두르는 네가 그럴 수 있을까?"

"그럼, 죽일 수 있고말고. 쉽게 죽일 수 있지. 너를 죽이고, 거기 쓰러진 꼬마를 죽일 거다. 이제는 봐줄 필요도 없고, 장난도 하지 않겠어. 온 힘을 다해 가겠다."

마법을 영창하기 시작한 서큘런트를 시야에 담으며, 뒤에서 움직이기 시작한 기척을 느끼고 경고를 발한다.

"가만히 있어, 클라임. 완치되지 않았지?"

우뚝, 움직임이 멈추었다.

미소를 지은 브레인은 그런 자신에게 조금 전과 똑같은 놀라움을 느끼면서도 말했다.

"뒷일은 내게 맡겨."

"――부탁드립니다."

브레인은 대답 대신 웃더니 카타나를 칼집에 담고 자세를 낮추면서, 동시에 위아래가 뒤집어지도록 칼집째 카타나를 돌렸다.

"조심하세요. 서큘런트는 환술을 사용합니다. 눈에 보인다고 꼭 진실은 아니에요."

"아항, 그랬군……. 그거 정말 성가신 상대겠다만…… 문제는 없어."

브레인은 움직이지 않고 서큘런트를 묵묵히 지켜보았다.

언제 마법을 다 썼는지 잔상이 다섯 개로 늘었다. 게다가 마법의 광채 같은 것을 몇 가지나 펼쳐놓았다. 그것만이 아니라 그림자로 된 망토 같은 것까지 걸쳤다. 어떤 마법을 걸었는지는 전혀 감이 잡히지 않았다.

"준비할 시간을 줘서 고마워. 매직 캐스터는 시간만 들이면 전사보다도 강해지지. 당신의 패배가 확실해, 앙글라우스!"

"응, 신경 쓰지 말라고. 나도 이 친구하고 이야기를 나눈 덕에…… 절대 질 것 같지 않거든."

"……입만 살아서는. 움직이지 않았던 건 그 꼬마를 지키기 위해서였나? 생각보다 다정한데."

바스락. 바닥에 엎드려 있던 클라임이 움직이는 소리가 들렸다.

자신 때문에 적에게 강화마법을 허용하고 말았다고 후회하는 것이리라. 그렇기에 브레인은 클라임에게 또렷이 들리도록 선언했다.

"──한 방이다."

"뭐야?!"

"한 방에 끝내겠다고 했다, 서큘런트."

"할 수 있으면 해 봐라!"

서큘런트가 잔상을 이끌며 달려왔다.

그가 카타나의 간격으로 들어오자 브레인은 몸을 돌려, 달려드는 서큘런트에게 태연하고도 무방비한 등을 드러냈다.

그리고── 신속(神速)의 일격이 클라임을 끼고 맞은편, 아무도 없던 공간을 향해 날아갔다.

퍼억.

그런 소리가 울려 퍼지고, 벽이 진동했다.

코코돌과 바닥에 누워 있던 클라임의 시선이 소리가 들린 쪽으로 향했다.

그곳에 있는 것은 서큘런트. 바닥에 쓰러진 그의 몸은 꼼짝도 하지 않았다. 근처에는 검이 굴러다니고 있었다.

브레인의 발도 일격이 서큘런트의 몸을 날려, 믿기지 않는 기세로 벽에 처박은 것이다. 칼등치기가 아니었다면 확실하게 서큘런트의 몸은 두 쪽이 났을 것이다. 설령 오리하르콘으로 만든 체인 셔츠를 입었다 해도. 그렇게 느끼기에 충분한, 강력한 일격이었다.

"……내 〈영역〉은 눈에 보이지 않아도 존재를 발견할 수 있지. 환음(幻音)으로 전방에 주의를 끌게 하고 배후에서 공격하다니…… 멋들어진 술책이었다만 상대가 좋지 못했어. 게다가 클라임을 노린 것도 어리석었지. 죽여놓고는 나한테 지키지 못했잖냐고 지껄일 속셈이었겠지만, 바닥에 누운 클라임을 공격하려고 너무 의식이 그쪽으로 쏠렸어. 지금 너랑 싸우는 상대가 누군지 잊어버렸냐?"

브레인은 카타나를 칼집에 넣으며 클라임에게 웃었다.

"거봐, 한 방이지?"

"훌륭하십니다!"

그 목소리에 또 다른 "훌륭하십니다."라는 목소리가 겹쳐서 들렸다. 두 사람은 놀랐다. 들려온 것은 세바스의 목소리였으며, 그 자체는 놀랄 만한 것이 아니었다. 그러나 들려온 방향에 놀란 이유가 있었다.

두 사람은 시선을 코코돌이 있던 장소로 돌렸다.

그곳에는 세바스가 있었다. 곁에는 쓰러진 코코돌.

"언제 오셨습니까?"

브레인의 물음에 세바스는 태연히 대답했다.

"지금 막 왔지요. 여러분의 의식이 서큘런트에게 쏠렸기에 알아차리지 못했던 것뿐입니다."

"그, 그랬군요."

브레인은 대답하면서도 그럴 리가 없다고 생각했다.

'나는 〈영역〉을 발동하고 있었는데? 범위는 좁지만 일직선으로 달려오는 자라면 걸려들었을걸. 그런데도 감지할 수가 없었다니……? 그런 움직임이 가능한 자는 이제까지 그 괴물, 샤르티아 블러드폴른밖에 없었어. 살기를 받았을 때도 생각했지만, 역시 이분은 그 괴물과 같은 수준인가? 대체 뭐 하는 사람이지?'

"아무튼 이곳에 사로잡혔던 사람들은 모두 구했습니다. 그리고 클라임 군에게는 미안하지만, 몇 명은 저항이 너무 심해 죽일 수밖에 없었습니다. 용서해 주십시오……라는 말씀을 하기 전에 상처를 치유하는 편이 좋겠군요."

세바스는 클라임의 곁까지 다가오더니 복부에 손을 댔다. 그것도 아주 잠시. 가볍게 손을 대나 싶었더니 금세 떼었다. 하지만 효과는 극적이었다. 포션을 마셔도 창백했던 클라임의 안색이 즉시 건강한 상태까지 돌아온 것이다.

"배가 다 나았습니다……! 신관이셨나요?"

"아니오, 신의 힘을 행사한 것이 아니라 기의 힘을 불어넣어 치료한 것입니다."

"몽크였군! 어쩐지, 이제야 이해가 갑니다."

갑옷이나 무기가 없던 것도 수긍이 간다며 브레인은 고개를 끄덕였고, 세바스가 긍정의 의미로 웃음을 지어 보였다.

"그러면 두 분은 이제부터 어떻게 하실 생각이신지요?"

"우선은 제가 위사 대기소까지 뛰어가 이곳에서 일어난 일들을 설명하고 병력을 빌려올까 합니다. 그동안 세바스 님과 브레인 님께서 이곳을 유지해 주셨으면 합니다. 다만 어쩌면 여덟손가락의 원군이 올지도 모르겠군요."

"……이미 배를 탄 몸이니, 난 마지막까지 같이할 거다."

"저도 상관없습니다. 그러나 저에 대해서는 내밀히 해 주실 수 없겠습니까? 이 나라에는 사업을 위해 왔을 뿐이며 타국의 어두운 부분에는 이 이상 관여하고 싶지 심정이라서요."

"난 아무래도 상관없다, 클라임. 뭐, 일단 내 보증인은 스트로노프로 돼 있으니 그렇게 알고 부탁해."

"그러셨군요. 알겠습니다, 두 분. 그러면 죄송하지만 잠시만 시간을 내 주십시오."

3

하화월(9월) 3일 19:05

어둠이 왕도를 지배하기 시작했을 무렵, 클라임은 겨우 성
으로 돌아왔다.

상처는 완전히 치유되었으나 몸은 피곤했다. 전투도 그랬
지만 그 후 여러 가지 조정에 시간이 걸렸다. 결국 일이 잘
풀렸던 이유는 클라임이 라나의 호위병이어서가 아니라 위
사가 여덟손가락을 두려워해 소극적이었기 때문이리라. 특
히 컸던 것이 책임문제였다.

책임자는 여덟손가락에게 본보기로 살해당한다——— 결코
단순한 불안이 아니다. 실제로 일어날 가능성이 높다. 그렇
기에 병사를 시켜, 간단히 사태의 전말을 기록한 서면을 라
나에게 전달하도록 부탁하고, 허가를 얻어 책임자로 클라임
과 주인인 라나의 이름을 썼다.

당연히 불이익도 있겠지만, 최소한 두 가지 이익이 있다.

하나는 당연히 라나의 평판이 상승하는 것이다.

왕국을 더럽히는 조직, 그것도 노예매매와 얽힌 지저분한 짓을 저지르는 자들을 적발했으며, 심지어 호위병사를 선봉으로 내세웠다는 점은 궁전에서 밖으로 나가지 않는 라나의 평가를 높여 줄 것이다.

다음으로 세바스와 세바스가 보호하는 여성을 지킬 수 있다는 점이다. 책임자가 되면 눈에 띄지 않으려 하는 그를 감춰줄 수도 있고, 그렇게 하면 그들도 여덟손가락의 주요 표적이 되기는 어려울 것이다.

'돌입할 때는 도움이 되지 않았으니 이 정도는 해야겠지…….'

브레인은 자신이 가제프에게 직접 전달할 테니 신경 쓰지 말라고 했다.

클라임은 멍하니 그런 생각을 하면서 라나의 방문을 두드렸다.

원래 같으면 노크를 하지 않고 들어가도 되겠지만, 늦은 시각에는 역시 실례되니 사양한 것이다. 얇은 비단옷만을 걸친 라나와 맞닥뜨렸던 후로는. 그 점은 주인도 양해해 주었다.

클라임은 대답이 들리기 전에 자신의 냄새를 맡아보았다.

몸을 씻기는 했지만 코가 익숙해졌기 때문에 피 냄새가 지워졌을지 어떨지 자신이 없었다. 도저히 왕녀의 방에 들어갈 만한 차림은 아니었다. 그래도 오늘 있었던 사건을 자신의 입으로 신속하게 보고할 필요가 있었다.

무엇보다도 그곳에 사로잡혔던 사람들이 중요하다. 그녀들은 모두 일단 대기소에서 맡아주었지만, 가까운 시일 내로 안전한 장소에 옮겨야 할 것이다. 게다가 다친 사람도 있으니 신관처럼 치유 마법을 걸 수 있는 사람도 파견해야겠지.

'마음 착한 라나 님이라면 괴로워하는 백성들에게 분명 손을 내밀어 주실 거야.'

온갖 면에서 자신의 주인에게 수고를 끼치게 해 마음이 아팠다. 자신에게 좀 더 힘이 있었다면…… 그런 분수도 모르는 바람을 품고 만다. 자신이 훌륭한 주인을 섬길 수 있는 것도, 이런 생활을 할 수 있는 것도 그녀 덕인데.

'……어라? 대답이 안 들렸……지?'

입실 허가를 내리는 대답이 들리지 않았다.

문 앞에는 불침번도 없었으며 시간으로 봐도 라나는 아직 잠자리에 들지 않았을 것이다. 아니면 불침번을 설 사람에게 알리지 않고 그냥 잠들었을까?

클라임은 다시 문을 두드렸다.

이번에는 안에서 입실을 허가하는 목소리가 희미하게 들려, 클라임은 안도하고 안으로 들어갔다. 그리고 처음 해야 할 일은 정해져 있었다.

"늦어져서 죄송합니다."

푹 고개를 숙였다.

"걱정했어!"

라나의 목소리에는 또렷한 분노가 있었다. 놀라운 일이었다. 클라임의 주인은 어지간해서는 화를 내지 않는다. 설령 모욕을 당하더라도 클라임의 앞에서 화를 내는 기색은 보이지 않는다. 그렇기에 라나가 진심으로 걱정했다는 사실이 전해졌다.

눈가에 뜨거운 것이 솟아날 것 같아 꾹 참고 고개를 숙인 채 진심으로 사죄를 반복했다.

"정말로 걱정했단 말이야! 여덟손가락이 선수를 쳐서 클라임에게 무슨 짓을 한 건 아닐까 하고……. 그래서 대체 뭐가 어떻게 된 거야? 간단한 보고는 받았지만 자세히 설명해 줄 수 있어?"

선 채로 이야기를 하려는 클라임에게 라나는 여느 때처럼 자리를 권했다.

자리에 앉은 클라임의 앞에 놓인 잔에 보온병으로 홍차를 따른다. 미미한 김이 피어났다.

감사를 전하고, 적정 온도의 홍자를 한 모금 마신다.

클라임은 창관에서 겪은 일을 모두 이야기했다. 라나의 힘에 의지해 도움을 주었으면 하는 자들이 있었으므로.

"그래서 그분들을 보고, 어떻게 생각했어?"

대충 이야기를 마쳤을 때 라나에게서 처음으로 돌아온 질문은 이상한 것이었다. 하지만 질문을 받은 이상 대답해야만 한다.

"가엾었습니다. 힘이 더 있다면 그 사람들이 이렇게 괴로움에 빠지기 전에 구해줄 수 있을 거라고 생각했습니다."

"그랬구나……. 클라임은 그 사람들을 가엾다고 생각했구나."

"예."

"그렇구나. 클라임은 다정하네."

"라나 님, 그 사람들에게 경호가 필요하다면 언제든 나갈 각오가 돼 있습니다."

"……그때는 잘 부탁해. 그보다도 미리 말해둬야겠어. 내일, 늦어도 모레에는 라퀴스가 가져온 양피지에 실린 여덟손가락의 시설에 공격을 가할 거야. 이번 창관 습격 때문에 시간이 지나면 지날수록 경계가 엄중해질 거라고 예측했거든."

"죄송합니다! 제가 제멋대로 행동한 탓에!"

"아니야, 마음에 두지 마. 오히려 그 덕에 결단을 내릴 수 있었어. 게다가 클라임이 한 일은 굉장히 높은 평가를 받고 있거든. 여섯팔의 일원인 서큘런트, 노예매매 부문장인 코코돌을 생포하다니. 이건 상대의 기둥뿌리를 흔들기에 충분한 결과일 거야. 그렇기에 상대에게 추가로 일격을 날리고 싶은 거지."

라나는 스피드도 파워도 없는 귀여운 펀치를 휘둘러보였다.

"상대가 왕도에서 정보를 빼돌리기 전에 한 방 더!"

"알겠습니다! 얼른 쉬고 내일의 활력을 되찾겠습니다!"

"잘 부탁해. 내일은 격동의 하루가 될 거야. 그렇게 알고 있어줘."

클라임이 방에서 나갔다. 피 냄새가 조금은 가신 것 같았다.

"힘들었겠구나, 클라임. 자, 그러면……."

미지근해진 홍차를 다 마시고 라나는 자리에서 일어났다. 그녀가 향한 곳에는 핸드벨이 있었다. 한쪽을 흔들면 옆방에 놓여 있던 나머지 하나도 연동해서 떨리는 힘을 가진 매직 아이템이다. 옆방에서 대기하던 메이드의 얼굴을 떠올리고, 운 좋게도 그녀가 오늘 당번이라는 데에 싸늘하게 웃었다.

"아참, 어떤 얼굴이 괜찮았더라?"

라나는 거울 앞에 서자 두 손으로 뺨을 감싸 위아래로 쭉쭉 움직였다. 인간인 그녀가 그런 일을 해봤자 얼굴을 바꿀 수 있을 리가 없다. 자기암시Affirmation와도 비슷한 행위였다.

손을 떼고 라나는 웃음을 지었다.

"아니었어. 이건 왕녀로서 면회할 때 짓는 웃음이지……."

라나는 이번에는 비웃음을, 그리고 또 다른 웃음을 잇달아 시도해 보다가 마지막으로는 순진무구한 웃음을 띠었다.

"이게 제일 좋겠어."

준비가 다 끝났다고 판단한 라나는 벨을 흔들었다. 금세 메이드 한 사람이 문을 두드리고 방으로 들어왔다.

"부탁이 있는데, 뜨거운 물을 준비해 줄 수 있을까?"

"알겠사옵니다, 라나 님."

고개를 꾸벅 숙이는 메이드에게 라나가 웃음을 지었다.

"무슨 일이 있으셨나요? 기분이 좋아보이시는데, 즐거운 일이라도 있으셨던 것 같습니다."

라나는 사냥감이 낚싯바늘을 문 것을 확신하고 다시 기분 좋게 웃었다.

"응! 진짜 대단하다니깐! 클라임이 굉장한 일을 했어!"

어린 소녀 같은 말투. 소중한 정보를 토해내는 바보 같은 공주의 태도로는 딱 어울린다고 여겨지는 모습.

"감축드리옵니다."

클라임에게 반감을 품고 있던 메이드는 교묘하게 숨기기는 했지만 미처 감추지 못한 심정을 드러냈다. 그 반응이 라나의 마음속에 파문을 일으켰다.

——죽여버리겠어.

——이 메이드도 죽여버리겠어.

——나의 클라임을 우습게 보는 놈은 모두 죽여버리겠어.

그러나 라나는 사실을 깨달은 기색을 내비치지 않았다. 왜냐하면 지금 라나는 순진한 공주. 사람의 악의에는 둔감하며 메이드의 무례도 용서하는, 그런 천진난만한── 어리석은 공주니까.

"굉장해! 진짜 굉장해! 클라임이 아주아주 나쁜 사람들을 물리쳤지 뭐야. 그리고 붙잡힌 사람들도 다 풀어줘서, 지금은 어딘가…… 어, 위사 대기소 어디다 맡겨놨대. 이제 나쁜 놈들을 도와준 귀족들에게 벌을 줄 수 있겠다!"

"그러셨군요. 정말 대단한걸요. 역시 라나 님의 클라임 씨는 훌륭하세요. 그런데 어떤 대단한 일을 하셨는지 저도 자세히 들을 수 있을까요?"

어리석기에, 수상하다고 여기지도 않는 바보에게 라나는 독을 흘려넣는다.

그녀는 모든 것을 손바닥 위에 놓고 굴린다. 원하는 것을 얻기 위해.

하화월(9월) 3일 22:10

어둠에 녹아드는 것처럼 수상쩍은 한 무리가 있었다.

모두들 저마다 다른 무장을 걸쳤으며, 병사들과는 전혀 분위기가 달랐다. 그들에게 가장 가까운 냄새를 가진 자들을 열거한다면 모험자가 아닐까.

선두에 선 것은 근골이 우락부락한 사내였다. 그다음은 마른 남자와 엷은 비단을 걸친 여자. 그다음으로 로브를 입은 자가 뒤를 따르고, 마지막에는 풀 플레이트를 입은 사람이 있었다.

무리가 바라보는 곳, 활짝 열린 문 안쪽은 완전한 어둠에 지배당해 이제는 인기척이 없었다. 주위를 둘러보아도 사람이 있는 것 같지는 않았다.

이것은 기묘한 일이었다. 분명 이미 창관 안에 있던 모든 물품은 압수되어 병사들의 대기소 중 한 곳에 실려갔다. 그러나 아무것도 없다 해서 감시병을 남겨놓지 않았을 리 만무하다. 실제로 인기척이 없는 통로 입구로 시선을 돌리면 형형히 불을 밝힌 화톳불이 있어 야간경계 중이라는 사실을 보여주었다. 그런데도 사람이 없는 이유는, 그들이 권력을 구사해 일시적으로 감시병들을 치워놓았기 때문이다.

선두에 선 바위 같은 사내── 제로는 함락당한 창관에 무시무시한 시선을 보내며 가증스럽다는 듯 나직한 목소리로 말했다.

"웃기는 이야기로군. 코코돌에게 사죄해야겠어. 여섯팔의 일원인 서큘런트를 빌려주었는데도 이렇게 쉽게 함락당했으니. 그것도 빌려준 당일⋯⋯. 정말 웃기는 이야기야."

뒤에서 들려온 킥킥거리는 웃음소리에 제로는 어깨 너머로 날카로운 안광을 보냈다. 제로의 성격을 잘 아는 얇은 비단을 걸친 여자는 황급히 말을 돌렸다.

"아, 저기저기. 그래서 보스, 어떻게 할까? 붙잡힌 서큘런트는 죽여? 대기소에 있으니까 힘으로 밀어붙이기는 어려울 테고, 그럼 다른 부서의 암살자를 빌려와야 하는데…… 어쩌지?"

"그러지는 않는다. 그놈은 그래 봬도 도움이 되거든. 백작님께 부탁해서 즉시 석방해달라고 하겠다. ……생각지도 못한 지출이 되겠군. 백작님의 취향을 알아봐."

경박해 보이는 마른 남자가 물었다.

"코코돌 쪽은 어쩌고?"

"그놈이야 자기 연줄을 쓰겠지. 만일 원한다면 사과의 의미도 있고 하니 우리 쪽 연줄을 써줄 거다. 그리고 고객 리스트는 어떻게 됐나? 위사가 입수했다는 정보는 없었는데."

"그런 정보는 아직까지 없었다. 정확하게는 자세한 정보 자체가 아직 없다고 들었지만."

로브 안에서 들려온 목소리는 어두웠다. 마치 묘지의 구멍에서 흘러나오는 듯 등줄기가 오싹해지는 공허한 울림이었다.

"그건 꼭 손에 넣고 싶은 물건이지. 온갖 협박에 쓸 수 있거든."

"멍청한 소릴. 그걸 우리가 입수했다간 불신감만 커질걸. 이번 건이 모두 우리 계획이었던 것 아니냐고. 리스트는 찾으면 안전한 곳에 숨겨두었다가 나중에 코코돌에게 사과하면서 함께 넘기면 돼. 애초에 평범한 방법으로는 풀 수 없는 암호로 써놨을 테니 우리에겐 쓸모도 없고."

제로의 말에 마른 남자가 어깨를 으쓱하며 대답했다.

"아무튼 리스트가 어떻게 됐는지는 나중에 들어가서 알아볼게. 있다면 비밀금고 같은 데 있겠지. ……그건 그렇고 이건 대단한데. 어떻게 구멍을 뚫었지? 무기는…… 마법인가?"

"주먹이다."

모두의 시선이 제로에게 쏠렸다. 제로는 되풀이하듯, 주먹으로 만든 자국이라고 단언했다.

"주먹이라니…… 이거 대단하네~."

"──멍청한 소릴. 이 정도는 별것도 아니야."

여자의 감탄을 가로막더니, 숨을 고른 제로가 수도를 문에다 꽂았다. 마치 종이를 찢듯 손이 문에 박혔다. 제로가 천천히 주먹을 뽑자 세바스가 만든 구멍과 똑같은 것이 모습을 나타냈다.

마른 사내가 어이없다는 듯 입을 벌렸다.

"보스를 기준으로 생각하면 어쩌라고……. 하기야 쇠로 보강된 문을 뚫고, 여섯팔 중에서 제일 약하다지만 서큘런트를 쓰러뜨릴 만한 실력은 있었겠지. 상당한 강적이라고

봐야 하려나?"

"무슨 소릴. 그놈이 졌다고 상대가 강하다곤 할 수 없을 텐데."

깊이 후드를 눌러쓴 자의 목소리에는 조롱기가 있었다.

"환술만 간파당하면 놈의 전투능력은 우리에게 훨씬 못 미친다. 역량 차이가 현저한 상대에게는 강하지만 비슷하거나 약간 떨어지는 정도라면 패배는 확실하지. 그건 너희도 잘 알 텐데."

희미한 웃음소리가 들렸다. 그 의견을 긍정하는 웃음이었으며, 실력이 떨어지는 상대에 대한 모멸이기도 했다.

"그 점을 염두에 두고 묻겠다만, 어떻게 하지? 손을 뗄 텐가? 부딪쳐봤자 손실에 어울리는 이익이 있으리라고는 생각하지 않는다만."

"멍청한 소릴."

억누르지 못한 분노가 제로의 말 곳곳에서 묻어나왔다.

"이 창관을 습격한 놈을 본보기로 죽이지 않으면 우리의 평가가 떨어져. 이젠 손실 따위 생각하지 마라. 여섯팔 전원이 나서서 습격범을 죽인다── '불사왕' 데이버노크."

로브를 뒤집어쓴 자가 손을 내밀었다. 산 자의 것이 아닌 손으로 꽉 쥔 오브가 소유주의 감정에 호응해 기이한 오라를 뿜어냈다.

"'공간참' 페슐리안."

이제까지 침묵을 관철하던 풀 플레이트 아머를 입은 자가 자신의 주먹으로 가슴을 두드려 요란한 금속성을 냈다.

"'춤추는 시미터' 에드스트룀."

차르릉. 팔에 낀 금속 팔찌를 울리며 얇은 비단을 두른 여자가 우아하게 고개를 숙였다.

"'천살(千殺)' 말름비스트."

마른 사내가 구둣굽을 맞부딪쳐 딱 소리를 냈다.

"그리고 나, '투귀' 제로가 말이다!"

동의 내지는 이해의 뜻을 보이듯 제로 주위의 모두가 고개를 끄덕였다.

"우선은 서큘런트와 포박당한 자들을 보석으로 풀어내 정보를 모은다. 그것이 끝나면…… 고문할 수 있는 놈들을 마련해 놔. 습격범에게는 이 세상의 지옥을 보여주지. 어리석은 짓을 했다고 한껏 후회하게 만들어 주마!"

하화월(9월) 3일 17:42

모든 일을 마친 세바스가 저택에 돌아갔을 때는 이미 해가 저물기 시작했다.

'사로잡힌 자들은 클라임 군이 보호했고. 서큘런트와 창관의 주인은 모두 체포. 한창 바쁠 테니 이제 조금은 시간을

끌 수 있겠지요.'

그러면 트알레를 어떻게 할까. 안전하다고 여겨지는 곳에 데려가는 것이 제일 좋겠지만, 세바스가 아는 한 그런 장소는 하나밖에 없다.

고민하면서도 세바스는 저택에 도착했다.

문을 열려던 손을 멈춘다. 문 건너편 바로 앞에 누군가가 있었다. 기척은 솔류션의 것이었지만 어째서 문 바로 앞에 있는지를 알 수 없었다.

비상사태일까.

세바스는 마음속으로 불안을 느끼며 문을 열었다. 그리고 너무나도 뜻밖의 광경을 보고 뻣뻣하게 굳어버렸다.

"어서 오십시오. 세바스 님."

그곳에 있던 것은 메이드복을 입은 솔류션이었다.

오싹하는 감촉이 세바스의 등을 내달렸다.

상인의 영애라는 역할을 연기하면서, 사정을 모르는 인간 ——트알레——이 집에 있는 동안 솔류션이 메이드복을 입다니. 그것은 연기를 할 필요가 사라졌기 때문일까, 아니면 메이드복을 입어야만 할 이유가 생겼기 때문일까.

전자라면 트알레에게 무슨 일이 생겼다는 뜻이며, 만일 후자라면——

"——세바스 님, 아인즈 님께서 기다리고 계십니다."

솔류션의 조용한 목소리를 들은 세바스의 심장이 한 차례 크게 뛰었다.

강적을 앞에 두고도, 수호자 클래스의 존재를 앞에 두고도 태연했던 세바스가, 자신의 주인이 왔다는 사실에 긴장한 것이다.

"어, 어째서……."

혀가 꼬인 것처럼 말을 쥐어짜냈다. 그런 세바스를 솔류션은 잠자코 바라보았다.

"세바스 님, 아인즈 님께서 기다리고 계십니다."

더 할 말은 없다. 그런 태도를 드러낸 솔류션의 뒤를 따르듯, 세바스는 걸어가기 시작했다.

그 걸음은 단두대로 향하는 사형수처럼 무거웠다.

OVERLORD
Characters

캐릭터 소개

세바스 찬 | 이형종

sebas tian

강철의 집사

직함 ——— 나자릭 지하대분묘 집사.

주거 ——— 제9계층 하인실 중 한 곳.

속성 ——— 극선 ——————— [카르마 수치: 300]

종족 레벨 – 불명

클래스 레벨 – 몽크(Monk) ————————— 10 lv

무왕(武王) ————————— 10 lv

스트라이커(Striker) —————— 5 lv

내기 마스터(內氣 Master) ———— 15 lv

외기 마스터(外氣 Master) ———— 5 lv

[종족 레벨]+[클래스 레벨] ——— 합계 100레벨
● 종족 레벨   클래스 레벨 ●

취득총계 25레벨   취득총계 75레벨

status

능력표

[최대치를 100으로 했을 경우의 비율]

항목	0 50 100
HP [히트포인트]	████████████████████
MP [매직포인트]	████
물리공격	████████████████
물리방어	███████████████
민첩성	██████████████
마법공격	
마법방어	████████████
종합내성	███████████
특수	███████████████

솔류션 입실론 | 이형종

solution·ε

용해의 감옥

직함 ——— 나자릭 지하대분묘 전투 메이드.

주거 ——— 제9계층 하녀실 중 한 곳.

속성 ——— 사악 ——————— [카르마 수치: -400]

종족 레벨 – 부정형 점액(Shoggoths) ———— 10 lv

　　　　　태초의 혼돈(Ubbo-Sathla) ———— 10 lv

클래스 레벨 – 어새신(Assassin) —————— 2 lv

　　　　　포이즌 메이커(Poison Maker) ——— 4 lv

　　　　　마스터 어새신(Master Assassin) —— 1 lv

　　　　　기타

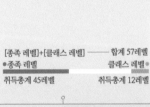

[종족 레벨]+[클래스 레벨] ——— 합계 57레벨

●종족 레벨　　　　　　　　클래스 레벨

취득총계 45레벨　　　　　　취득총계 12레벨

status

능력표

(최대치를 100으로 했을 경우의 비율)

HP [히트포인트]	
MP [매직포인트]	
물리공격	
물리방어	
민첩성	
마법공격	
마법방어	
종합내성	
특수	

0　　　　　　　　50　　　　　　　　100

클라임

인간종

climb

충견

직함——— 왕국병사.

주거——— 로 렌테 성.

클래스 레벨— 파이터(Fighter) ——————————— ? lv

가디언(Guardian) ——————————— ? lv

생일——— 불명. (라나가 거두어준 날)

취미——— 영웅담 등을 모으는 것.

'황금' 왕녀가 거두어준 소년. 라나에게 받은 순백의 전신갑주를 착용하고
브로드소드와 방패를 든다. 노력가이자 열혈한이며, 라나에게 절대적인
충성을 맹세했다. 그 때문에 라나에게 도움이 되고자 매일 검술 단련을
빼놓지 않는다. 하지만 노력은 해도 타고난 검술의 재능이 없다는 데에
답답함을 느낀다. 라나에게서 특별대우를 받는 탓도 있어 그녀 이외에는
친하게 지내는 인물이 없다.

라나 티엘
샬드론 라일
바이셀프

renner theiere chardelon ryle vaiself

인간종

황금공주

직함 —— 왕녀.

주거 —— 로 렌테 성.

클래스 레벨 — 프린세스(Princess) ——————— ? lv
　　　　　　액트리스(Actress) ——————— ? lv

생일 —— 상화월(上火月) 7일

취미 —— 클라임을 지켜보는 것.

롱 헤어에 색소가 엷은 금발, 푸른 보석 같은 눈동자. 빼어난 미모로 인해
'황금'이라 불리는 리 에스티제 왕국의 왕녀. 음유시인들이 앞을 다투어
노래를 바치는 등 미모에 얽힌 일화는 매우 많다. 또한 아름다운 것만이
아니라 국가와 백성을 생각하고 노예매매를 철폐하는 등 정치에도 수완을
발휘하려 한다. 자애로우며 온후해, 그야말로 찬란한 왕녀. 다만——

가제프 스트로노프   인간종

gazef stronoff

왕국 최강의 전사

직함 —— 왕국전사장.

주거 —— 왕도.

클래스 레벨 —— 파이터(Fighter) —————— ? lv

머서너리(Mercenary) —————— ? lv

챔피언(Champion) —————— ? lv

생일 —— 중토월(中土月) 21일

취미 —— 저금.

왕국만이 아니라 인근 국가에서도 최강의 전사라 이름이 알려졌으며, 귀족 이외의 평가는 왕국 내외를 불문하고 매우 높다. 원래는 평민이었으며 투기대회 결승전에서 브레인에게 승리해 왕의 신하가 되었다. 이후 왕을 위해 계속 일했으며 충성심은 남들보다 훨씬 강하다. 검술의 천재이기는 하지만 '영웅'의 벽은 아직까지 넘어서지 못했다. 남방 쪽의 피가 흘러 머리카락 색이나 눈동자 색에 그 특질이 나타난다.

Character 22

브레인
앙글라우스

인간종

brain unglaus

무(武)의 구도자

직함 ──── 없음.

주거 ──── 없음.

클래스 레벨 ── 지니어스/파이터(Genius/Fighter) ──── ? |v

소드마스터(Swordmaster) ──── ? |v

검성(劍聖) ──── ? |v

기타

생일 ──── 중풍월(中風月) 10일

취미 ──── 카타나 훈련. (강해지는 것 전반)

{ personal character }

검술의 천재. 강해진다는 한 가지 점에 있어 매우 탐욕스럽다. 왕국 최강의
가제프와 호각의 힘을 지녀 그를 라이벌로 삼아 무자수행에 매진했다.
그러나 샤르티아와의 전투에서 상상을 초월하는 힘을 목격하고, 노력으로는
도달할 수 없는 높은 경지가 있다는 현실에 기력을 잃어 빈 껍질 같은 상태로
전락했다. 의외로 쇼핑을 좋아하지만 그것은 자신을 강화해주는 아이템을
찾는다는 목적이 있기 때문이다.

후기

저자 마루야마 쿠가네입니다. 벌써 오버로드도 5권이 됐습니다. 여기까지 읽어주신 분들께 감사드립니다. 고맙습니다.

각설하고, 5권과 6권은 전후편인 관계로 후기는 필요 없지 않을까? 하고 편집자님께 상담해봤더니 기대하는 분들도 있을 테니 써 달라는 대답이. ……기대하는 분들이 있……나요? 근데 후기가 재미있나……? 으음, 이건 뭔가 재미있는 말을 하라는 무리한 주문일까요?

재미있는 일……. 이번 5권과 6권 발매 때문에 8월부터 11월 말까지 휴일은 외출도 못하고 단행본 작업에만 쫓겼다……는 이야기밖에 없네요.

게다가 6권은 4권과 마찬가지로 드라마 CD 부록이 있는 특장판도 있는 관계로 한층 가혹했답니다……

이것이 겸업작가다!

응, 하나도…… 재미가 없네요. 꿈을 부숴버리는 것 같은 이야기네요.

화제를 바꿔보죠.

오버로드는 WEB에서도 소설을 갱신하고 있지만, 다음에 나올 6권은 90퍼센트가 신규 오리지널이랍니다.

원래 WEB에서 서적판으로 바꾸면서 신규 부분을 최대한 추가하고자 염두에 두었습니다. 그 결정체가 다음 권이지요.

이미 작품 자체는 다 써두었으므로 아무 일 없으면 2014년 1월 말에 발매될 겁니다. 그 후기에서 또 뵐 수 있기를 바랍니다.

그러면 여기서부터는 감사 인사를 드리고자 합니다.

일러스트 담당 so-bin 님, 다지안 담당 코드 디자인 스튜디오 님, 교정 담당 오오사코 님, 편집 담당 F다 님, 그리고 오버로드의 제작에 협조해 주신 모든 분들, 고맙습니다. 그리고 하니, 이것저것 고마워.

그리고 지금 읽어주신 독자 여러분, 정말로 고맙습니다!

2013년 12월 마루야마 쿠가네

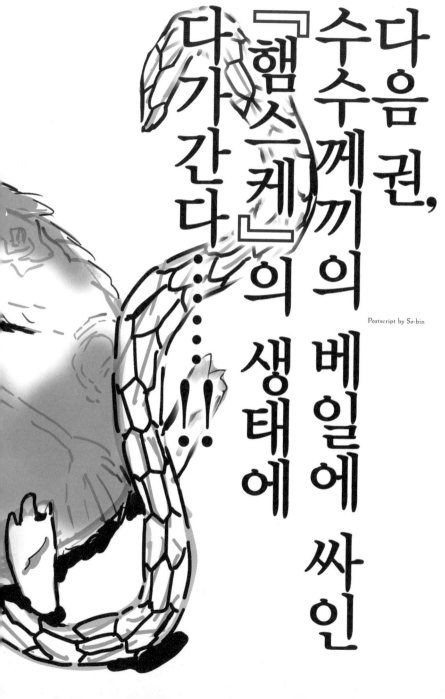

다음 권, 『수수께끼의 베일에 싸인 『햄스케』의 생태에 다가간다』……!!

Postscript by So-bin

"청장미" 준동하는 수수께끼의 결전의 소용돌이에서

아다만타이트 클래스 모험자

"여섯팔" 이에 맞서는 이 움직였다.

여덟 손가락 최강의 전투집단

왕국의 그늘의 도사린 암흑조직

제

불꽃으로 뒤덮이는
치열한 항쟁에 왕도가는

6

Volume
Six

권.

대학마

알다바오트.

드라마 CD 부록 특장판
동시 발매 결정!

오버로드 6

왕국의 사나이들 │ 下

OVERLORD *Kugane Maruyama* illustration by so-bin

마루야마 쿠가네 ── 지음
김완 ──── 옮김
2014년 4월 발매

역자후기

클라임: "받아라, 서큘런트! 필살상단수직베기!"

서큘런트: "덤벼라, 클라임! 나는 사실 전사로만 따지면 너보다 약하다!"

데이버노크: "서큘런트 녀석이 당한 모양이군."

페슐리안: "녀석은 우리 여섯팔 중 최약체⋯⋯."

에드스트룀: "병사 따위에게 당하다니."

말름비스트: "여섯팔의 수치다."

제로: "여기까지 잘 왔다, 클라임. 사실 우리는 왕녀에게 원한이 있었던 것도 같지만 이제는 상관없다. 덤벼라!"

클라임: "사실 예고편에서 너희와 싸우는 건 내가 아니라고 했지만 나도 이젠 상관없어! 간다!"

그동안 애독해 주셔서 감사합니다.

from 소드마스터 클라임 (완결)

이제는 고대유물이 된 소드마스터 야마토 패러디를 들먹였습니다만 딱히 제가 오버로드가 싫어서 일찍 끝나기를 바란다거나 작품이 재미없다고 말하진 않는다는 사실은 다들 잘 아실 테니 굳이 변명하지도 않는 안녕하세요 역자입니다.

……에…… 문장도 내용도 이상하게 시작했네요. 사실은 마감에 쫓기고 있어서(현재진행형) 뇌내마약이 막 솟구친답니다. 아드레날린!

아무튼 여느 때와 마찬가지로 스포일러 함유량이 높은 후기이므로 아직 본문을 읽지 않으신 분들은 1페이지로 돌아가 주시기 바랍니다.

그런고로 오버로드 5권입니다. '왕국의 사나이들' 상하권 중 상권 되겠습니다. 앞서 1~4권에서 잠깐씩이나마 등장했던 세 명의 캐릭터를 전면으로 내세워서 하나의 사건으로 묶어주고 이를 서로 다른 관점에서 보여주는 이야기입니다.

그리고 세 남자에게 모에하게 되는 이야기였던 것입니다.

미노년 완벽초인 세바스(그러고 보니 처음으로 풀네임이 나왔군요), 방탕전사 브레인, 열혈소년 클라임. 스토리 면으로나 캐릭터 조형 면으로나 밸런스도 좋고, 서로 만났을 때의 상승작용도 활발해서 좀 더 접점을! 해프닝을! 하고 바라게 되는 것이었습니다. 역시 매력적인 캐릭터끼리 만나 시너지를 일으키는 모습은 언제나 가슴이 두근거리죠. ……어, 아니, BL 같은 이야기가 아니고요.

개인적으로는 브레인이 마음에 들었습니다. 세 명의 사나이들 중에서도 뭔가 '가운데' 라는 느낌이면서, 실제로도 다른 두 사람을 만나 가장 극적으로 변화하는 캐릭터라는 생각이 들었기 때문입니다. 샤르티아와 만나 살아갈 기력을 잃고 한때는 죽음마저 생각했던 브레인이 세바스와 클라임을 만나면서 자신에게 부족했던 것이 무엇인지를 깨닫고 변화(성장이라고 말해도 좋겠죠)해가는 모습이 잔잔하게 와닿았습니다. 후학을 이끌어주는 것도 보기 좋고요. 앞으로도 클라임과의 접점이 늘어나면 재미있을 텐데 말이죠.

그러는 한편으로는 세바스에게서도 많은 가르침을 받고. 그런데 세바스가 나자릭을 배신했다는 혐의로 아인즈에게 벌을 받아 그를 도와주기 위해 나자릭에 단신으로 쳐들어가서 숙적 샤르티아를 만나 공포에 질리면서도 싸우고 극적으로 성장하고 그 모습에 감화된 아인즈는 세바스에게 내렸던 징벌을 철회……하는 이상한 삼류 전개를 혼자 머릿속으로 그려본 안녕하세요 역자입니다. (……)

뭔가 문장도 내용도 이상한 것 같지만 고칠 마음은 없습니다. 고칠 수도 없어요. 뇌내마약이 펑펑 솟구치고 있어서 뭐가 이상한지도 잘 몰라요.

각설하고.

삼류 전개를 망상했다는 데서 독자 여러분도 짐작하셨겠지만 저도 이제는 웹버전으로 보지 못한 부분이라(정확하게는 작가님이 기존에 연재하던 사이트를 떠나 다른 사이트로 가셨다는 걸 몰랐습니다. 나중에 찾아 읽어봐야겠네요) 내용을 잘 모르겠습니다. 그래도 다음 권이 두근두근 기대되는 건 아마 여러분과 같지 않을까요. 워낙에 예고편부터 흥미진진하니까요.

예고편 얘기 하니 생각났습니다. 악마 얄다바오트라니! 현실세계 신화에 등장하는 이름이 그대로 나왔군요. 그렇다면 혹시나 이 녀석도 위그드라실 출신……? 게다가 영지주의에서 말하는 얄다바오트라면 데미우르고스와도 무언가 인연이 있는 캐릭터가 아닐까, 그런 생각마저 드네요.

……뭐 지레짐작이라면 어쩔 수 없지만요!

5권의 뒷내용을 웹버전으로 미리 읽으신 분께는 우습게 보일지도 모르지만 저는 이런 상상도 너무너무 즐거운 안녕하세요 오버로드 열혈역자입니다.

그래서 6권도 빨리 번역해버리고 싶습니다만…… 현재진행형으로 쫓기는 이놈의 마감을 어떻게든 해야 말이죠……

하아…….

그럼 저는 다음 작품에서 뵙겠습니다.

2014년 2월
김완

오버로드 5 왕국의 사나이들 上(상)

2014년 03월 12일 제1판 인쇄
2023년 08월 10일 제18쇄 발행

지음 마루야마 쿠가네 | **일러스트** so-bin

옮김 김완

발행 영상출판미디어(주)
등록번호 제 2002-000003호
주소 07551 서울특별시 강서구 양천로 570 NH서울타워 19층
대표전화 02-2013-5665

ISBN 979-11-319-2627-700-2
ISBN 978-89-6730-140-8 (세트)

オーバーロード 5 王国の漢たち | 上
ⓒ2014 Kugane Maruyama
All Rights Reserved.
First published in Japan in 2014 by KADOKAWA CORPORATION ENTERBRAIN
Korean translation rights arranged with KADOKAWA CORPORATION ENTERBRAIN

구매 시 파손된 도서는 구매처에서 교환하실 수 있습니다.
기타 불편사항, 문의사항이 있으신 독자님께서는 노블엔진 홈페이지
[http://novelengine.com] 에서 Q&A 게시판을 이용해 주시기 바랍니다.

영상출판미디어(주)

마루야마 쿠가네
작품리스트

◆

**영상출판
미디어(주)**

트랜드를 이끄는 고품격 장르소설

이 세계가 게임이란
사실은 나만이 알고 있다
1~8

"흘러들어온 곳은
버그로 가득한 게임 세계!!"

제작자의 악의로 가득 찬 버그에 맞서 싸우는 신개념 이세계 생존기!

방 안에 틀어박혀 오프라인 VR 게임만 즐기던 솔로 게이머 사가라 소마는 부주의 한 소원에 의해 자신이 평소 즐기던 게임, '뉴 커뮤니케이트 온라인'의 세계에 레벨 1 상태로 전이되고 만다. 문제가 있다면, 그 세계의 기반이 된 게임이 터무니없는 망게임이라는 것. 신선한 이세계 라이프고 뭐고 당장 목숨이 위험하게 된 소마는 자신이 파고든 게임의 버그를 역이용해 상상도 할 수 없는 방식으로 위기들을헤쳐 나가며 현실로 돌아가려 한다. 지금까지의 작품들과는 다른, 게임세계의 부조리를 파헤치는 유쾌한 이야기, 한국에서도 빠르게 증쇄되며 인기몰이 중!

우스바 지음 / 이치젠 일러스트

**영상출판
미디어(주)**

해골기사님은 지금 이세계 모험 중 1~7

MMORPG 플레이 도중 깜박 잠들었다 눈을 떠보니 게임 캐릭터의 모습으로
낯선 이세계에 떨어진 「아크」. 그런데 겉은 갑옷, 속은 전신골격인 해골기사라고!?
──정체를 들키면 몬스터로 오해를 받아 토벌대상이 될지도 모른다!
아크는 눈에 띄지 않게 용병으로 지낼 것을 결심하지만,
눈앞에서 벌어지는 악행을 내버려둘 수 없었다.
온갖 사건 사고도 게임에서 단련한 스킬로 쾌도난마의 대활약!
최강의 해골기사에 의한 무자각 "사회혁명" 이세계 판타지가 여기에 등장!!

하카리 엔키 지음 / KeG 일러스트

영상출판
미디어㈜

방패 용사 성공담
1~17

헤쳐 나가겠어…… 이런 세계에서라도!

용사로서 소환된 이세계에서 비열한 배신으로 모든 것을 잃어버린 주인공 나오후미. 검, 창, 활과 달리 주역이 될 수 없는 방패 용사니까?
방패 용사만의 특성을 살린 격정적이고 독특한 판타지 배틀 + 인생의 밑바닥까지 떨어져 상처입고 뒤틀렸던 용사가 진정한 용사가 되어가는 성공담!

일본의 소설 연재 사이트 『소설가가 되자』에서 총 조회수 8500만을 기록한 대작 이세계 판타지! 당당하게 등장!

아네코 유사기 지음 / 미나미 세이라 일러스트

영상출판
미디어(주)